冷酷な狼皇帝の契約花嫁
~「お前は家族じゃない」と捨てられた令嬢が、獣人国で愛されて幸せになるまで~
2
著 百門一新
Isshin Momokado
絵 宵マチ

カイル
ガドルフ獣人皇国の狼皇帝。
サラを正式に皇妃として迎え、
溢れる独占欲を抑えきれない
様子で!?
サラ
ガドルフ獣人皇国の皇妃。
家族からは虐げられてきたが、
今は癒やしの力を使って
獣人国で活躍中!
Characters

ユーティリツィア
バルベラッド神獣王国の王妃。
ある理由から姿が
見えなくなっていて…。
バージデリンド
バルベラッド神獣王国の国王。
冷酷無情で怒ると
ペガサスの姿になる。
ツェフェル
ペガサス獣人が住む
バルベラッド神獣王国の大公。
いきなりサラに
求婚宣言してきて!?

「サラ、俺たちの結婚式を挙げないか？」

# 冷酷な狼皇帝の契約花嫁

～「お前は家族じゃない」と捨てられた令嬢が、獣人国で愛されて幸せになるまで～


著 百門一新
Isshin Momokado

絵 宵マチ


2

# 目次


序章　とある神獣国から不穏な……　4
第一章　獣人皇国の皇妃になった捨てられ令嬢　10
第二章　皇妃の活動と気になるペガサス　54
第三章　狼皇帝夫婦の遅れた挙式　85
第四章　波乱の挙式前祝いの宴　156

第五章　皇妃は愛する狼皇帝のため受け入れる、夜……210
第六章　聖女と大公とペガサス国王……286
終章　遅れた挙式は、予想外の展開に……345
あとがき……368

# 序章　とある神獣国から不穏な……

そこは、調度品が何も置かれていない、ただひたすらに広い真っ白な広間だった。

床から壁に至るまで不思議な光沢を帯びた白に覆われ、支柱の向こう、広間の左右には均等にいくつもの窓が大きな出入り口までずらりと並び、その縁はすべてきらきらと細かな輝きを放つ銀色だ。

広間の奥には、三段の階段の上に玉座があった。

「ガドルフ獣人皇国《じゅうじんこうこく》に〝聖女〟が現れたらしいな」

外からの日差しに揺れる美しい白いカーテンを眺めるようにして、一人の大きな男が重厚な灰銀色のマントを羽織って背を向けている。

それを、一人の美丈夫が眺めていた。

彼は目の前の男と同じく、真っ白な髪をしていた。長いまつ毛の影を落とした瞳は紺色だ。

「聞くところによると、彼女は皇妃にと迎えられたらしいが挙式もまだだ――ツェフェル、お前が奪ってここへ連れてこい」

冷酷な命令が一つ、人払いをされた空間に落とされた。

数秒、沈黙が漂った。

絶世の美貌を持ったその男、ツェフェルはため息をつくようにして口を開く。

「お言葉ですが国王陛下、私はまだ結婚するつもりはないと百年前に申し上げたことはあなた様もご承知のはずで――」

「これは命令だ」

ぴしゃりと遮られ、ツェフェルは見られていないのをいいことに不満そうな表情で口を閉じた。

「花嫁の心を奪い、そして余のもとに連れてこい」

「あなたのところにですか？」

「……この国だ、聖女が生きるには我らの国こそ相応《ふさわ》しい」

ツェフェルは珍しげに、目の前の王の背中をじっと見つめた。

「まぁ、この国に聖女をと我らが王であるあなた様が望むのであれば、親族ではなく、一人の臣下として拝受いたしますが。しかしながら、どうでしょうかね？　心を奪う、というのもうまくいくとは思えませんが。狼皇帝、愛しちゃってると思いますけど」

探るべく国王へ言葉を投げてみたが、無言だった。

（振り返りもしない、か）

ツェフェルは、小さくため息をつく。

「聖女はたしか『ガドルフ獣人皇国が危機の時に現れて救う』という伝説ではなかったですかね？　現れてよかったではないですか。同種族が滅びるのを一つ防げた。人間族より我らの方がはるかに数も少なく、貴重です」

「そんなことどうでもよい。我らとは生きる場が違う」

なんとも無情な返答だ。

「はぁ、また『高潔なる』とやらですか？」

反論した矢先、目の前で像のように動かないでいた国王がちらりと振り返り、肩越しにギロリと睨《にら》みつけてきた。

その背に、大きな白い翼が現れる。

すると途端に、美しい場には不似合いな禍々《まがまが》しい気が立ち込めだす。

それは人型に押し込めていた王の〝膨大な魔力〟だ。

「話をはぐらかすなツェフェル、それほど余の命令が嫌か」

これはこれで珍しく余裕がない様子だ。

（さて、どんな返答をしたものか）

ツェフェルは内心、自身の悪い性格である悪戯《いたずら》心が疼《うず》いた。もちろん腹を探る材料を探すのが目的ではある。

だが、ツェフェルに向き合った国王の姿が大きな白馬へと変わった。

（おっと——これは、早い）

白い翼はぐんぐん大きくなり、白馬の背丈はツェフェルの二倍以上も伸び、数人の人間が立てるはずの玉座は白馬の後ろ足をのせるのみとなった。

「ツェフェルよ」

白馬が前足を踏み鳴らし、自分よりも小さなツェフェルをぐいっと覗き込む。

美しい白いたてがみが魔力で揺れている。

口元にはどんな鋼鉄な武器もかないそうにない歯が噛《か》みしめる音を立て、蹄《ひづめ》がツェフェルの前にドンッと置かれた。

——まさに、狂暴なペガサス。

その生き物に近づけるのは罪を持たない清らかな人間のみ。

穢《けが》れた人間をその蹄で容赦なく踏み殺した逸話がある。そのため、ペガサス種の言葉を人間に伝える時は各国の獣人族が使者となって送り込まれた、とされている。

それも、遠い昔の話だ。

（さすが王。親族とはいえ、敵にだけは回したくない男だなぁ）

すると天井近くにまで白馬の頭が上がり、紺色の瞳が見下ろすと共にペガサスが床を踏み鳴らした。

「我らは、高潔なる神獣ペガサス。我らの下にいる獣人族など、どうでもよい」

これを他国の外交官に耳にされたらアウトなのでは、なんてツェフェルは思う。

けれどそんなこと、冷酷無情と呼ばれているペガサスの王は配慮しない。

（だから私が外交官の第一人者に指名されたんだよなー）

それは王妃の『あなたは人当たりがいいもの』という理由だけで、周りが即肯定して決定してしまったことだった。

とはいえ、ペガサスなのに、あちらこちらへと飛んでは他種族と会話するのが好きという風変わりな男だ。結婚をしない言い訳にもなるし、いっか、とツェフェルが引き受けたのもまた事実だった。

「たかが二百歳になったばかりの貴様が、余に何か言おうなどと身の程知らずな」

「ですから、何も申し上げておりません」

「黙れ！」

怒号が落ちる。広げられた翼は広間の高い天井まで届くほどに大きく、強く踏み込んできた蹄に床が大きく揺れる。

（しまった。つい、いつものからかい癖が）

そんなことを思っている彼の後方で、柱のそばに控えて待っていた政務側の部下たちが「ひえぇ」と情けない声をもらした。

「大公様！　後生でございますから真面目にっ」

「失礼な。私はいたって真面目だよ」

「ペガサスなのにあまりにも軽いと言いますか……」

もっと失礼なことを言われた。軽い男なんて、他のペガサスに言ったら激怒される内容だ。

ひとまずツェフェルは、国王の怒りが静まるまで待つ。

（何をこうも荒ぶっているのか？）

ここ数年は精神的に余裕のないタイミングはいくつかあった。とはいえ、今回はやや様子が違っている気がする。

さらに探ろうかと考えたものの、ツェフェルは引きの頃合いだと察知した。

「大公、もう一度聞こう。余に口答えをするか？」

「いいえ、滅相もございません」

白馬が馬車以上に大きなその顔を近づけ、ぐるるると喉の奥で唸《うな》る。

後ろで彼の政務側の部下たちが「閣下が食べられるぅ！」なんて縁起でもない失礼なことを言って、床に額を押しつけるのが聞こえた。

「よいか大公ツェフェルよ、とにかくその聖女を我が王国の住人にせよ。我が親族の中で、花嫁を迎えていないお前だけができることだ」

ツェフェルは、数秒ほどその白馬の紺色の目をじっと見据えた。

「私たちと違い、力のないガドルフ獣人皇国の獣人族たちが、それで彼らの唯一生きる術《すべ》である《癒やしの湖》を失っても？」

「かまわん。余は、他の獣人国になど興味はない」

国王は冷酷な言葉を響かせると、背を向けながら人の姿に戻り、ツェフェルをその場に残して奥の白いカーテンをくぐっていった。

# 第一章　獣人皇国の皇妃になった捨てられ令嬢

皇帝夫婦が誕生して二週間、国を揺るがす問題を抱えていたガドルフ獣人皇国内は、この間に大きく変わった。昨年まで枯れかけて問題が深刻化していた皇国各地の《癒やしの湖》の多くは、今や豊富な水に溢《あふ》れていた。

王都近郊のバグザート区もそうだ。

「こんなにも美しい《癒やしの湖》の光景が見られるなんて！」

「皇妃様には感謝しないと」

そこでは朝から、女性や子供たちが賑《にぎ》わう森の湖の日常の景色が戻っていた。それは実に十二年ぶりだと、町の長老たちはいたく感動し孫を連れてその様子を毎日見に来ている。

皇国の水源地でもある《癒やしの湖》は魔法の力を持ち、薬の効かない獣人族にとって、魔力でできたその水は唯一の薬でもあった。たった十二年で枯れかけ、そうして今年元に戻ったのだ。

それは、もちろんバグザート区だけではない。

ガドルフ獣人皇国では《癒やしの湖》の水量減少が問題になっていた。

ついに枯れ果てるのでは、と言われていた時に金色の髪と目をした人間族の少女が、自身の疲弊をかえりみず水脈を生き返らせたのだ。

バグザート区も、彼女がやって来たその日に水が生まれ続け、そうして翌朝には、子供たちが飛び込んで泳ぎ、女性たちが『決してなくならない生活水』としても再び使えるほどに潤った。それからもう二ヶ月が経とうとしている。

とても素晴らしい力を持った人間族。

皇国のため力を尽くしてくれている人間族の皇妃であると、獣人族たちも彼女を愛した。

癒やしの水だけでなく、花嫁を迎え入れたことで皇帝の今後も安泰となった。

金色の髪と目をした皇妃はまさに救世の聖女だと、国内では彼女を特別視する者たちの声に溢れていた。《癒やしの湖》の回復活動で彼女の姿を実際に見た者たちは、声をかけるのも恐れ多いと感じるほど美しい人間族であり、高貴さが溢れ出ていたと噂は日々広がり続けている——。

とはいえ、その当の〝皇妃〟は王城で、皇国の大型戦闘獣であるドロレオの世話に勤しんでいた。

「そっちの梯子《はしご》は大丈夫そうかー？」

「私の方は大丈夫ですー！」

日差しにあたるといっそう輝く金色の髪は皇妃の特徴であると、今や国内でも誰もが知るところだ。

その髪を高い位置でポニーテールにした今の彼女の格好は、まさに侍女だった。働きっぷりは熟練の仕事人が見ていても気持ちがいいもので、彼女の髪が馬の尻尾のように右へ左へと動くたび、すっかり懐いたドロレオたちが目で追いかける。

それに気づくと、ドロレオ騎獣隊員たちは「またやってるぞ」なんて言って、笑みをこぼした。

『彼女がいるだけで空気が心地よい』

ドロレオの管理舎に勤めている者たちにそんな評価をされているなんて、ドロレオの世話に一生懸命の皇妃、サラ・フェルナンデ・ガドルフは気づいてもいない。

「おい、後ろの新米、サラちゃんを見習ってもうちょっと根性見せろ！」

「皇妃様の隣だから緊張するんですよー！」

そんなことを叫んだのは、サラとドルーパ・ゾイの間にいるドロレオ騎獣隊の新入りだ。

一頭のドロレオに左右から三つずつ梯子をかけ、ブラッシングを行っている。新入りは将軍であるドルーパから指導を受けているのだ。

「だから俺、言っただろ。『皇妃もやってる』って」

「ドルーパ将軍のジョークかと思ったんです！」

「それ目当ての入隊が圧倒的に多かったのに、お前は珍しい奴だなー」

まぁそれでお前は屋内の方に回されているわけだが、とドルーパがドロレオの方へ視線を戻しながらつぶやく。

「こ、皇妃様、もし失礼があったりしてもどうかお許しください……」

「またブラシの持ち方がずれていますよ」

「ひぇっ、すみません皇妃様！」

「それからここにいる時は『サラ』でいいですよ。他の皆さんを戸惑わせないためにも、そうしようという話になったんです――て、あら？」

話している途中だったのに、新米の隊員がふらっとして梯子から転げ落ちてしまった。

獣人族はかなり身体《からだ》が強いとは、サラもいい加減わかってきた。

ドロレオ舎の床には、ドロレオたちの大好きな藁《わら》などの床材が散らばっているので落下してもクッション代わりになってくれる。

「……こ、皇妃様に命令されたけど名前呼びなんて絶対に無理……夫の皇帝陛下に嫉妬で殺される……威嚇《いかく》されたら生きていけない……」

「まぁ」

サラは目を丸くする。

眺めていたドルーパを含め、周りからどっと笑い声が起こった。

カイル・フェルナンデ・ガドルフはそんなことしない。サラが知っている限り彼は大人で器も大きく、できた人だ。

獣人族たちは普段は人の姿をしていた。本来の獣感が交じった姿は『本能がむき出しの状態だ』と恥ずかしいことだとされているので、通常皆、半獣人、または完全獣姿を作法で隠している。

それくらいに理性も配慮も持ったきちんとした国民たちなのだ。

ただし、結婚前につがいを見つけた獣人族はやや余裕がなくなるようで、以前少しだけ嫉妬の感じは出ていたが、結婚すればすべて解決とはドルーパにも聞いている。

そもそも、時間が空いたら侍女服を着て『侍女サラ』として引き続きみんなのために役立ちたいと言ったのを許してくれたのは、カイルだ。

皇妃として勉強中でやれることはまだ少ない。

余暇があれば優雅に休むより、世話になっている城の者たちの手伝いを少しでもしたいとサラは思っていた。

その心意気は宰相《さいしょう》たちも感動していた。ここへ来る前は辺境伯家の末娘でありながら屋敷の掃除やらなんやらをしていたから、彼女はそれが普通の貴族ではあり得ないことだと気づいてもいない。

侍女服は、仕事には動きやすくてもってこいだ。

サラは皇妃の活動を終えると、続いてドロレオの世話をするため、王城の侍女のお仕着せを着た。

もちろん、衣装についても〝夫〟が許可していることだ。

(優しい人よね)

それを語った際、そばで護衛についていたギルク・モズドワルドが、主人に対してものすごく何か言いたいことがあるような表情を浮かべていたが。

サラの夫は、このガドルフ獣人皇国の皇帝カイル・フェルナンデ・ガドルフだ。

獣人族は伴侶を必要とする種族で、彼に拾われたサラは、契約花嫁となることを受け入れて婚約した。

それが、偽りではなく本当の愛すべき婚約者同士になった。

そうしてまさかの彼と入籍して〝夫婦〟となったのだ。

冷酷な皇帝だといわれているカイルは、出会った時にはサラも怖さを感じたものの、それは〝王〟として必要な統治力の一つでもあった。

交流し、彼を知っていくごとに、サラはとても優しい人なのだと理解した。

早くに両親を亡くし、急に兄を亡くし——今もその傷は癒えていないのをサラはたびたび感じ取っていた。

(私がそばにいて、少しでも彼の傷も癒やしていければ)

なんて、ちっぽけな自分がそんな壮大な願いまで抱いていることについては、恥ずかしくて誰にも言えないけれど。

言えるように、立派な皇妃になりたいとは思っている。

だから、サラは自分が今できる〝皇妃の《癒やしの湖》の回復活動〟という公務と、皇帝の妻としての公務をこなしながら、必死に王族の妻として必要な作法を学んでいるところだ。

それだけでもかなり忙しいが、彼女は勉強する一方でドロレオたちの世話にもそつがなく優秀だった。

そんな中、ぐんぐん妃教育も吸収している優秀さを彼女自身はわかっていない。おかげで臣下は《癒やしの湖》の回復活動だけでなく、今や執務処理や社交活動についてもサラに頭が上がらなくなり始めている。

「さっ、次は寝床を整えましょうか」

新入りに見本を見せるべく、ドルーパに付き合ってサラも率先してドロレオの寝床作業へと移る。

「皇妃様がドロレオの寝床運びなんて……」

「私は獣人皇国の生まれではないから、皆さんがあたり前に知っているドロレオの知識をどんどん身につけていきたいんです。いい勉強にもなるし、ドロレオに会いたいし、ドロレオはかわいいし」

「え」

表情が固まった彼の斜め前で、ドルーパがぶっくくくと笑う。

「サラ、本音の方が声に出てる。でも《癒やしの湖》の回復活動もあるんだから、あまり無理はしないようにな。魔力は少ないんだし」

心配をかけないことは誓っていたので、サラは神妙な顔でうなずく。

まだ《癒やしの湖》はすべて回復し終えていない。これは数年の時間がかかることが試算されている。だからサラは積極的に活動していた。

とはいえ、妃としてもっと獣人皇国を知っていかないといけないという心意気を胸に、回復のため回る箇所の周辺地を皇妃として視察もした。

さらに、自分を忙しくするみたいに、大好きになってしまったドロレオの世話も引き続きしている。ドロレオの世話習得は花嫁にとって必須だ。

王城には花嫁修業で侍女になる女性たちが半分以上を占めていて、国中の女性たちが今や皇妃に『その心意気はいい花嫁になれる女性の鏡だわ』と熱い視線を送っている状況なんて、考えもしていないけれど。

「あっ」

その時、後ろからサラの荷物がひょいっと取られてしまった。

「人間族は体力もないしな。あれやこれややってんだから無理はさせないぜ。そのために俺が専属護衛を引き受けてるからな」

「アルドバドスさん！」

彼は家族に捨てられたサラを獣人皇国で拾った獣人族だ。彼は保護する親や大人がいなくなってしまった子供を対象にした労働力売買の組織に所属している。その組織の上司から許可が出て、皇妃専属護衛の仕事もしている。王城に皇妃専属だと認定されて自由に出入りし、《癒やしの湖》の回復活動には彼が必ずつき添うことはすでに周知されていた。

「『さん』じゃねぇし。皇妃なんだから、呼び捨てにしろって教育されてるだろ」

「恩ある人を呼び捨てなんてできませんっ」

社交界や必要な場ではきちんとするので、それ以外では許して欲しいとみんなにお願いしていた。

「恩人、か」

アルドバドス・サイーガが悪くない顔をする。

よし、解決、そう思ったサラは早速本題へ入ることにする。

「さっ、荷物を返してください」

「あ?」

なんでだよ、と言わんばかりに上にある彼の顔がサラを見下ろしてくる。

「ドロレオの寝床をふかふかにするチャンスなのにっ」

「お前が飛び込みたいだけだろ……」

後ろで、とうとう新入りの隊員が「皇妃様にため口……しかもハイエナ……」という言葉を最後に気絶した。

「この草食種、誰だ?」

荷物をクッションにするみたいに横たわってしまった隊員を、アルドバドスが胡乱《うろん》げに見やる。

「昨日から屋内作業に配属された新人さんなんですって」

「ふうん。ま、途中で放り投げるのが嫌なタイプなのはわかってるが、とにかくサラはここでタイムアイトだ」

(タイムアウトって、もしかして)

サラは仕事が急に中断となってしまったのに、つい胸が躍った。

その時だった。後ろから優しい仕草で彼女の腹の前に手が回った。あ、と気づいた時には両腕で引き寄せられ、暖かいマントの内側にすっぽりと囲われていた。

「迎えに来た、愛しい花嫁」

うれしそうな男の声につられて見上げると、それはやはりカイルだった。

光の具合で銀色が交じっているようにも見えるアッシュグレーの美しい髪。軍人なのに肌は白くなめらかで、明るいブルーの目は凛々《りり》しい美貌を持った彼によく似合う。

彼は狼の獣人族のせいか、確かな政務手腕と騎士としての実力もあって圧を覚える威厳をまとっていた。

二十七歳にして皇帝として立派に国を統治し、時々不敵な笑みを見せていた人——。

それが出会ってから、とても優しい表情を見せるようになった。

というか、少し離れていただけでやけに甘くなる。

そこにサラはちょっと困っていたりする。今だって、かなり密着が強い。

『結婚したばかりの獣人族は、そんなもんだ』

というのは今や色々と指導もしてくれているアルドバドスの助言だ。蜜月で二人の時間をたっぷり過ごしたあとか、または子供ができれば落ち着くのだとか。

（蜜月、も子供ができる可能性もしばらくはないのよねぇ）

彼女が初めて《癒やしの湖》を回復させた際、誰もがサラを皇帝の伴侶にと望み、急きょサラはカイルと入籍して夫婦になった。つまり、彼女は人間族のエルバラン王国の辺境伯爵令嬢籍からガドルフ獣人皇国民となったのだ。

「俺が離れている間、大事なかったか」

すり、と頬を寄せられてサラはくすぐったくて一瞬首をすくめた。

「いえ、何も」

これも獣人族の特徴だったりするのだろうか。

よくわからないが、カイルは夫婦になってから、やけにすりすりしてくる。

本人は自覚がないようで、先日それとなく尋ねてみたら質問の意図がわからないみたいに首をひねられてしまったので、たぶん本人は無自覚なのだと思う。

（獣人族についてまだまだ知らないことは多いみたい）

暮らしていきながら経験を積んで、感覚を掴《つか》んでいくしかないのだろう。

サラはちらりとカイルの向こうを見た。そこには、皇帝の護衛部隊がいた。

先頭で両腕を後ろに回して立っているのはリーダーのギルクだ。黒狼の彼は髪が黒く細身の美丈夫で、真面目で礼儀正しいという印象をサラは抱いている。

彼はカイルが軍人として活躍していた王弟時代からの右腕の部下なのだとか。

「いらっしゃるのが早かったですね。ガート将軍様もいらっしゃらないようですし、ギルクさんたちを連れているということは何か急な会談でも入りましたか？　夫婦の公務ならまたがんばりますので任せてください！」

サラは頼もしく思ってくれるようガッツポーズをしてみせた。

初めは『皇妃として振る舞うなんて……！』と恐れ多くて震えたものだが、妃教育を終えたら必ず直面することだ。それなら自分が持っている令嬢知識で足りるもの、足りていないものも把握できるし、実践してみるべしと前向きな性格から考え直した。

おかげで獣人貴族たちと会うのは怖くなくなった。

むしろ仲のいい人ができるのはうれしいし、彼らとの会話は国を知っていくことと同じくらい楽しく感じる。

皇妃として王城内を移動しても急な貴族にだって対応できる。そうすると出歩くことにためらいはなくなって、サラの行動範囲も広がった。

皇国のことを知るため、積極的に図書室や資料庫へと足を運んで自習にあてる。

同じく空き時間を自分からどんどん埋めるように、できる仕事を探したり、執務を手伝いながら皇国のことを習ったりする余裕だって生まれた。

役に立つよう今できることは全部やってみるべきだというのが、サラの前向きな考えだ。

するとカイルが向き合い、ふっと柔らかな笑みをもらす。

「いや？　とくに仕事はない。ただただサラと過ごしたくて早く迎えに来た」

彼がサラの手を取り、自分の頬にあてて顔をすり寄せた。

（……こ、こんなに甘えてくる人ではなかったのにっ）

甘い彼の流し目と合った瞬間、サラの心臓がどっと音を立て、彼女は動けなくなる。

「ドロレオにサラを取られて、寂しかった。このあとの時間は、俺のために使ってくれるとうれしい」

サラは熱っぽさを感じた自分の目元が、ぐわーっと体温を上げていくのを感じた。

つがい相手を見つけた獣人族は、その相手を心底大切にする。

それは愛情を隠さないことも含まれている――らしいとは、サラも最近理解してきた。妙に色気を感じるので言い方は少し抑えて欲しいとは思う。

でも、ドロレオより自分にかまって、と聞こえてかわいいとときめいてもしまう。

（今までのカイルの印象と違いすぎて、ギャップが）

「わ、わかりました。カイルのために時間を使いますね。つまり早めの休憩入りですよね」

ひとまず自分の心臓のためにも、さりげなく手を取り返す作戦に出る。

だが、言いながら引っ込めようとしたら、腰に彼の腕が回されてサラはカイルの腕の中に吸い込まれていた。

「ひゃっ」

「離れないでくれ。ようやく会えたのに寂しいぞ」

「わ、私、手が汚れていますから洗わないと」

「それでは水場へ行こうか」

まさか、と予感した時にはカイルにお姫様抱っこされていた。

近くの騎獣隊員に荷物を頼んだアルドバドスが、気づいて振り返り『……まぁがんばれ』みたいに表情を変えた。

サラは恥ずかしくってカイルに下ろしてくれるよう頼んだ。彼はドロレオ舎の者たちに見せつけるみたいに上機嫌で、聞いてくれなかった。

とはいえドルーパを含め、急な皇帝の来訪なんてもう慣れたものだ。

「やれやれ、ラブラブでいいことですね」

平然と仕事を再開する男たちの微笑ましい表情の言葉をギルクが口にし、護衛部隊の男たちと共にあとへと続いた。

王城へと移動したのち、二階の大きなバルコニーのある休憩室の一つに入った。

サラも着替えは手慣れたもので、続き部屋で侍女に手伝ってもらい、お仕着せから簡単に着られるドレスへと袖を通し直した。

部屋に戻るとカイルがギルクたちに視線をやった。

「しばし二人にせよ」

「はっ」

ギルクたちと侍女たちが外へと出る。

茶菓子は先にテーブルに出されていた。ワゴンにはお茶に必要なお湯や茶葉と茶器一式が揃《そろ》えられてある。

そんなに飲みたかったのかしらとうれしくなって、サラは今日もカイルのために紅茶を淹《い》れた。

「誰かの淹れる紅茶が、こんなにもおいしいと感じたのは初めてだ」

彼の座るソファにサラもついたところで、二人の休憩が始まる。彼はまたしても味を褒めた。

伴侶の贔屓目《ひいきめ》ではないかと疑ってしまうものの、腕には自信があるから彼は本当に喜んでくれているのかもしれないとうれしさに胸が脈打つ。

ブレンドから高級茶まで日頃から淹れられるようになっていてよかった、と思う。

実家にいた頃、サラはおいしい紅茶がいつでも飲めるよう、その淹れ方を習っていた。おかげで、意地悪な三人の姉から文句は出ず次第にねだられだした。

それがきっかけで、誰かにおいしいと言われる紅茶を淹れたいと思ったのだ。

（そういえば、――そうだったわね）

目の前の紅茶を眺めながら、サラはふっと思い出す。

長女のマーガリーとは年齢がだいぶ離れていたから、一緒に過ごす時間はあまりなかった。でも年齢が近い次女と三女の姉とは、確かに交流していた時代もあったのだ。

次女のアドリエンナと、三女のフラネシアと昔は紅茶だって一緒に飲んだ。

『呪いよ！　そのせいでわたくしは男児が産めなかったの！　アドリエンナもフラネシアも自分の部屋に戻りなさい！　マーガリーを見習うの！　サラとは仲よくしないで！』

繰り返される『仲よくしないで』という母の言葉。

その言葉が徐々に、姉たちの心に浸透していったようにも思えた。

「どうした？」

優しい声にハッと現実の感覚が戻る。手に持っていたティーカップの湯気に目を落としていたサラが視線を上げると、自分のカップを置いて顔をこちらに向けているカイルの姿があった。

「いつから見ていて……」

「ほんの少しだ。何か、考えているようだった」

彼はサラのほんの些細なところにも気づく節があった。

「いえ、ほんのちょっとぼうっとしてしまっただけです」

苦笑を返し、紅茶を飲んではぐらかす。

けれど口を離した時、腕にかかった金髪をすくい取る優しい手にどきりとした。

「サラはすぐ顔に出るからわかる。あの目をしている時は、たいてい昔の暮らしを考えている時だ」

どんな目をしていたのか気になった。

けれど、そろりと視線を持ち上げたサラの金髪に口づける。

「あっ」

見せつけるように彼が、持ち上げたサラの金髪に口づける。

「お前が気にすることがないよう、故郷の国でのことを思い出すたび、俺は愛を注ごう」

それは想いを告白されてから何度も伝えられたことだった。

気にしていることを知ってから彼は髪に触れる機会が増えたが、好きだと伝えられてから贈られるようになった髪へのキスは、神聖な儀式みたいにサラの目に焼きつく。

「この髪は美しい。目も、俺を惹きつけてやまないお前自身も」

彼は、サラがどんなことを思い返していたのかなんとなく察したみたいだ。

（本当に、私のことをよく見てくださっている……）

彼はサラの目を見つめ返すと、しかし何をどう考えていたのかと確かめようとはせずに『おいで』と優しい声を出す。

彼に手を引かれ、サラはカイルの膝の上に座らされた。

「あの、こんなことをしたらお茶が飲めないですよ」

「お前以上に甘美なものはない」

カイルの真剣な目がサラの赤くなった顔を映し出す。

彼が顔を近づけて、そっと目の下を撫《な》でた親指の感触は、『金色の目も美しい』と語ってくる。

と、彼がサラを見つめたまま彼女の紅茶を取り上げる。

「紅茶よりも、俺を味わってみないか？」

サラは動揺して、ますます自分の顔が熱くなるのを感じた。

「わ、私」

「正直に伝えると、俺がサラを味わいたい」

「カイル……」

「だめか？」

（そんなふうに優しく聞くなんて、ずるい）

サラはどきどきしながら彼からの口づけを待った。するとカイルが顔を引き寄せて、二人の唇が優しく触れ合う。

（彼のキスこそ、甘美だわ）

サラは心地よくて彼の方へ身を寄せる。すると唇を優しくはんでいた彼が『するよ』と言うように、互いの口を深く密着させた。

「ん……んぅ……」

心地がいい、気持ちいい。

サラは抱きしめられるカイルに誘われ『もっと』という気持ちになって、彼に腕を回してキスを受け入れる。

すると、不意にぬるりと彼の舌がサラの舌先に触れて、彼女はびくっとした。

「まだ、緊張する？」

ほんの少し離れた唇から、フッと笑ったような吐息が触れた。

サラが腕を回している彼の肩は、小さく揺れていて、こらえきれず笑っているのがわかる。

「そ、それは仕方ないです」

「わかってる。大丈夫だ、ゆっくり進めるつもりでいる」

そう、なのだろうか。

近くから見つめてきたカイルの不敵な笑みは自信たっぷりだが、サラは小さく疑ってしまう。

（たまに『待って』と言ってもやめてくれなくて、恥ずかしくなる時があるけど……）

そんなことを思っていると、再び彼の唇が重なって思考は甘くとろけていく。

キスは、恋人同士の触れ合いのように習慣となっていた。

《癒やしの湖》の回復活動により失った魔力を補うためたっぷりキスもするので、慣れてきた気もしているが――。

（でも、まだ、どきどきするの）

口内にある彼の熱に、両思いになって初めてキスされた時と同じときめきを感じた。

二人は公認の夫婦なのだからキスだってなんの問題はないのだけれど、サラの方がいつもいっぱいいっぱいになって、カイルがそこで終わってくれる、という感じだ。

夫婦となってから、二人は私室を共用していた。

結婚式までに前祝いはしていないので、挙式後の初夜という獣人族の婚姻の習わしに従って身は清いままで、寝室にはサラの分のベッドが追加で置かれている。

寝る時は別々のベッドなので、就寝まで寝室にあるソファで一緒に並んで過ごすのが日課だ。

その際にもキスをするのだが、そのあと何もないまま眠れるのか当初は心配になるくらい濃かった。

普段も感じていることだが、とくに寝室でキスをすると、彼が無性に離れたくないと思っているのではと感じる時がある。

同じベッドで一緒に眠りたいのではないだろうか。

サラはそう感じるのだが、彼は今のところ『一緒に寝よう』とは一度だって言っていない。

甘えるようにキスや触れ合いはねだってはくるけど、ただ、共に寝るだけの要望は彼の口から聞かなかった。

「んんっ」

何やら腰骨が甘く痺《しび》れるような感じで、身体がびくびくっとはねた。

息が上がるほどキスをされると、もう何をどうされているのかわからなくて、どうしてはねたのか不思議に思うほどだ。

「ここまでにしようか」

カイルがサラを支えようとして抱き直すと、彼女の身体が再びはねる。

「ン、ごめんなさ……」

「いや、謝らなくていい。……そもそも悪いのは俺だしな」

サラは不思議に思ったが、とにかく寄りかかって、と言われて彼の胸板に身を預ける。

彼にあやすように背を撫でられ、しばらく息を整える。

(同じくらいキスをしているのに私だけ話せないくらい息が上がってしまうなんて……獣人族との体力の違いね。もっと体力をつけよう)

サラは前向きに考える。

すると彼女を膝の上で抱きしめているカイルが「んんっ」と咳払《せきばら》いをした。

「サラ」

「はい、なんでしょうカイル？」

もうそろそろ息も整いそうだったので、サラは『もう話せます』と伝えるように、彼の胸に手を置いて近くからカイルを見上げた。

凛々しい印象がある彼の明るいブルーの目が、動じるみたいに揺れた。

何やら言おうとして、彼がじわりと頬を朱に染めた。口をつぐみ、顔の赤みを引かせるべく一度目をそらして、それから再び視線がサラの方へと戻る。

「その、だな」

「はい」

またしても、間があった。

彼が口を開いたまま、考えるみたいに視線を今度は上に逃がす。

「……すまない、なんでもないんだ」

なんでもなくはなさそうだが、サラが不思議がると彼は「またあとで」とすばやく言って、彼女をひょいと持ち上げて自分の隣へと座らせた。

（相変わらずすごい力だわ）

サラは感心した拍子に尋ねるタイミングを逃した。彼が茶菓子を勧めてくる。

またあとで、と言っていたのでその時を待てばいいのだろう。

自分が食べないと彼も食べてくれなそうだったので、彼にこそ糖分は必要だと思ってサラはお手本のように率先して菓子を食べた。

そのあとは雑談をしばらく楽しんだが、隣から時々、何やらカイルが頭のあたりをちらちらと見ているような気もした。

◇◇◇

カイルはその日、とうとうサラに切り出せずに終わった。

もう何日も前からあるものを渡そうと用意し、昨日ようやく渡す際の台詞《せりふ》も考えたというのに、愛らしいサラを前にしたら台詞が飛んだ。

そんなことは初めてだった。自分がかなり情けない。

寝室まで護衛でついてきたギルクも、なんのために日中時間を空けたんだと雄弁な彼の目が語っていた。

（さりげなく渡す、さりげなく渡そう……）

深夜、カイルはベッドの上で眠れないままそう頭の中で言い聞かせる。

そこでいったんその思考が終わってしまった彼は、やはり寝つけないまま横を向く。

そこには、もう一つ真新しいベッドが置かれていた。

すやすやと眠っているのはサラだ。

ここはカイルの寝室だが、今は夫婦の共用の寝室になっていた。いまだもう一人分の呼吸音が聞こえるのは慣れないでいる。

というのも、彼がサラをかなり意識しまくっているせいだ。

王城の住居区は、深夜になると物音一つなく静まり返る。向こうにある窓から時々風があたる音が、カイルの獣人族のいい聴覚に触れる程度。

だが今は、彼の寝室にもう一つ小さな呼吸音がある。

(すごく安心しきって眠っている)

サラは掛け布団を肩まで覆い、やや丸くなるようにして眠っていた。顔がこちらに向いていてカイルはまた眠気が遠ざかる。

入籍して〝夫婦〟となることが決まってからカイルの部屋が共用の私室とされ、そうして彼の広い寝室にはもう一つベッドが追加された。

夫婦となった初日、サラはナイトドレス姿でおそるおそるこちらにやって来た。

その時の光景はカイルの目に焼きついている。恥じらいながらも入室し、目が合うとはにかんだ表情は愛らしく、彼女が緊張しないよう彼はあらゆる優しさでもって気をほぐす努力をした。

とはいえ、彼女は安心するなり寝つくのも早かった。

翌日はベッドに入ると物の数分で寝た。カイルはおやすみを告げて心を落ち着けていた時、吐息がすぐ寝息に変わったのを聞いて『は』なんて、彼女の方を見て声がもれたものだ。

『今夜はなんの話をしましょうか』

数日ですっかり慣れてくれたようで、仕事が押してやや遅れて寝室にやって来るカイルをソファで待っていてくれる。

それはうれしい。うれしい、のだが――。

「はぁ……意識、なんてしていないよなぁ」

横向きになったカイルは、向かいのベッドに見えるサラのかわいい寝顔につぶやく。

二人の寝室になった翌日からは、すぐ安らかな顔をして眠るようになったサラ。それはカイルが九歳年上の男として、とにかく優しく接し、彼女に新しい寝室への緊張感を取り払ったのに成功した結果だといえる。

とはいえ、まさか完全に安心しきってさっと一人で寝られてしまう……というのは想定していなかった。

夜に、消灯された部屋に二人きり、というのもカイルにはつらい。

（『ゆっくり進めるつもりでいる』とか）

日中の自分の台詞を思い出して、彼は顔を両手で覆って密《ひそ》かに長いため息をこぼした。

そんなことを言って、彼は自分に散々制限をかけている。

内心、血反吐を吐きそうなくらい我慢している。それなのに大丈夫だとか大人ぶって、まだ十八歳のサラに余裕あるように見せているのだ。

改めて自分を見つめ返すと彼は顔が熱くなり、情けなくなって髪をくしゃりとかき上げた。

「大丈夫なわけ、ないだろう」

顔が赤くなっているところなんて見せられなくて、カイルは仰向けになると、自分の両腕で顔を隠した。

すぐそこで、サラが眠っている。

二人だけしかいない寝室。彼が少し動けば、ベッドに連れ込めるほど近くに無防備な彼女がいるのだ。

彼女の寝息を聞いて、すぐ眠れるはずもない。

——彼女が愛おしい。

契約の花嫁から、彼の本物の花嫁になってくれた。

今やサラはカイルの妻であり、唯一無二の彼のつがいだ。伴侶として〝契約魔法〟でつながっている。

愛する女性とつがいになった。これほど幸せなことはない。

だが、結婚してからカイルには悩みができた。

それは、サラを食べたくてたまらないことだ。《癒やしの湖》を復興させる活動は軌道に乗り、彼女の故郷である人間族の国のことも落ち着いた。

そうすると、ますますサラが欲しくなってカイルは大変だった。

本来、夫と妻になったらベッドも同じなのが、獣人皇国ではあたり前のことだ。

契約魔法は互いを結びつける見えない糸。

伴侶になったのに、魔力でつながったその人と離れているのを感じてカイルの身体は、ますます花嫁であるサラの存在を求めている。

サラは獣人族ではないのでわからないようだが、二度と消えない契約魔法は、互いを知らせ合う見えない魔力の絆だ。

こうして横になっているだけで、カイルはサラがどこで眠っているのかも感じられる。

気を抜いた拍子に、彼女の寝息を聞いてついよこしまな想像が脳裏をよぎる。

（いや、だめだ）

カイルは自分に言い聞かせる。

とにかく寝ようと思って、彼は、何が悲しくて妻に背を向けなくてはならないんだろうと思いながら寝返りを打つ。

「……はぁ、生殺しか……」

こんなことで寝不足になったらサラに心配されてしまう。

悩みがあるのかと理由を尋ねられたら困る内容だ。だから今夜もカイルは寝る努力をした。

◇◇◇

とても素敵な寝心地のベッドでたっぷり睡眠が取れたサラは、今日も朝から快活だった。

外出予定までに執務を片づけるべく、書類確認をこなしていく。

夫婦になった時カイルの寝室に置かれたサラの新しいベッドは、自国でも触ったことがないくらい上質だった。こんなプレゼントをされていいのか戸惑ったものの、とてもよくて気づけばすとんと眠りに落ちている。

目覚めるたび、彼が別のベッドで眠っていることを思い出し、また寂しさを抱く。

(初めは彼の寝室で寝ることに緊張したのに、拍子抜けするくらい何もなくて……)

心配になる情熱的なキスからも離れたくないという気持ちを感じるのに、その腕に抱えて彼のベッドへは連れていってくれないのかと考える。

近くで眠っている彼を意識しているのは、サラだけなのも少し寂しい。

（夫婦だからベッドも隣同士がいい、なんて色々とプレゼントまでされてしまっている私がカイルにねだれるわけがないのだけれどっ）

高速で書類を片づけているサラに、若手の税務官たちが「すごい！」とざわついていたのも、彼女は気づかなかった。

この国に来たばかりだった頃、サラは栄養不足で少々肉づきの悪い身体だった自覚はある。

もしや、そのせいで彼に大人の女性と思われていないのではと心配にもなった。

彼を意識するあまり色々な想像が不安をかき立てる。

けれど、カイルがベッドを二つ置いた意味を考えると、やはり男女の関係になるのは挙式を経てからという獣人族の風習を重んじてのことだろうとも思え、サラは落ち着く。

間違いがあってはならないと考えてカイルがベッドを二つにし、あえて離して置いているのなら尊重すべきだ。

（一緒の寝室だと意識しすぎている自分が恥ずかしいわ……さっ、今日も活動をがんばりましょう！）

アルドバドスが時間を伝えにやって来たのが見えて、サラは気持ちを切り替えた。

皇妃の衣装を動きやすいドレスへと着替え、カイルと合流し《癒やしの湖》の活動のためドロレオで王城を出発した。

そこは山岳に囲まれた草食系の獣人族が多い町だった。

護衛にギルクたちとアルドバドスがつき、サラの手を取って進んでいくカイルに土地の人々は頭を下げていく。

「皇帝陛下自らお越しいただき、ありがとうございます。町の代表として感謝申し上げます」

「これまでよくぞ自分たちの《癒やしの湖》を守った。少なくなった水量の中、いさかいも起こさず必要な者には十分に与える、そのお前たちの努力を俺は尊敬している。よく、やった」

「それは、皇帝陛下が王弟時代からご指導してくださったからです」

代表として話した男も、そうして彼の後ろでサラたちの到着を待っていた町の者たちも涙ぐむ。

「町の平和は、人々の暮らしの平和あってからこそ、と皇帝陛下は我々に力強く励ましの言葉をくださいました。あなた様が、各《癒やしの湖》への通路をすべて敷く、という功績をご即位前に成し遂げられたからこその混乱の少なさでしたし、我々も、あなた様だからこそ信じて、がんばってこられました」

カイルは、すごい人だ。

サラはその数年はかかる規模の《癒やしの湖》の回復計画を、臣下たちが集められ話し合われた大会議で知った。

冷酷だと言われていたが、同時に、カイルの政策は完璧だった。

獣人族の強靭《きょうじん》な肉体に効く薬がない中、彼らが生きていくには、傷と病を治してくれる《癒やしの湖》の水が必要不可欠だ。それが減少を始めると、国民たちは次第に不安を煽られる。

その水位低下が全土で明確になった時に、不安による暴動も起こらなかったのはカイルの手腕によるものだ。

両陛下が存命だった頃、カイルは部隊を率いて国内の治安を守りつつ《癒やしの湖》の管理を担当するよう指名を受けた。

そこからずっと、カイルは誰よりも《癒やしの湖》に関わり続けたといってもいい。

兄が皇帝になると、カイルは王弟という権限を生かして、すぐ《癒やしの湖》までの各ルートを整備する。

整備に関していえば、たった数年で全土を整備、というのは、人間族の国だとかなり信じられないことだ。しかし、獣人族が元々強い力を持っていることに加え、獣化によりさらにその力が強化されるため、実現したのだった。さらに、ドロレオといった獣人皇国にだけ生息する共生動物の活躍もあった。

「皇妃様、どうぞご無理はされないでくださいませ」

「話は聞いております。あの時は、ご無事で本当に何よりでございました」

たった一人の獣人族の子供の傷を癒やすために、魔力を枯渇して死にかけた。

その話は、のちにカイルが彼女を最愛の伴侶だとして妻に迎えたこともあり、一気に広まったようだ。どの土地へ行っても歓迎と同時に身体を心配され、サラは自分まで大切にされていることをうれしく思いつつも、申し訳ない思いで苦笑する。

獣人族は種族によっては生涯に一人の伴侶しか持たない。それは狼皇帝の一族もそうだった。

残った皇族はカイルだけ。国民たちは『人間族はかなりか弱い』と知っているから、いよいよサラが心配なのだろう。

「大丈夫です。務めを果たします」

迎えてくれた素敵な国。皇妃となった今も、なる前も大切な獣人族たちに何かしたい気持ちは変わっていない。

この活動が、自分がこの獣人皇国に最も貢献できる恩返しだとサラは思っていた。

町の者たちに案内される形で、人々がつくった道を進む。

急《せ》かす様子もない落ち着いた彼らと周囲の人々の雰囲気を見て、サラはさすがだと改めて思ってしまう。

（通常、自然災害を受けて物資が少ない場合でもこうは落ち着いていられない……）

要所の《癒やしの湖》は対応済みだった。

即位する前から調査にあたっていたカイルによって、《癒やしの湖》は危険度のランク別にすべて振り分けられていた。

枯れるかもしれないと危惧されて緊急を要していた場所、そして次に危ぶまれていた場所——その情報からカイルたちの采配のもと順番が決められた。それもあって国内も大きな動揺や混乱もなかった。

おかげでサラもスムーズな移動と回復活動ができた。

そうして人間族の国へ行く日までには、一連の回復活動が落ち着いたのだ。

さすがはカイルだ。そもそも彼の協力がなければ、サラも《癒やしの湖》を復活させられなかった。

（力を使ったら〝アレ〟が待っているのだけれど……）

じわりと恥ずかしさがよみがえり、隣を盗み見る。

カイルは今にも尻尾を出してぶんぶん振りそうなくらい楽しみにしている感じが伝わってきた。

周りは、彼の機嫌がいいらしいことは見て取っていて困惑している。

「皇妃様が湖を復活させたら、皇帝陛下もなんらかのお手間を取るのだろう……？」

「そうとは聞いたぞ、だからお二人で回っているのだとか。とはいえ……予想していたのは少し違うな……？」

「仕事が増えるのに、なんとも上機嫌だ……」

「夫婦でご公務ができるのがうれしいとか？　たしか皇妃様は、外のご公務は挙式後に本格的始動していくとは噂で耳にしたぞ」

違うのだ。

（いえ、一緒にできてうれしいのは合っているけど、この活動に関してはそこじゃないの）

サラは、町の者たちの憶測話を聞きながら頬が赤くなっていくのを感じた。

婚約や結婚に使用される獣人皇国の契約魔法は、魔力でつながりをつくる。

そのため伴侶から伴侶へだけなら魔力譲渡が可能だ。

カイルはこの皇国で唯一の皇族。魔力量も桁違いだとか。なので、あまりに余っているから譲渡しても全然平気だと彼自身も言っていた。

だが、その魔力の受け渡し方法がちょっと問題なのだ。

身体のどこかに触れていれば魔力は渡せるけど、時間がかかるので直接の経口譲渡の方が強い。

つまり、彼は――キスでサラに魔力を注いだ。

サラが《癒やしの湖》に注ぐような要領で、彼は契約魔法のつながりを通して彼女の体内へと自分の魔力を送り込む。

魔力の質は違うようだが、浄化の力しか受け入れない《癒やしの湖》と違い、どうやら〝聖女〟はどんな魔力でも補充できるみたいだ。

魔力を渡されると、次第に回復していくのを感じるから、自分の体内で自分用に変換しているのかもとサラは推測していた。

（聖女、か……）

獣人族たちはそう口にするが、聞くたびサラは慣れないでいる。

この獣人皇国では、不思議な力を持った人間族に対して、そういう言い方があるらしい。

サラは、自分が生まれた国では〝魔女〟と言われ蔑まれてきた。

エルバラン王国では、髪と目に金色を持っている魔女が魔法で王子を蛙に変え、嫁いでくるはずだった姫を魔法の塔に閉じ込めて王家の血を途絶えさせようとし、国内を混乱へと陥れたという話があり、金髪や金目は嫌われた。

サラはまさに両方、髪にも瞳にも金色を宿して生まれた。

辺境伯の令嬢でありながら冷遇され、数ヶ月前、長女が婿を取ることが決まったと同時にこの土地に捨てられたのだ。

魔女を憎んでいる自国では誰にも話せなかったが、サラは自分の小さな傷を癒やせる特殊能力を持っていた。

魔法ではないし、ただの特殊な体質かなんかだろうと思っていた。しかしガドルフ獣人皇国へ来てから、彼女の特殊能力は〝魔力〟だったと判明する。

《癒やしの湖》は、魔力によって清らかな癒やしの水が湧き続ける。それが水量の減少という異常事態が発生し始めて、ここ数十年で深刻化した。

原因は魔力の枯渇によるもの、だったらしい。

サラが新鮮な魔力を注ぎ入れることで《癒やしの湖》の水が復活することが判明し、国内の復興活動計画が立ち上がった。

（初めて注いだ時、『ありがとう』と湖から聞こえた気がするのよね……）

町の人々に案内されてカイルたちと共に《癒やしの湖》へと向かいながら、サラは考える。

《癒やしの湖》の水量減少は、なんらかの理由で『癒やしの魔力』の活動が低下して生産が不可となり、徐々に弱っていった結果、魔力で湧き出る水も同時に減少したものと考えられる。

つまりは、まさに、枯渇。

魔力が干からびて弱る、というのはサラも経験済みだった。

彼女も死にかけた獣人族の子供の傷を癒やしただけで、限られた体内の魔力が底を尽き死にかけた。

身体が動かない、これ以上何もできない、そう思った。

（たぶん、湖もその状態だったのかも）

だからサラが、元気な癒やしの魔力を分け与える。

そうするとまるで命を吹き返すみたいに《癒やしの湖》は活発化し、もとの水量、つまり本来持っていた魔力量まで戻るのだ。

不思議なことに、獣人皇国にはその《癒やしの湖》のことを示唆したような言い伝えがある。

危機が訪れた時に〝聖女〟が現れる——とか。

隣同士でありながら、サラのいた国の〝危機を与えた魔女〟とは逆で不思議にも思っているところだ。

「ここがこのツィツィの町の《癒やしの湖》だ」

足元の木の根に気をつけて進んでいたサラは、カイルの声に、ハタと視線を持ち上げる。

「町の者たちが綺麗《きれい》にしてくれている」

そこには湖があった。見る限りでは生活に問題なさそうな数トンの豊かな水量。だが水底の土がかなり周囲に目立っている。

そこは子供でも足をつけられるよう桟橋が設けられていた。さらに、水がくめるようにと数ヵ所にバケツが設置されてある。

全体的に劣化もなく綺麗だ。大事に、大事に使ってきたのだろう。

「すごいです。水位の減少に合わせてつくり替えまでされているんですね」

「この湖を利用している近くの町の者たちや立ち寄った者たちも整備を手伝っている。彼らの善意と努力がここを美しく保っているんだ」

「素晴らしいことですね」

サラが賞賛して微笑みかけると、すぐそこで見守っていた町の者たちが照れくさそうにした。

（私でもできる恩返しだわ）

特殊な体質には昔から助けられてきた。けれど実家で侍女のような扱いを受け、冬の水仕事などで指先が切れて、それを自分で回復させていた時以上に、今、こうして役に立てる力でよかったと心から感謝してる。

大好きな国だ。そこに生きている人々も、みんな温かくて好きだ。

手を取って助け合い、感謝の気持ちでまた人と土地の縁ができて――。

それは、今のエルバラン王国が忘れてしまった、本来の情の美しさにサラには思えた。

サラは数年かけてでもかまわない、この皇国を美しい水がたっぷりの豊かな国に戻すことを目標立てていた。そのためにも、付き合わせることになるカイルに申し訳ないだとか、悪いなと思う気持ちをぐっと抑え込んで回復活動の声を上げた。

いつか自分が老いていなくなったあとも、愛する獣人皇国に残る恩返しだ。

「サラ、手を貸そう」

「ありがとうございます」

どんな時にでもぴったりと寄り添い、ついてきてくれるカイルに微笑みサラは水の手前へと進み、しゃがみ込む。

心を一度落ち着けて、それから《癒やしの湖》にそっと手を差し入れる。

もう、あれから何度も繰り返してきたことだ。

（がんばってくれていたみたい）

最近はその水に含まれる魔力を感じられるようになっていた。

手には、こぽこぽと水を生み出す元気がなくなっている感覚がある。

けれど、サラは町の人たちの話を聞いたばかりのせいか、《癒やしの湖》に残されていた魔力が『もう少し』と、その意思だけで現在の状態を保ってくれている気がした。

よく、がんばった。町の人たちに告げていたカイルの言葉が耳元によみがえる。

（よくがんばったわね）

サラは同じ気持ちを《癒やしの湖》に抱いた。

身体の中にある魔力に意識を向ける。じわーっと温かくなる感覚があり、体温が血管を巡って手に移動していくようなイメージを浮かべる。

手へと移っていた温《ぬく》もりは、やがてサラの指先から溶け出すようにして水へ――。

その時、まるで水に光が差し込んだみたいに水中で輝きが起こる。

それはぽこぽこと動き出した水音と共に広がって、間もなく水全体が明るさを増し、中央から噴水のように水が湧き始める。

（綺麗……）

何度見ても不思議な光景で、同じく感動が胸へと押し寄せる。

自分が起こしているなんて、いまだ信じられない。

サラはカイルの差し出した手を取って立ち上がると、彼と共に水辺から少し離れ、そこから奇跡みたいな美しい再生と復活の光景を眺めた。

《癒やしの湖》が、よみがえっていく。

水中から勢いよく水を生み出していく様子は、元気になった湖が喜びの声を上げているみたいに思える。

だが、感動は不意に上からの声に飛び去る。

「へぇ。魔力が同調して〝生き返った〟なんて珍しい光景だなぁ」

同時に、真上で大きな羽ばたきを聞いた。

反射的にバッと顔を上げた時、サラの緩やかに見開かれた金色の瞳に、大きな白い翼が映る。

そこには絵画から出てきたような美しい男がいた。

彼は、アルバの上から長い後ろ襟のついたモンク・ローブのような白い祭服を着ており、どこか上級聖職者を思わせる。

透き通るような白い肌。揺れる見事な白い前髪と紺色の瞳の濃さは、印象的だった。

その、どこか神秘的な目がサラの見ている前で、愛想よく細められる。

「あなたが噂の聖女ですね？」

なんで、背中に翼が生えているのか。

サラは口をぱくぱくした。男の美貌よりも、彼の後ろに大きく広げられている白い翼に全意識が向く。

（え、え？　天使？）

彼を見た際、サラは一瞬、教会に描かれている天使が頭に浮かんだ。

まさに彼がそのモデルになったと言われても納得してしまう容姿だ。

どこか愛嬌を感じる様子で首をかしげた男が着地する。するとその背から、彼が翼を消した。

（いえ〝しまった〟んだわ）

サラはハッと気づく。カイルたちが獣耳や尻尾といった獣人姿を解いた時と同じような状態だ。

彼は翼を持った人間ではなく、獣人族なのだ。

するとカイルが、後ろからサラの両腕を取って自分に引き寄せる。

「貴様は――」

「おや、そんなことを言ってもいいのですか？　今は〝皇帝〟の身でしょう？」

強い警戒を浮かべたカイルが、ぐっと口を閉じる。

（……知り合い？）

そう、サラが思った時だった。まさにその通りだと言わんばかりに相手の男が胸に片手を添え、言葉を続ける。

「皇帝陛下には、お目にかかれてうれしく存じます。兄君の国葬の参列以来になりますね」

「参列に覚えはないが、貴殿がいつものように〝勝手に舞い降りて〟見届けたことなら覚えている」

「それが我ら〝天空にいるモノ〟の役目です。どうぞご了承を。大地にいる獣人国の様子を見守る立場にありますから。とはいえ我らの王はあまりにも無頓着ゆえ、下々が苦労します」

サラはカイルだけでなく、後ろで待機していたギルクたちや町の人々にもピリッとした緊張感が漂っているのを感じた。

白髪の男が「おや」と目を向けてくる。

「魔力がずいぶん減っていますね。足して差し上げましょう」

「えっ」

彼が手を向けてきたかと思ったら、白銀の光が現れてサラの身体へ飛んできた。

びくっとした一瞬あと、サラは爽快感に息をのむ。

光が身体にぶつかった途端、温かな空気が一気に吹き込む感覚があった。それは胸を中心に全身の体温を上げていく。

（これは――）

サラはすぐ身体の異変に気づく。

魔力使用後の疲労感が一瞬にして消え去った。身体が軽い。

魔力が一気に回復したのだ。

（私に魔力を直接つぎ足してきたの？　私に与えられるのは伴侶の契約魔法があるカイルだけのはず

なのに……獣人族は魔力を使えないはず、それなのに彼、今、私の目の前で魔力を使ったの？）

身体に触れるが異変は感じられない。完全に回復している。

驚きのあまり声が出なくてカイルを見た。厳しい目で男を見ていた彼が、ハッと気づいて、苦い表情を押し込むように冷静な表情へ戻す。

「サラ、彼は俺たち獣人族と違って魔力を使える。神獣族のバルベラッド神獣王国の者で、外交を任された大公のツェフェルだ」

「し、んじゅう……」

獣人族には神獣という分類があるらしい。そのうえ相手の身分の高さに驚く。

「俺たちとは少々異なり、神獣国は基本的に同一種の国になる。――彼は〝ペガサス種〟だ」

「え、ペガサスって、翼が生えた白馬の？」

「ああ。天空に領地がある」

まるでファンタジーだ。サラはぽかんとしてしまった。

（そういえば、彼は『地上』という言い方をしていたわ）

色々と情報が立て込んで混乱を感じつつ、神獣だという大公のツェフェルへ目を戻す。

すると彼が、サラに無害そうに笑いかけて胸に手を添える。

「ご紹介に預り光栄です。ガドルフ獣人皇国の皇妃にして〝聖女〟。私のことは、どうぞツェフェルとお呼びください」

皇妃になった女性は聖女だとは耳にしていたようだが、名前までは知らないみたいだ。

「ご丁寧に感謝申し上げます。私は、ガドルフ獣人皇国の皇妃、サラ・フェルナンデ・ガドルフです。

大公様にお目にかかれたこと、光栄に存じます」

彼の存在そのものへの衝撃が強かったせいで、やや呆然としつつスカートをつまんで挨拶をする。

(ペガサス――だから、翼が)

空想の生物だと思っていた。それが実在していたことにもサラには驚きだった。

「ずいぶん驚かれたようですね。皇妃になったばかりとのことですのでご説明申し上げますと、私たちは魔力が使える種族だったため住処を空に浮かべたのです。魔法で外からは見えませんが、魔力の蓄積と共に大地も増築され、現在は八割以上が魔力でできています」

「えっ、土地を空に浮かべたのですかっ？」

「はい。天空にはいくつかの神獣族の領地があります。そして地上には大昔から複数の獣人族の国が存在しています。その中で、こうして皇妃となったあなたに一番にご挨拶できて、うれしく思いますよ」

「それは、……説明も、ご丁寧にありがとうございます……」

他にも獣人族の国がいくつかあることも意外だった。

(挙式後に外交を、というのはその国々のことなのかも)

獣人族は人間族と関わらない生き方をしている。地上に国境があることにより、それが実現できている。しかし、それが上空であれば話は別だろう。

サラは、獣人族の中には完全に獣化するタイプがいるのも知っている。

人間族の国とは生息している動物もかなり違っていて、獣人皇国には人を運べるほど大型の鳥種の獣人族もいた。

獣人国同士でも、隣接しない国とは滅多に交流はなさそうだ。

妃教育で外交の優先順位が低いのもそのためだろう。

人間族の国と違いすぎる環境と生物に溢れた獣人皇国。それを、ことを学ぶのに一生懸命なサラを見て、まだ外国の獣人族のことなどを教えるのは早いと、配慮しているカイルの優しさをサラは察することができた。

でも、まさかの〝神獣〟だ。

正直、ちょっと想像が追いつかない。

(獣人族はそれぞれルーツになった獣があるけど、まさかの神獣……ペガサスって伝説の生物じゃなくて、実在していたの?)

聖獣とか幻獣とも言われているので、大まかに見ると同じ獣人族なのではないかとサラは思う。

とはいえ、やはり魔法で大地を空に浮かべるなんて想像ができない。

「サラ、彼らは特殊な位置づけなんだ。獣人族と神獣族は根本から違う」

気にしたのか、ぼうっとしているサラにカイルが耳打ちしてきた。

「じゃあ契約魔法も……?」

「ああ、ない。神獣は種族によって寿命も百年から数百年と違っている」

「す、数百……!」

「私たち神獣は獣人族と違って、種が違えば、まったく違う生物なんですよ～」

不意にツェフェルの大きな明るい声が聞こえて、サラはびくっとした。

「神獣はそれぞれ特徴も持っていますしね。私たちペガサスは魔法で速く飛ぶことに長《た》けていて、魔力のタイプは癒やしです。ですから、私たちは自分で傷も癒やせます」

サラは驚きで声が詰まった。

魔力を消耗した際の回復が一瞬だったのも腑《ふ》に落ちた。

「わ、私も傷を治せます……魔力が同じなんですか？」

「まさにそうです。親近感を感じますでしょ？」

ずいっと顔を寄せられて驚いたサラを、カイルが肩を抱いて後ろに引いてくれる。

「とはいえあなたは人間族ですから、念のため魔力をあなたに同調させて注がせていただきましたよ。私たち神獣は生き物として違いすぎますからね。ですが見事魔力はあなたの身体に合いましたし、魔力の特徴からしても、聖女というのは我々ペガサスと似通う部分が多くあるのかもしれませんね」

サラは、彼がやたら親近感を押してくる気がした。

（何かしら、お喋《しゃべ》りなのが気になるわ……）

そう疑った拍子に、カイルの腕が強まって、サラは警戒心を感じ取った。

ハタと気づいて周囲を見てみると、ギルクたちも警戒した様子でツェフェルを見ていた。アルドバドスなんて今にも唸りそうで、外国の大公に向けていい表情ではない。

けれどサラは同時に、町の人々が後ろに下がって怖がっているのがわかった。

「それで、貴殿はまた気ままにふらりと様子を見に来たわけか？　それにしては、我が皇妃がいる場所とはずいぶんとタイミングがいい」

「それはそうです。私は、狼皇帝が伴侶を得たというので、その様子を我が王へ伝えるために見に来たのですよ。急に、必要なところにふらりと舞い降りるのはペガサスに許された特権――いつものことでしょう？」

相手が、美しい顔でにっこりと笑う。

カイルとは真逆みたいな人だ。サラは、彼の笑顔は仲よくしたいとか愛を伝えるとかそういうものではなく、ただの武器なのだと察した。

（何度か出た社交場でも、こういう人を見かけたわ……）

本心が読めない。害はなさそうに見えるがやり手で、社交するのなら気を引き締めて気をつけた方がいい相手。

外交を任されているというくらいだから、そうなのだろう。

「伴侶を得ておめでとうございます。夫婦のご様子を見られましたし、私はこれで帰ります」

ツェフェルの背中で大きく白い翼が広がった。

と、彼の視線がサラに定まる。

「それでは、また」

（『また』……？）

直後、強い風が吹いてサラは目を閉じてしまった。

次に目を開けた時、そこには誰もいなかった。

カイルたちが空を見上げているので視線を追いかけてみると、白馬の姿が一瞬だけ目に留まった気がした。

（とても速いわ……）

あれもまた、彼が話していた魔法なのだろうか。

「皇妃を名指しできましたね。彼は『聖女』と真っ先に口にして確認しました」

声がして振り返る。ギルクがそばまで来ていて、カイルが難しい顔をして眉間に皺《しわ》を作った。

「確かにそうだな」

「あの、いかがされましたか？　聖女かとは確認されましたが、彼は私の名前まではご存じではありませんでしたし」

「サラ、神獣族の中で、とくにペガサス種は他種族にさえ興味を持たないことでも知られている。サラの存在を知って見に来たのだとしたら、気をつけた方がいい」

カイルはサラにも警戒して欲しいみたいだった。

（人間族を皇族に迎えたから、見に来たのではないのかしら……？）

異種婚とはいえ人間族は初めてのことだ。彼らは同じく獣の姿を持った種族なので、完全に無関心でいられるはずはない気がした。

先程話していた様子からすると、特別な立ち位置の種族なので様子を見に来る権限を有しているのもわかる。

それ以上は、サラの知識が足りないのでなんとも言えない。

足りないものがわかってよかった。ひとまず妃教育の講師たちに、神獣国のことを先に教えてもらうようお願いしてみることをサラは決める。

町の人々のざわめきを、カイルの指示を受けて護衛部隊たちが収拾にかかる。

「何もないとよいのですが……」

「俺も同感だ」

八人の仲間たちと何やら難しい顔をしていたアルドバドスが、ギルクのつぶやきにそんな相槌《あいづち》をそっと打っていた。

アルドバドスは昔から一緒にいる八人の幼なじみとグループを組んでいる。彼はそのリーダーだ。

彼らは労働力売買に所属し、一人で森にさまよっている子供らを保護し、引き取り手を見つける活動を行っている。

アルドバドスはその他に、所属組織から仕事をもらったり、報告、報酬、手続きの監督までしている。その間に、仲間たちはグループ内の事務処理を行ったり、顧客からの問い合わせやアフターフォローに応じたり、時には連絡係としても走る。

そしてアルドバドスが打ち合わせしている間は、休ませている移動用のドロレオのご機嫌を取り、出発に不備がないよう確認してキビキビと動き回る。

その雑用の完璧なサポートっぷりは王城の者たちも一目置いている。

話しっぷりや見かけはアレだが、つまるところ、アルドバドスを含めて全員が『すごく真面目』なのだ。

# 第二章　皇妃の活動と気になるペガサス

ペガサスがいきなり舞い降り、その場にいた獣人族たちを警戒させてから数日が過ぎた。

ツェフェルがそんな発言を残したことで、カイルたちをさらにピリピリさせたみたいだが、立ち去ったあと彼の目撃情報は国内で上がってはいない。

『また』

各地に調査を依頼したカイルも、そこでようやく肩の力を抜いたようだ。

サラは、ギルクから、神獣はどの国だろうと好きに〝羽〟を休められるようになっているとは聞いたから、入国関係の先触れも許可も不要な点がカイルたちの警戒心をしばらく緩めさせなかったのだろうとは察せた。

神獣種は、群れごとに別の国となっているという。

ガドルフ獣人皇国に一番近い神獣国が、天空にあるペガサスたちのバルベラッド神獣王国なのだという。

天空に国土を持つ神獣たちの間には、独自のルールが存在しているそうだ。彼らは軽く飛んでいける範囲までの地上を領地統括内とした。

つまり彼らはそれらの大地を、神のように観察している、と。

そのことについて教えてくれた教育係の講師の一人、アブダモ公爵夫人は珍しく冷ややかで早口だった。

「神獣族にはいくつかの種が存在しています。彼らがわたくしたちと完全に違う生き物であると分けて考えるため、国名にも区別をつけて獣人国、神獣国、と呼ばれるようになった歴史からも彼らの影響力は強いです。そこにはまた理由がございますが、勉強量は多いですので各講師から一つずつ学んでいきましょう。とくに天空を住処とする神獣族は、地上のわたくしたちとはほぼ挨拶程度にしか縁がなく、彼らもそれでよしとしています。まったく相手にしていないのです」

「挨拶程度……」

「それだけ地上に関わらない種族です。皇妃様を見に来られたかもしれないとお噂を聞いて、わたくしも大変心配いたしましたわ」

テーブルについていたサラは、アブダモ公爵夫人にぎゅっと抱きしめられた。

獣人族は女性も子供も関係なしに力が強いので、遠慮されていても苦しくなる。とはいえ、本心から心配されているのを感じて、うれしさの方が勝った。

《癒やしの湖》の復興活動に乗り出すことを決めた際、まずは皇妃に就くべきという意見が出た時は驚いた。

それは国民たちの総意だった。不安を残させるよりも……と思ってサラも了承した。

何より、獣人皇国の一員としての方が動きやすいとは、令嬢教育を受けていた彼女も理解していた。

とはいえ、まさかの結婚式話が出る前の、急な入籍だった。

辺境伯令嬢だが、それとは程遠い生活をしてきて、侍女仕事が板についているくらい平凡な空気に安心できる身だ。

戴冠式を迎えた時には、皇妃になるのだという実感がドッと襲ってきた。人間族を皇族に迎えるなんてと、反対する獣人貴族たちが出てこないかどうかも今さら心配になった。

だが、大勢の人前に出ることに緊張しつつ、王城の式典用バルコニーにカイルと共に出た時に、サラは驚いた。

町まで埋まるほど集まってくれた大勢の国民たちは、サラを大歓迎してくれていた。

中には、皇帝と結婚してくれてありがとう、と叫ぶ子供たちもいた。

(受け入れられたことが、――うれしい)

獣人皇国にいると髪と瞳の色なんて気にならなくなっていた。カイルによって溶かされ、とても小さくなっていたコンプレックス。

あの夫婦お披露目で受けた国民たちの大歓声は、サラの反対されるかもという不安を吹き飛ばすほどの衝撃だった。

皇妃となったお披露目以来、サラがつらい過去を思い出すことなどなくなっていた。

(彼がよく愛おしそうに触れるせいかも……)

その日も、サラは侍女に髪の世話を受けていた。忙しいタイミングに、ふっと訪れた余暇。

鏡に映っている自分の髪を見て、そういえばため息をつかなくなったことをなんとなく感慨深く考えてしまった。

「皇妃、髪型はそのままでよろしいでしょうか？」

覗《のぞ》き込まれて、ハタと我に返る。

「はい、大丈夫です」

その日、サラは午前中にカイルと会談を二つこなしたのち、人手が足りないと困っているノティカの管轄部署に助っ人に入った。それが終わると次の予定に間に合うよう、支度部屋へ突入し、今度は着替えに追われた。

これからあるのは皇妃としての仕事の一つ——出かける夫の見送りだ。

皇帝が公務で外出する際には、出立式というのが行われる。

王城の主が外に行くのを、城の者たちや登城可能な貴族たち、王都の者たちが見送るのだ。

カイルは今や独身ではないので、その見送りの先頭には、妻が立つことになっている。

サラが協力を頼み、走って支度部屋に一緒に突入して慌ただしさに付き合わせているのは、侍女仲間たちだった。

皇帝付きの侍女に走らせるなんて、サラにはできない。

侍女仲間たちは、サラが侍女仕事をしている時には楽しく話している同僚であり、友人だ。だから、皇妃として接するのは少し慣れない。とはいえ皇妃として公務を行う間は、侍女仲間たちにお世話される立場の者として振る舞うのが、侍女という副業を続けるルールだった。

『このままでいいとサラが言ってくれてうれしいわ。かなり難しい要求だけど』

『その代わり、時と場合はきちっと守ること！　皇妃としての所作が公務中にうっかり崩れたりしたらどうするの？　ぱちっと切り替えを、日頃から身につけなくっちゃね』

確かに正論で、助言にはぐうの音も出なかった。

本音で接せられる同性の友達がいることは心強く、とても素敵だと実感した出来事でもあったけれど。

出立式には、皇妃として着飾った衣装で人前に出る。

裾は床をこするほど長いし、装飾品もかなり凝っていて量もあって重いのだが、誰が見ても〝皇妃〟とわかるようにするのは大事だ。

（妻の役目はしっかりこなすわっ）

目立つのはいまだ慣れないけれど、サラは姿見で最終確認を行いながら密かにぐっと気を引き締める。

カイルは、国内の治安維持のため、自分の元部下たちも含めた護衛部隊を率いて自ら各地を巡回している。

いつもサポート部隊としてガートが同行して、カイルから指示を受け、時間短縮のため途中から二手に分かれて回るのだとか。

軍人王弟時代の右腕だったギルクも、カイルに同行するのが常だ。

とはいえ、皇帝と皇妃として別々に公務をする際、彼は部下たちとガートにカイルの方を任せてたびたびサラの護衛責任者としてそばについた。

ギルクは指導もしてくれるので、サラにとってはありがたい。

本日はカイルが出発すると、ギルクはサラにつく予定だ。

（ギルクさんも見守ってくれるし、だから私も今日の公務もがんばらないと）

今の自分ができることを、精いっぱい。

サラは侍女仲間に衣装の裾を持つのを手伝ってもらうと、王城の正面へ向かう。

だが、正面広場の明るさが差し込んだ廊下に出たところで、ハタと足が止まった。

「あら？　カイル？」

そこには、カイルがいた。

「サラもこれから外での公務が入っているだろう？」

「はい、そうです」

サラは今朝、今日の公務について彼に話していた。そろそろ出立式だというのに、わざわざここでサラを待っている必要はない。

カイルはファー付きのロングコートを羽織っており、正装でばっちり整えられている。皇帝自らドロレオにまたがり、現場に駆けることができるよう、軍服仕様のものだ。

直前まで話していたギルクが、数歩下がる。

咳払いをしながらカイルがサラへと歩み寄った。

「その、だな。外を歩くのなら動きやすい方がいい」

「そうですね」

「今日は涼しい程度には風もまぁまぁある。サラの役に立つのではないかと思ってな」

珍しくはっきりとしない感じだ。

目の前に来た彼をサラは不思議に思って見つめる。カイルは言葉を続けながらロングコートの内ポケットから何かを取り出し、サラの頭を包み込むようにして彼女に接近した。

彼がまとう甘く心地いい匂いに包まれ、サラはどきっとする。

（え、え、何？　今度は髪じゃなくて頭にキスでもするつもりっ？）

だが、髪に何やら感触を覚えてすぐ、カイルが離れていく。

サラはきょとんとした。彼が見ている自分の前髪の横あたりを目で追いかけると、侍女仲間がさっと手鏡を出して映して見せてくれた。

「あっ、とても綺麗……」

アメシストの美しい輝きにハッと目を吸い寄せられた。

そこには美しいのにかわいい、という感想が浮かぶ素敵な髪留めがあった。花弁《はなびら》に見立てて一粒ずつ形作られたアメシストが、花を描く。それは複数の花となってサラの金色の髪で上品に明るく輝いていた。

花弁を模した細やかな装飾は光を反射させ、頭を左右に少し動かしてみるとますます輝く。

サラが見とれている様子を前に、カイルが細く安堵の息を吐く。

「気に入ってもらえたようでよかった」

彼が胸に手をあて、どこかほっとするみたいな吐息を交ぜてそう言った。

謙虚な人だ。似合うと思って買ってくれただろうにと、カイルの愛情深さにサラはさらに笑みが浮かぶ。

「カイル、ありがとうございます。こんなにも美しくてかわいい髪留め、とてもうれしいです。花柄も好きですし、この色もとっても好きです」

見た目だけでなくアメシストの色合いも大変美しい。

しっかり髪を押さえてくれている感じもあるから、動きやすくなりそうだし、風が吹いても髪を気にせずに済みそうだ。

（うれしい、活用していこう）

サラは髪留めをそっと手で撫でる。だが、そこでふと我に返ってはっとした。

「あのっ、これってお高い物なのでは――」

「いや、そんなたいそうなものではない。町を巡回していた際に、たまたま目に留まったんだ。そういえばこういう髪留めをよく使っていたなと思い出した」

サラの髪はさらさらしていて、まとめていてもほどけていってしまう。だから実家でも、作業時間以外は背中に流しっぱなしだった。

（よかった、高価な物ではなかったみたい）

サラは安心した。これなら、普段使いしても大丈夫そうだ。

そもそも、重要なのは価格ではないのだ。カイルが、サラのために選んでくれたことがその髪留めの価値を高める。

公務でつけてもドレスに合うだろう。

うれしく髪留めに思いを馳《は》せていたサラは、侍女仲間たちが口元に手をあて、ニヤニヤとこらえているのも気づかなかった。

緊張気味に見守っていたカイルも密かに胸を撫で下ろす。

「――ああ、本当にかわいいな」

え、と声につられて視線を上げた時、サラの瞼《まぶた》の上にちゅっとカイルの唇があたっていた。

彼がアッシュグレーの髪をさらりと揺らし、近くから見下ろす。

サラは熱い眼差《まなざ》しを受けてかーっと首から額まで熱くなった。

「ふふ、赤いな。まだ慣れない？」

「ふ、不意打ちだからですっ」

実はもう一つ、急に近くで目に留まったカイルの姿が、あまりにも美しかったから、という理由がある。

凛々しい目鼻立ち、美しい狼を思わせるキリリとした双眼。それなのにサラをじっと見つめている時には、その眼差しには威圧感もなく、それどころかブルーの瞳は魅惑的に見える。

「サラはまだ恥ずかしいと言っていたから、ここで見送りのキスをもらっても？」

彼がサラのこぼれている金髪にさらりと触れた。どこか野性味を感じさせる色っぽい微笑みを投げかけてくる。

サラは、胸がきゅうっと甘く締めつけられた。

夫婦にはなったけれど夜伽《よとぎ》もなく、実感は半ばだ。サラも時には侍女として意気揚々と活動しているので、契約花嫁だった時の感覚になることも多い。

そのたび、不意打ちでカイルがこうして夫婦であることを思い出させてくれる。

「さ、ここに」

カイルが顔を寄せ、自分の唇を指差す。

時間がないのも確かだ。これは、早々にカイルの希望を叶《かな》えるしかない。

自分からするのはいまだ緊張する。ちらりと後ろを見ると、侍女仲間たちが『わかってるわ！』と言わんばかりに頼もしく顔を背けた。

サラは、再びギルクを見た。彼が『仕方ないですね』と小さなため息で伝えてきて、同じく視線を外してくれる。

（よ、よしっ、するわっ）

サラは、唇の位置を外さないよう、どきどきしながらもカイルの顔を両手で包み込んだ。

やや背伸びをし、彼の唇に自分のそれを重ね合わせる。

「――ん」

挨拶のキスは、そっと触れ合うキスだ。

成功したことにほっとしつつ、サラは背伸びをやめて唇を離す。

だが、カイルの手が彼女を追いかけ、腰と後頭部に手を回されて引き戻される。

「しばらく離れるんだ。もう少し欲しいな」

甘く聞き心地のいい声で囁《ささや》かれ、迫る顔に驚いた直後には唇を重ね直されていた。

もう少し、という言葉にまさかと身構える。

すると彼が唇をぺろりと舐《な》めて、びくっとして緩んだサラの口内へ舌を優しく差し込む。

「ん、んぅっ」

サラは彼の軍服の背をぎゅっと握った。

人もいる廊下でだめだと思うのに、後頭部と腰に回った手に引き止められて逃げられない。そうすると彼のキスが気持ちよすぎて次第に身も心もとろけていく。

こつん、と舌先で尖《とが》っていない犬歯に触れられて腰骨が甘く震えた。

(合図……)

それは、彼からの『して』というおねだりだ。

サラは胸の鼓動が彼に聞こえてしまうのではないかと思った。

甘えるイメージなんてなかった人なのにギャップもありすぎる。

とはいえ彼はおねだりの際には、テコでも引かない。公務に出かける時間を考えると素直に応じてしまった方がいいと思い、恥ずかしいながらサラも舌を伸ばす。

互いの犬歯を舌で触れ合った。

少しのはずだった挨拶のキスは、予定よりも長くなる。

「――はぁっ、はあ」

互いの唇がようやく離れた時、サラは酸素を吸うのに必死だった。カイルがくすりと笑って、くたりと寄りかかった彼女の濡《ぬ》れた唇を親指で撫でる。

「すまない。せっかくの口紅だったのに、全部俺が落としてしまったな」

不敵な笑みを受けて、サラは真っ赤になった。

彼はわざとキスでそうしたのだ。

そもそも出会った頃は、伴侶にも興味がないと女性を近づけなかった人なのに、どうしてキスがこんなに色っぽくて巧みなのか。

サラの頭の中が一気に騒がしくなった時、侍女仲間たちが、両手にさっと唇用の化粧道具を出した。

「大丈夫でございます、そんなこともあろうかと用意しておりました」

それを見たギルクが「相変わらず有能ですね」と言った。

ドロレオに騎獣したカイルたちの出立式に出たのち、サラはまたしても着替えに入り、皇妃衣装から動きやすいドレスへと手早く変えた。

（さっ、単身の公務もがんばらないと！）

これからサラも別所で皇妃仕事が入っていた。

身支度を終えると、王城の裏手にあたる東門に構えられているドロレオの管理舎へと向かう。

そうして間もなく、ドルーパたち騎獣隊に見送られ、ドロレオに乗って東の門扉から外へと出た。

「皇妃、いってらっしゃいませ！」

「皇妃専属護衛部隊、皇妃をよろしく頼みます」

「無事のお戻りをお待ちしております！」

門の警備たちが、ビシッと背を伸ばして軍式の敬礼をする。

サラを前に乗せてドロレオに騎獣したのは、皇帝の出発と入れ違いで到着したアルドバドスだ。

アルドバドスたちからやや離れ、ドロレオに騎獣しているギルクの姿もあった。

ギルクはサラの護衛責任者であり、アルドバドスたちの護衛の監督を行う。必要ならフォローする形での同行だ。

王都の町を歩きだしたドロレオたちも、みんな健やかで気分がいいようだ。

それはとても素敵なことなのだが、その一方でサラは、やっぱり残念そうなため息を一つこぼした。

「今度こそ一人で乗ってみたかったのに……」

「お前は、怖いって感情を忘れない方がよかったな」

彼女を後ろから支えているアルドバドスが真顔で告げた。

「人間族だ、ドロレオにしがみつくだけの腕力があるとは俺も思えねぇし、やめとけ。この前、宰相に報告したら即両手でバツ印出されたぞ」

彼の後ろのドロレオに乗った仲間たちが「ただただ心配なだけのくせにー」なんて言って、笑っていた。

『危なっかしいから、皇帝がそばを離れている間は俺らに面倒を見させろ』

アルドバドスはそう申し出た。これまでの活躍から臣下たちにも大賛成され、そうして皇帝の指名を受け、サラの《癒やしの湖》の回復活動の際の彼女専属の外部護衛として正式採用されたのだ。

彼らには本業があるので、サラは申し訳ない気持ちがしたものの、アルドバドスは『俺が言いだしたことなんだから気にすんな』としかめ面で一刀両断した。

仲間たちも『さすが兄貴』と褒めると、引き続き関われるのがうれしいとサラにも言った。サラも確かに同じ気持ちだったので、これからもよろしくと答えたのだ。

彼らは時間をわざわざ空けて副業のスケジュールを組んでくれている。

副業を許してくれた彼らの上司にいつか会いたいものだと話した際、なぜかアルドバドスたちは微妙な反応をしていた。

（きっと、お忙しいお方なのね）

アルドバドスたちが所属するのは仕事の斡旋を行う国家の組織で、そこからさらに分岐して、孤児保護の部門が設立したそうだ。

異種族間の婚姻が普通なので子をもうけるのが難しいうえ、種族によっては一世帯一人があたり前というところがあった。

それゆえ子供の存在は貴重でもあった。その一方で、子供の死亡率は成人よりも圧倒的に高い。

弱い子供にとって、狂暴な大型肉食動物だけでなく、大自然すら脅威だ。獣人皇国は子供一人では生きられない過酷な場所なのに、まれに養育の放棄が起こる。死別、または親とはぐれてさまよい歩いていると高確率で命を落とす。

そのため、保護する一環で『未来の労働力売買』組織が新設された。

アルドバドスたちのようなグループが孤児を保護し、育児と教育を引き受けてくれる里親を探す。

里親には、子供が成人するまでの養育費の一部が国から支給されるため、受け入れ先も見つかりやすい。孤児たちの生存率が上がることは、子供の死亡率の減少につながる。そのため、保護活動は積極的に行われている。子供たちは新しい保護者のもとで温かく健やかに育てられ、教育を受け職探しの幅も広がる。

子供が引き取られたあとも労働力売買の組織が関わり続けることで、国の援助金目的で里親になり、子供をきちんと養育しない者は速やかに摘発された。

それまた、アルドバドスたちの仕事だ。そんな彼らのボスが、公正取引委員会長も務める巨大蛇種のアジャービ・ロードスネイクである。サラはこの事実について、先日の妃教育により正しく理解したのだった。


今日行く先はバーバリの町だ。

こうして実際に足を運ぶ方が獣人国を理解できると、サラは考えている。

ドロレオの進行を、両手を振って歓迎してくれた町の人々に手を振って応えながら、つい先日ツェフェルから聞いた話を思い返す。

(他にも獣人族がいる国がいくつか存在しているなんて思いもしなかったわ……)

話を聞いても、皇国民自身とくに他国に注目していないのはわかった。

人間族の国と違い、あまり国交は持っていないらしい。国内で自給自足できるという資源の豊かさも関係しているのだろう。

獣人族は、人間族に差別されているため、わざわざ外に出ようと考える者だっていなかった。

「皇妃様っ」

そんなことを思い返していると、ふっとかわいらしい声が聞こえた。

目を向けると、ゆっくりと町を歩いていくドロレオに子供たちが走ってついてくる。

「まぁ、かわいらしい子たちですね」

「ありがとう皇妃様！　あのね、お礼が言いたくって」

「お礼？」

「近くの《癒やしの湖》が復活したおかげで安心感ができたんだよ！」

「俺の兄ちゃんも、親も、とってもいいことだって毎日にこにこしてる」

「皇妃様！　ありがとうございます！」

最後に子供たちは愛らしい声を揃えた。周囲にいた大人たちも、ほっこりとした表情になる。

お礼を言われて、サラはうれしい気持ちになる。

「ふふ、ありがとうございます。皇帝陛下もご活躍があってのことですから、彼にもかわいいあなたたちの言葉を伝えておきます」

それは名誉あることだと、慌てて連れ戻しに来た親たちも含めて歓声を上げる。

「ご活躍をいつも応援しております」

「本日は我らの町まで誠にありがとうございます」

「いえ、ここにも皆さんが昔から大事にされている小さな《癒やしの湖》もあるとは聞いています。すぐに対応できなくて、ごめんなさい」

町の人々が、頭を軽く下げたサラにギョッとする。

そんな彼女の様子を、後ろから支えるアルドバドスが見ていた。町の人々は驚きを浮かべた直後には、感動した様子で「なんて優しい皇妃なんだろう」と口にし、合掌する者までいた。

「命を削るような活動であるのは周知しています！　どうか、無理をされないでください」

一人の町人が慌ててサラに言うと、続いて口々に声が上がる。

「そうです、あなた様が心身共にご健康でいられないのなら、我々だって胸が痛くなってしまいます」

「どうかご自愛ください。皇妃様がどれだけ国を思ってくださっているのかは、皆、知っております」

必死に伝えてくる彼らの優しさに、サラも目頭が熱くなった。

皇帝がそばにいて初めて安定して活動ができることは、皇国民のすべてが知っているといってもいい。

「皇帝と皇妃の活躍は素晴らしい」

人々の中から聞こえる皇帝の賞賛の言葉にも、サラはうれしく思う。

そう、カイルはすごい人なのだ。

皇帝である彼の采配のおかげで、我先に治して欲しいという混乱も起きずに済んでいる。

ドロレオを町役場のドロレオ舎を借りて預けたのち、まずは今後予定されている《癒やしの湖》を確認しに足を運んだ。

そこには、この町で一番の長寿だという百五歳の小柄な老人が、孫たちと待ってくれていた。彼はサラに百年前や九十年前、八十年前、と自分の記憶を手繰り寄せてどれだけ水位が下がったのかについても丁寧に説明してくれる。

ここにある《癒やしの湖》は、小さな教会の裏手にあった。

そこは広々として、四方から女性や子供も使用できるようになっている。

水位は三メートル弱。ドロレオが入り、身を浸して使えるくらいに水は残っていた。

《癒やしの湖》は教会の者を中心に毎日整備していたという。雑草を抜き、野生のドロレオが立ち寄る際に転ばないようぬかるみを固める。

「うちで水位が減っていないかという話が初めて出たのは、約八十年ほど前だった気がします。他の者たちにも確認しましたが、その頃だろうと誰もが口を揃えて言います」

「そう、なのですか……」

(二十年ほど前と答えるところが多かったけど、ここはずいぶん前ね……)

老人会代表でもある彼は、減少が目立ってきたのがここ十数年内だとか。

(何か関連性があるかと思ったけど、発生した年代はバラバラなのよね……)

まさかなくなるとは思ってもいなかった《癒やしの湖》。

今回の件を受けて、《癒やしの湖》の消滅危機を回避できることになった専門家たちは、これまでされていたいくつかの研究にも力を入れることとなった。

その中で発生原因についても探っているところだ。

サラが《癒やしの湖》の回復活動の開始を国中に知らせた際、各地に現状の情報提供と活動への協力も依頼した。そうして湖を持った各地の住民がまとめた水位の変化に関する詳しい情報提供は、全体を調査し研究している専門家たちもかなり助かっているのだとか。

おかげで視察の際にもスムーズに報告を聞けるので、サラ自身もありがたい。

「何か原因があって、ではなく大地そのものの衰弱だったのかしら……」

「さあな」

湖から町の視察へと移行した際、案内されながらサラがこそっと尋ねるとアルドバドスは首を振る。

「もしそうだとしたら、それこそ抗《あらが》えない国の滅亡の運命だろ」

アルドバドスは考えたくないのか、眉間を寄せてこちらを見ない。

それはサラも信じたくないことだった。

獣人皇国の歴史が始まってから《癒やしの湖》に問題が起こったことは一度もなかった。この獣人皇国と共に、ずっと存在し続けていたモノ。

少し前まで、一部の国民たちは、どうにもならないことが国土に起こっているのではないかと憶測して恐れていた。

大地が枯れて自分たちの歴史もそこで終わるのだ、と。

その不安感を拭い去ったのがサラの存在だった。

残されている歴史に国内の異常現象についての記録はない。しかし、獣人皇国内には『不思議な力を持った人間族の聖女』という言い伝えが残されている。

大昔に同じことが起こって、その話が生まれたのではないか。

そう憶測する声が年配者たちの方から噂話程度に上がっていた。もしまた起こってしまったら、というのはサラも抱いた心配だ。

だから原因がもしあるならと念を入れて《癒やしの湖》を調べているのだ。

考え込んでしまったあとは、町長が町の様子を見せてくれてサラの気持ちは切り替わる。

獣人皇国は、土地ごとに暮らしている獣人族の種に偏りがある。

たとえば草食種、肉食種、そこからさらにウサギ系、鳥系、——などなどある。彼らは獣の気質部分や習性を持っているので、それが町に反映されている。

サラの知っている人間族の国とは違い、少し離れるだけで町の雰囲気や建物の特徴も変わった。

「楽しそうっすね！」

アルドバドスの仲間たちも、ぞろぞろとついてきて周囲に集まる町の者たちに壁になって護衛しつつも終始笑顔だ。

「はいっ、行く先々が初めて見る物も多くて楽しいです」

「俺らも新鮮な反応が新鮮で楽しいス」

「そうそう、副業というより息抜き感あ——ひぇ」

ビクッとした彼らが、そろりと後ろを振り返る。そこには黙ってじっと見つめているギルクの姿があった。

アルドバドスが、ごくりと息をのむ。

「無言の圧が『ちゃんと仕事しろよ』と伝えてくる……」

「ギルクさんはそう厳しい人ではないですよ。見守ってくださっているんですよ」

「サラちゃん、いえ皇妃、あの表情のどこに微笑ましげな見守りがあると？」

「なんというか、信じる感じがほんと子供らしい純粋さっスよね……」

彼らが最後、考える顔で間を置き「心配になる」とつぶやいた。きょとんとしたサラに、アルドバドスが視察へ意識を戻すよう促した。

もちろんサラはただ町を見ることを楽しんでいるわけではない。

『皇妃にはたとえ紙一枚でも荷物を持たせられるか』

とのことでアルドバドスがメモ帳を持ち、必要なら書き込みをする。

ついでに、彼は自分のスケジュールにもたまにペンを入れた。

（児童所の申告費を確認したいわね、修繕費をまかなえる税制度があるのなら雨漏りを直せると手紙で助言も送れるし、それから――）

町長に児童所を見せてもらったのち、次の場所を説明する彼に続いて歩きながら、サラは王城に戻った時のことを頭の中で計画を立てていく。

サラには時間がある。

カイルは皇帝だ。考えることだって多くあるので、彼が本当はもっとここにも手を差し伸べることができれば、と思っているところを代わりに自分ができれば、とサラは思っていた。

彼女は侍女仕事の他、数字にも強かった。

年の近い次女のアドリエンナと三女のフラネシアは、勉強が大の苦手だった。

講師が匙を投げ、母が『恥ずかしいったらありゃしない！』と、彼女たちの復習と補習教育を指導するようサラに命じた。サラはそのため、約二歳年上の少女が受ける数学系を学ばなくてはならなくなったが、女の子たちの茶会などに出席しなかった彼女には夢中になれたものだった。

そうして気づいた時には、姉たちが社交デビューするまで勉学を見ていたほど座学にも強い。

「――よし」

「考えはまとまったか？」

アルドバドスが、今や把握したと言わんばかりに短く確認する。

「はい。戻ったら、二ヵ所ほど立ち寄りたい場所があります」

「わかった。なんか確認すんだな」

サラは《癒やしの湖》の活動だけでなく、王城でも最近は専属護衛としてアルドバドスがそばについているので、彼に行動予定を共有した。

事前申告するのは、アルドバドスがあとで護衛業務の内容について上司に報告書をまとめて提出する必要があるからだ。

つまりアジャービへの報告だ。

「……俺としてはさ、毎度審査されているのがちょっと」

アルドバドスが手帳の書き込みを止めた。その後ろで、何やらギルクが同じく手帳にメモをしている。

「側近らを納得させるために必要なのでご了承を」

「この定期的審査、いる？」

「私が見たうえで納得してつけていますと、確かな証拠となりますからね。そうでないと懸念をもらす輩が出てきますので。昔みたいに拳で黙らせられたら楽なんですけどねー」

サラと目が合うと、彼がちょっと珍しく口角を軽く引き上げる。

そうやっているとカイルの勝気な笑みと重なった。さすがは長く一緒に過ごした右腕だ。

軽いジョークだろうと思ってサラは笑みを返した。

だがその横で、アルドバドスたちは口元がひくついていた。

「……上品に収まっているのに、やっぱり昔と変わらない感じか」

サラは不思議に思ったが、歩みが遅くなった彼女たちに気づいて町長が声をかけてきたのをきっかけに、視察が再開された。

道の左右に押し寄せた人々に笑顔で応えながら、町を見ていく。

子供から大人まで話を聞いて、サラたちは彼らの見せたい所やおすすめの場を教えてもらい、『それなら』と思って足を運んだ。そして十軒ほど回った時だった。

「そろそろ休んだらどうだ？」

切り上げるタイミングを逃していたところで、アルドバドスがそう言った。

ギルクが『おや』という顔をする。

サラは不自然に停止すると、姿勢をそのままにぎこちなく振り返った。アルドバドスも立ち止まり、その後ろからなんだなんだと彼の仲間たちが覗き込んでいる。

「えーと、私」

「足が痛いなら無理するな。俺ら獣人族とは違うんだろ」

「……なんでわかるんですか？」

「子供の反応はすぐわかる」

「私は十八歳ですっ」

もう何度も『子供』とは彼の口から飛び出しているが、サラも負けじと反射的に答えた。

とはいえ、――休みたいのは確かだ。アルドバドスの指摘は的を射ている。

（でも、どこで休めばいいのかしら）

そろりと視線を周囲に向けると、町の人々の熱気はいまだ冷めない様子だ。サラが民衆に寄り添う皇妃であると視察でわかったのか、次は自分が話したいという空気を出している。

サラが周囲を見ている間も、ギルクがじーっとアルドバドスを見ていた。

無視を決めようとしていたアルドバドスが、とうとう折れたみたいにため息をこらえる表情をし、おそるおそる視線を彼へ向ける。

「……なぁ、皇帝陛下付きの護衛部隊リーダー殿？　そうガン見されるとめちゃくちゃ気になるんだが？」

「あなた、見かけによらず細やかな気配りができるようですね」

ギルクの返答を受けたアルドバドスが、理解しがたい顔をした。

「何言ってんだ？　気配りもできない男は、嫁に逃げられるだろ」

サラは聞こえた声に思わず振り返る。

ギルクを見つめ返しているアルドバドスは、照れ隠しとは思えない真面目な双眸をしていた。

ツンとしているのに、内容も至極正論にも聞こえる。

「なるほど」

相槌なのか、適当に言ったのかわからない。ギルクは無表情だ。

その時、大きな声が聞こえた。

「おや」

ギルクがアルドバドスから視線を移動し、ある方向に固定する。

見てみると、そこに一人の身綺麗にした商売人風の男がいた。

彼が立っているのは宝石店の正面だ。ガラス窓には、ふっくらとした彼の顔の特徴をよく掴んでいるデザインが施されている。

（店長さん、みたい？）

顔見知りだろうか。

そうサラが思った時、ギルクがこちらを向いて、男の方を真っすぐ指差した。

「ちょうどいいです、彼のところで休ませてもらいましょう」

「えええええぇぇぇぇ！」

向こうで男が口元に手をやって叫んでいる。

「あの、すごく動揺しているみたいですけれど、お知り合い……なんですか？」

「はい、知っています。信用できる相手ですよ」

「ほんとかよ……」

アルドバドスが胡乱げにつぶやき、彼の仲間たちも同じ感想のような表情を浮かべる。

どうやらギルクが顔を知っている相手らしい。

親しい間柄ではないみたいだが、サラの足もそろそろ笑顔が苦しくなってくるくらいに限界は近かった。

令嬢として社交界に繰り出して視線の耐性をつけることはできなかった。

大勢の目がある開けた場所で腰は下ろせない。

それに自分が皆の前に出たままでいると、人々の暮らしのリズムに支障をきたさないかひやひやしていたところだ。

「足を休めに伺ってもよろしいでしょうか？」

申し訳なく思いつつも人々の視線からも一時逃れて休憩したい。

サラが大丈夫であるかどうか向こうへ声を投げて確認すると、宝石商人が飛び上がった。

「こ、皇妃様がそのようにお伺いを立てずとも……！　もちろんですっ、いいですっ、ど、どどうぞっ、狭いところですがお茶を出させていただければと存じます！」

というわけで、彼の店で少し休ませてもらうことにし、みんなで移動した。

その宝石店は外観の印象を裏切らず、入ってみると中もこぢんまりとしていた。ガラス棚の数が多いので店内が狭くなっている。

「すごい品数ですね」

みんなで入るには通路も無理があるので、一度確認のためアルドバドスが共に入った。

「確かに、これはすげぇ」

アルドバドスも珍しげに眺めていた。

その宝石店は、町の人々でも買えるガラス加工や天然石のアクセサリーも取り扱っていた。

一般向けから高級品まで幅広い品揃えだった。それぞれの棚にネックレスからイヤリングから、髪留めといったものまで種類豊富に分けられて、ぎっしりと収められている。

商品の多さにサラは目移りする。

屋敷では、こんなきらきらとしたものにお目にかかることなんて、庶民と同じくらいなかったといってもいい。

「すごいですね、自分たちで天然石も加工しているなんて」

店内に問題ないことを確認したアルドバドスが、店前で仲間たちと警備をすべく出ていった。

サラはお茶を運んできた宝石商人に勧められて、カウンター前の商談用の小さな椅子にちょこんと腰かける。

「ハリネズミ種で、うちの家系は宝石好きが高じて加工までしている、という感じですね。あと、個人的には昔からアクセサリーを作るのも好きでして」

宝石商人は、カウンターにお茶を出しながらボビック・ラウンだと名乗った。

代々装飾品の加工職人をしていたが、彼の代で初めてラウン家に〝売り手〟が誕生したのだそうだ。

「兄弟の中で私だけ手先が不器用でして。いえ、細かい掃除や物の取り扱いは長けていたのですが、どうも装飾加工の才能だけはない、と。この店にある一般向けの商品は、いくつかは装飾職人とのコラボ作になるのですが、その時いつもプロの方々と少しでも共にできて光栄だと、この職をやっていてよかったと感じるのです」

素敵な話だと思って、サラは微笑みを浮かべた。

彼が、目元をぽっと染める。

「なんとも、天然とは思えない素晴らしい金色で……」

「はい？」

「あっ、いえっ、なんでもございませんっ。さあ紅茶をどうぞっ。私の故郷であるこの地で取れる茶葉ですので、お口に合うかどうかは」

「いつも飲んでいらっしゃるのなら、おいしいに決まっていますわ」

サラはティーカップを両手で持ち上げると、こくりと口にした。

お茶を飲んで欲しいと思って選ぶ時、彼女だって自分がおいしいと自慢できる一品を出す。

すっきりとした香りと爽やかな清涼感は、歩き回った疲労感にじんわりと効いていく感じがする。

「とてもおいしいですよ」

微笑みかけたサラに、呆然としていたボビックが、間もなくつられたみたいに笑みを浮かべた。

「皇妃様は、――とても、心優しいお人ですね」

はて、とサラは小首をかしげる。

「おいしいと感じていただけてうれしく思います。私も家内も、昔から好きなものです」

「お代わりをいただいてもいいですか？」

「もちろんですっ」

彼があまりにもうれしそうに話すものだから、サラは無理をして飲みきり、催促した。そうすると彼は緊張が緩んだようで笑顔を見せてくれた。

乾いた喉には、その清涼感と飲みやすさはたまらない。サラはこくこくと飲んでいく。

「今度は私の家に、皇妃様がいる……」

ボビックはにわかに信じられない様子で、盆を胸に抱えてぼうっと眺めていた。

彼が何事かつぶやいた気がして、サラは目を向けた。

何も言っていないのに彼が「はいっ」と言い、腕の中の盆をお守りのように抱きしめる。

「そうですよね、急で困らせてしまってごめんなさい。お仕事の邪魔にもなっていますよね」

ボビックがびっくりしたように、ぶんぶんと首を横に振る。

「そんなことはありませんっ、お会いできて光栄です。このご縁には、純粋にとても驚いてしまっただけでして、その……つい最近、皇帝陛下と直接お会いする機会をいただいたばかりなのです」

「え？　つまり王城に？」

ボビックは、こくこくとうなずく。彼はサラの頭の横を見て、それからためらいがちに続ける。

「先日、皇帝陛下に髪留めをご所望されたのです。どれにしようかと、とても悩んでいらして、あなた様に贈るものなのだと理解しました」

「私に……この髪留めのこと、ですか？」

まさか、と緊張しつつ確認した。

すると――ボビックは、またうなずき返した。

サラは胸に薔薇《ばら》の花弁が吹き込むような心地になった。

（――うれしい）

ボビックが経緯を語り始めたが、内容は入ってきたものの言葉は半ば耳に残らなかった。

カイルは、とても悩んでこの髪留めを厳選してくれたのだ。

しかも『高価に見えないものを』と希望を言われ、ボビックは戸惑ったのだそうだ。サラが気にしないようにだろう。

『巡回していた際に、たまたま目に留まったんだ――』

そうカイルは話していたが、ボビックの告白で彼が王城に呼ばれたことをサラは知った。

いくつもの髪留めをテーブルに並べて、かなり熟考していたらしい。

カイルは、サラに似合う色でさりげないものをと考え、さらに悩んだようだ。そこでボビックが専門家として意見を求められ、気づけば白熱した話し合いになっていたのだとか。

そうして、ようやく、今サラの頭についている髪留めに決まった。

「とても高価な宝石で作られた花です。飾りとしてはもちろん髪留めの機能が強いので、所持されているものよりも外れにくいのもよいと。とてもうれしそうに選んだ髪留めを眺めておいででした」

きっと、サラに渡した時のことを想像したのだろう。ボビックが言わなくても、サラにはわかった。

王城から出かける前、カイルはサラの喜びようを見てほっとし、それから微笑んでいた。とても満ち足りたような顔だった。あえて『たいそうなものではない』と言ったのも、巡回の途中で日に留まったと嘘をついたのも、カイルの優しさだ。

だからサラは、事実を知ったとは彼に言わないでおこうと思った。

(気に入っていることがわかるように、この髪留めを普段からよくつけることにしよう)

サラは温かさが広がっていく胸を、ぎゅっと抱く。

少し心を落ち着けないと、ボビックに締まらない表情を見せてしまいそうだった。

また、夫婦の思い出が一つ増えた。

うれしくてうれしくて、そしてカイルの気持ちがうれしすぎて、幸せだった。

「このようなことを私から尋ねるのも失礼かと存じておりますが、……少し、よろしいですか？」

ボビックが盆をカウンターへと置き、両手をそわそわと合わせながら尋ねる。

「もちろんです。なんでしょう?」

「直接お会いして、皇妃様がお優しく、心清らかであるとわかって、私も心配になってきました」

「『私も』?」

「はい。噂を知っている者は、皆あなた様の身を案じております。私も気になっていたのですが……バルベラッド神獣王国の者が一人、皇妃様に接触してきたという噂を耳にしました」

サラは驚いた。ペガサスの大公ツェフェルが現れてから、まだ数日しか経っていない。

あの場所からも遠い、そして王城からも離れているこの町の小さな宝石商人が知っているなんて、思ってもいなかったことだ。

そう正直に話したら、ボビックは「はあ」と気の抜けた声を出した。

「まぁ、この業界は横のつながりも強いですから……皆、心配しておりました」

彼が途端に心配そうな顔になる。

「バルベラッド神獣王国は、ペガサスの国です。神獣たちは他種族に興味がなく……冷酷だとも聞きます。どうぞ、お気を許されませんよう」

サラは、紅茶で緩んだ気がきゅっと引き締められた。

それは最近、彼女が妃教育で彼らのことを知り始めていたからだ。

ボビックは本気で心配そうにサラを見つめていた。

その時、扉が外から開かれた。

「とくに問題ないか」

店内を覗き込んだのはアルドバドスだ。

結構話し込んでしまっていたらしい。思えば二杯目の紅茶も空になりかけている。

そこで、休憩は終了となった。

店を出るとギルクたちがドロレオを連れて待っていた。気になるところは一通り回り終えたので、帰ることになったようだ。

店が見える位置には、大勢の町の人々が押しかけていて人数は減る様子がない。

「帰るぞ」

「はい。あっ、でも少しだけ待ってください」

庶民でも手が届く価格のアクセサリーは、どれも綺麗でかわいかった。

侍女仲間たちに素敵なお店だと紹介しようと思い、サラは見送りに出てくれていたボビックを振り返る。

「ごちそうさまでした。また今度、個人的に来ます」

改めて礼を告げ、頭を下げた。

すると、なぜかボビックが後ろにぶっ倒れた。

——皇妃が護衛たちと出立したのち、彼の店は『皇妃が認定した店!』という噂が町を中心に一気に広がった。

# 第三章　狼皇帝夫婦の遅れた挙式

その日、サラはカイルと共に、人間族の国にあるものより一回りも大きな馬が引く馬車に乗り、風のように大地を駆けて近くの皇族療養地へと移動した。

公務の休みがやってきたのだ。

今日から三日間の休日は、皇国療養地の別邸で過ごす予定が立てられていた。

そこは皇族が持つプライベートな領地で、王都から一番近い場所にあるゆっくりと過ごせる場所だ。

カイルの両親である先々代の皇帝夫婦も、少し疲れを癒やしたい時によく使っていたそうだ。

「まぁっ、なんて広々としているのかしら」

獣人貴族の別荘街を越え、森に突入するとすべて皇族領の別邸敷地というのも、信じられない。

森を進んでしばらく、唐突に車窓の向こうは青空と新緑の明るい芝生の大地が広がった。

「母もドロレオに乗って散歩するのが好きだった。水分補給用にと池を造らせてな。ほら、見えるか？　あそこだ」

向かいの座席から車窓を覗き込むサラに、カイルも同じく顔を近づけて指差す。

「そうだったんですね。素敵な池ですね」

サラは、緑の大地に映える美しい池を優しい眼差しで見つめた。

カイルはあまり家族の話をしなかった。

だから、自然な感じで彼から家族の思い出を一つ聞けたことも、うれしい。

一度、うっかり家族のことを尋ねてしまった時があった。そうしたらカイルは言葉に詰まり、困ったように答えてきた。それを見た時、サラはもし知りたくなっても尋ねてはいけないと、固く自分自身に言い聞かせたのだ。

（本人が話せるようになるまで待たないと……）

サラ自身もそうだったから、よくわかった。

最近、悪い思い出ばかりではなかったとも思い出していた。

たとえば使用人たちから学びながら笑い合った出来事や、意地悪ながら、幼い頃は『どんくさいわね』と言ってサラの手を引いた次女と三女のいる光景――。

サラは、笑うことを知っている。

それはつらいことだけでなく、楽しいことも彼女自身が経験していたからだ。

成長するにつれてつらい思いばかりに目が向き、幸せだった時を思い返す余裕さえもなくなってしまっていたのだと、今ならサラもわかる。

（そんな私の、数少ない幸せな思い出を彼に話せる時がくるといいな――……）

時間が経つごとにカイルとの新しい思い出が増えて、獣人皇国の住民たちとの日々が積み重なって、過去が次第に癒えていっている。

それを感じているから、サラもいつかその時がくると予感して待っていた。

焦らずとも、その日はきっとくる。

サラも話したいと最近よく思うようになっていた。カイルが兄とどんなふうに過ごしたのかという話を聞くと共に、自分の思い出に残された、数少ない姉妹との思い出を話してみたい、と。

(血のつながった姉妹を、憎んではいないのだから)

血縁をとくに大切にするカイルたちの思いを、今は理解できる気がした。

サラにとって次女と三女は唯一の同年代で、遠い過去、幼い頃には確かに姉妹の会話だってあったのだ。

長女は年が離れすぎていて、思い出らしい思い出はほとんどない。

サラは幼い頃から、彼女に母の強い面影を見ていた。

サラを見てくれていた〝大人〟は使用人たちだけだったので、残念ながら、両親とは関係性以前に深い溝で隔てられているのを感じている。

「うん？　珍しいな」

カイルの声に、ハッとサラは現実に戻った。

彼の方を見るとカイルが、車窓をじーっと覗き込んでいる。

「どうしたのですか？」

「見ていなかったのか？　たぶん、あれはサラにやっているのだと思う」

あれ？とサラは心の中でつぶやきながら、カイルの指先の方向を見る。

そこには、同行している皇帝の護衛部隊がドロレオにまたがっている姿があった。

周囲に警備態勢が組まれているのだが、先程まで先頭にいたはずのギルクが馬車の並走メンバーに加わっている。

そのギルクが、手を振っていた。顔は相変わらずの無表情だが不機嫌さはない。

「ふふ、本当ですね。ギルクさんが手を振ってくれてます」

サラも手をひらひらと振り返した。

「馬だと時間が少しかかるからな。サラを暇させないようにと彼なりに考えたんだと思う。ギルクはあまり感情を顔に出さない男だが、サラのことは気に入ってる様子だ」

そう、なのだろうか。

けれどアルドバドスたちもよく誤解するギルクの真顔を、サラは『怖い』と感じたことはなかった。

生真面目で、きっちりしているけど時々彼なりに和ませてくれるいい人だと思う。

別邸までの皇帝専用馬車での大移動は、護衛部隊のリーダーを任されているギルクが指揮していた。

今日から明後日までの皇帝不在の王城では、前皇帝の右腕として政務にも貢献していたガート将軍が留守を任された。

『皇妃のおかげでアルドバドスというフットワークの軽い手下と、後輩のゾイ将軍も引っ張り込むことができましたし？　それに、皇帝陛下もなんとも皇妃様思いではないですか。王城のことは気にせず、初の連休を楽しんでしっかり休んでいらしてください』

見送りに出る前、合流した際にガート将軍はウインクと共にサラにそう言った。

カイルは多忙な軍人皇帝として知られていた。

しかし、結婚してからは、彼はサラとの時間をつくってくれている。

夫婦で休憩がてら王城を歩く姿もかなり目撃され、それは誰にでもわかっていた。

今日ここへ来たのは、不思議に輝く鉱石を見せてあげると、カイルが提案したからだった。それもまた獣人皇国にしかないもので、サラも勉強がてらこの光景を見て知りたいと思った。

（楽しみだわ）

獣人皇国でそれは産業品にはなっていないそうで、自然のまま残されていることにもサラは感心した。

王都から最も近い皇族の別邸は、四方を森に囲まれた中心に置かれている。

敷地は奥の森が遠くに見えるほどに広大だ。

そんな敷地の中央に、新緑の大地一帯を贅沢にも庭とした立派な別邸が建っている。

（屋敷というより、もはや宮殿だわ……）

近づくのを車窓から見て、サラはぽかんと口を開けてしまった。

その別邸は煉瓦造りの美しい城だった。トンネル状になっている大きな門扉をくぐると、四方を建物に囲まれた正面入り口が姿を現す。

その広さには驚いたが、護衛部隊のドロレオたちがみんな入っても窮屈感がない光景を見て、獣人皇国では王侯貴族にとって必要な広さなのだとサラは悟った。

別邸には王城とは少し衣装の違う使用人たちがいて、カイルとサラを総出で迎えてくれた。

「ご結婚の際に、いつ来られてもいいようにしておりました。すでにお部屋のご用意の方も整えております」

報告を受けた皇帝付き執事が、続いてカイルとサラを建物内へと案内する。

一階にはリビングとサロンがあり、いずれもとても美しかった。王城と違い、客人向けではなく別邸を使う主たちがくつろげるような家具が備わっている。

共用の私室だと説明された二階の部屋は広く、壁一面の窓があり、三方の壁には書棚が設けられている。

とても本が多く、日当たりのいい位置に置かれている寝椅子は、読書しながらくつろぐにはよさそうだった。

「よく、兄上とここで本を読んだ」

カイルが懐かしそうに目を細め、ゆっくりと歩いて本棚を指でなぞる。

サラは笑みを深めた。

「好みが合うかもしれません。タイトルだけで読みたくなってしまいました」

部屋をぐるりと一周させてもらうが、どれも目移りしてしまう。

「そうなのか、それはよかった。ここにあるのは俺と兄上の好みのものばかりだ。父上と母上が、俺たちのことはずいぶんと甘やかした」

彼が家族のことを話してくれているのがうれしい。

サラは、エスコートするカイルの横顔を見つめていた。

先頭には執事、二人の後ろにはギルクと二人の護衛騎士と、それから二人の侍女がついていた。彼らの口元は主人の声を聞いて微笑んでいる。

「カイルがおすすめの本も紹介してくれますか？」

サラへ目を向け、カイルがうれしそうに笑った。

「もちろんだ」

彼は今日ずっと上機嫌だ。楽しげに笑う。

尻尾が出ていたらぶんぶん振っていたのではないかしら、なんてサラは想像する。

今は人の姿をしているが、彼もまた獣人族として獣化という、獣が交じった本来の姿を持っている。

とくに肉食種は戦闘時以外だと隠すのが美徳であり作法なのだとか。

でもサラは、獣化した時のカイルの姿も好きだった。

ふと二階の廊下の窓から、あの池が見えた。手前には迷路状に造られた庭園がある。

（ふふ、彼も走り回っていた頃があるのかしら？）

サラは、小さい頃のカイルと彼の兄を想像した。

（いつか、聞けるといいな）

そんなことを思いながら窓を通り過ぎる。

二階の廊下は、土地を眺められる扇形のバルコニーも設けられていた。

そこは池がある場所とは反対側の、美しい花の庭園を見下ろせる形で設置されている。

「空の色が変わる頃の眺めも綺麗なんだ。夕刻前に、ここでお茶にしよう」

「はい、楽しみです」

顔を見合わせて微笑み合った。

これから明後日までは公務もなく、誰かがカイルに確認事項を尋ねに来ることもない。

時間を自由に使って、好きなだけ二人でゆっくりと過ごせるだろう。


一通り宮殿内を見、最後に案内された二階の私室に荷物が下ろされるのを見届けたのち、サラはカイルに手を引かれて鉱石があるという森の中に入ることになった。

森までは距離があるのでドロレオで行く。

サラはドロレオに乗る際、いつも通りカイルの前に乗せてもらった。

ほどなくして森の入り口に到着。サラとカイルはドロレオから降り、二人の護衛騎士をそこに残して、ギルクたちの同行のもと背の低い木々の中へと入る。

森の中は美しかった。

木々は横に広がって成長するタイプのようで、枝がしな垂れ、頭上に覆いかぶさって傘のように木漏れ日をきらきらと光らせている。

何より、小川が美しかった。

その水は木々の間を豊富に走り、空気には水の気配が漂っている。

「砂利部分は少しすべりやすい。俺の腕を抱いているといい」

「はい。ありがとうございます」

転んで心配をかけてしまってはいけないので、サラは素直にカイルの腕にしがみつく。

少し方向が違うだけで、こんなにも風景が変わるなんてとサラは彼の隣で感動していた。皇族がここに別荘をと選んだ理由がわかった気がする。

サラが熱く見つめていると、カイルがエスコートして川の流れへと近づく。

水の気配を感じる空気に誘われて川の流れを覗き込む。

そばを歩くと木漏れ日の光が水面をきらきらと動き、透き通った水が石たちの上をすべっている光景にも癒やされた。

「いい音ですね。木の葉の音もよく聞こえます」

心地よい音色を奏でている自然美に、うっとりとする。

「大型の動物もいない場所だからな。木の幹と根が、通り道を彼らにとって窮屈にしているのが嫌らしい」

「あ、確かに。ドロレオだとここは確実に通れなそうですね」

自然と触れさせながら教えてくれるカイルが、うれしい。

もっと彼と話していたい。

サラは、顔を彼の方へと上げる。だがカイルが後ろを見てしまった。

「これよりサラと過ごす。護衛はしばし下がれ」

「はっ」

ギルクが答え、彼が顎で合図すると他の騎士たちも後ろを向き、離れていく。

通常ならば皇帝を森に残すのは心配されるが、獣人族は聴覚もよく、危険があった時に察知する能力が非常に高い。そして風のように駆けつけられる脚力もある。

「これでサラと落ち着いて話せるな」

戻ってきた彼の顔に、うれしそうな笑みが浮かんでサラはどきっとした。

思いが同じでうれしかった。

「目的の場所に着くまでたくさん話そう」

「はいっ、次はどんなことを教えてくださいますか？」

「この場所は昔からよく知っている。まずはここの木が、冬になると花を咲かせることから教えよう。冬の休暇はここで過ごすのが恒例になっていて――」

互いの腕を絡め、手を取り、話しながら二人で歩く。

サラはとても幸せな気持ちがした。

時間を気にしなくてもいい散策は、心の安らぎを増幅させる。

木々の葉は太陽の日差しを遮り、隙間からきらきらとこぼれる光が、ちょうどいい具合に温かくて心地もいい。

カイルは上機嫌なのか、話す口元にはずっと笑みが浮かんでいた。

目的の鉱石がある場所は近いと言っていたけれど、ゆっくり歩いているせいかまだ着かない。

その分、多く話せてサラは楽しい時間だと思った。

「あ、鳥が」

ふと川の水面に片翼をすべらせ、遊ぶように木々を通り抜けて空に飛び去っていった鳥の姿があった。立ち止まった拍子に、カイルに肩を抱き寄せられて驚く。続いて頭に唇を押しつけられる感覚があった。

「また、この髪留めをつけてくれてうれしい」

カイルがアメシストの髪留めにキスをしたようだ。

デザインもかわいく、どんな衣装にも合わせやすくて、サラは気に入って使っていた。

サラが今日それをつけていたこともあって、彼は機嫌がよかったらしい。

(なんて、かわいい人なのかしら)

わざわざ宝石商人を呼び、それでいて彼女によく似合うものをと悩んで厳選してくれた。

高価だと気づかれないものをと相談された相手は、とても困惑したことだろう。

そんなことにも気づかないくらい、カイルがテーブルの上の髪留めたちを一生懸命見ていた光景を思い浮かべると、――サラは抱きしめたくなった。

「ありがとう、カイル。とても気に入っています」

探して、選んでくれてありがとう。

そんな気持ちも込めてサラは彼をぎゅっと抱く。

すると、カイルがサラの両肩に手を置いて引き離した。

「カイル？　――んっ」

目が合った直後、余裕のない彼の顔が迫って唇を奪われた。

吸いつくように数回唇をついばみ、それは「はっ」と吐息をサラの唇にこぼし、離れる。

同じく息が一瞬にして上がりかけたサラは、真っ赤になって彼を見上げる。

すると、そこには獣耳が頭に出ているカイルがいた。

「……サラが愛らしいから、我慢できなかった」

頬を上気させた彼は、バツが悪そうに視線をそらしていく。

彼の後ろで、もふもふの大きな尻尾がゆらりと揺れるのをサラは見た。

悪いとは思っているようだが、尻尾は素直なもので、キスをしてさらにうれしがっているのか右へ左へと大きく振られている。

「えっと……キスをしたのは、獣化と同時……？」

もしかしてと、不意打ちにしては余裕のないキスに推測した。

カイルが、ぐっと反省の表情を浮かべる。

「すまなかった。……獣化が出るなど、成人してからはほぼなかったんだが」

獣化している時は、本心が全面的に出ている状態だ。

キスをしたいと思ったら、してしまう。

「いえ、いいんです」

それだけ心が揺れたのだろう。感情がある一定のラインを突破したら人の姿が不意打ちで解除される、とはドルーパたちにも聞いて知っていた。

抱きしめたことを、彼はそれだけ喜んでくれたのかもしれない。

それで、キスがしたくなった。

その感情が彼に獣化をさせたとしたら、この獣化は正直サラにはうれしいことだ。

それくらいキスがしたくなってしてしまったことなのなら、悪くなんて言えるはずがない。

「しかし、サラには獣交じりの姿はまだ慣れないだろう。急で驚かせたのなら——」

「カイルは優しすぎます、驚いてはいません」

どきどきをこらえようとして下を向いたら勘違いされたみたいだ。キスには驚いたが、と心の中でつけ加えながらサラは慌てて告げた。

「私の前では獣化してもいいんです、前にも言ったと思いますけど、私はその姿のカイルも好きなんです」

感情面の我慢が難しくなる、というのは本人にとって大変なことだとは思う。

でもこの姿もまた、彼自身なのだ。

サラは、ようやくまた見られたその姿をじっと目に焼きつける。触り心地がよさそうな獣耳、ふさっふさっと風を起こす大きな尻尾の存在もたまらない。

サラの金色の瞳に姿を映し出されたカイルが、なぜかぐっと動きを止める。

「……作法があるのは知っています、でも少しだけ……二人きりの今だけでいいので、この姿のままもう少しだけ一緒にいてもらってもいいですか？」

護衛もそばを離れ、今は二人きりだ。サラは『お願い』と彼の手を弱くきゅっと握る。

（作法だと言われたら普段ねだるなんてしにくくて）

二人きりの時、彼が獣姿を出してもいいタイミングを待つしかない。

固まっていたカイルが、間もなくこらえる顔を上へ向けた。

「…………もちろん、かまわない」

「本当ですかっ？　ありがとうございます！」

彼女は上機嫌に手をつなぎ直した。

「鉱石が楽しみです！　案内してくださいっ」

「わかった。案内するから、足元に気をつけてな」

カイルが仕方ないかというような苦笑をもらし、率先して歩こうとした彼女を「サラはこっちだ」と言って自分のすぐ隣に引き戻し、道案内を再開した。

獣化状態の彼と堂々と歩けるのがうれしくて、足取りが弾んで目的地まであっという間だった。

歩きながら、彼の後ろで揺れている尻尾の音もよすぎた。

そうして楽しい気持ちのまま、目的地に到着した。

そこは大きな岩がたくさん転がっていて、やや傾斜になった先に洞窟が見えた。

川からしみ出した水がそちらへ細く流れていた。すべってはいけないからと、カイルが腰を抱いて手を取り連れていってくれる。

「少し薄暗くなるが、すぐ明るくなるから怖がらなくていい」

洞窟の入り口は、思っていた以上に低かった。カイルはやや背を屈《かが》めないと進めないだろう。

開口部の高さが低いせいで、岩壁が外の明かりを遮っていっそう薄暗い。

その影に一瞬尻込みしたサラは、カイルを信じてうなずき、共に足を進めた。

不安感にどきどきしたのもほんの数秒だった。ふっと天上部分が高く感じて目を上げたサラは、瞳に飛び込んできた無数の光に目を見開く。

「なんて、綺麗——とっても綺麗です！」

入ってきた際の薄い暗がりも忘れて、彼女はどんどん強くなっていく光に誘われて、カイルの手を引き奥へと進む。

洞窟内のごつごつとした岩の内側から、無数の青い光が淡く発光していた。

その色は、紺碧と銀が入り混じって蛍のように光る。

「わぁ」

ほどなくしてすぐ一番奥へとたどり着いた。

そこはまぶしいほど床から天井まで紺碧と銀に光っていた。

どこが床でどこが壁の境目なのかもわからない。

サラはつい夢中になってたくさん言葉を発した気がした。でも興奮しすぎて自分の出した言葉なんて把握していないし、うれしいやら、素敵やらと、会話の言葉にはなっていなかっただろう。

そんな姿を、カイルがとてもうれしそうに見つめているのに気づいて我に返った。

子供っぽかっただろうかと、急に恥ずかしさが込み上げる。

「ごめんなさい、つい……」

「どうして謝る？　かわいかったよサラ、今だって、かわいい」

サラは強く抱きしめられて「きゃっ」と声が出た。

「かわいい、どうしてそんなにかわいいんだ？」

言いながら彼が頭の横や耳にキスをしてくる。

「ちょ、カイルっ？　どうしたんですか」

と、問いかけてサラは彼の尻尾にハッと思い出した。今のカイルは正直すぎるのだ。

「かわいい、好きだサラ。俺の伴侶がかわいすぎて、胸がどうにかなってしまいそうだ」

猛烈に恥ずかしすぎた。

（――カ、カイルが子供みたい！）

いや、甘々なのだが、ド級に甘くなっているせいで猫に甘えられている感じがある。

（ううん彼は狼！）

なんて思ってしまうのは、この状況に大変パニックになっているからだろう。

抱きしめられたままちゅっちゅっとキスの雨を降らされるのは、たまらなく恥ずかしかった。

そのロマンチックなほど美しい光景の中にいるのも理由にあるだろう。

まるで甘えるみたいに「かわいい」「好き」というカイルに、サラは胸がきゅぅんっとして、とにかく胸がばくばくして戸惑う。

彼にそうされ続けていると、何やらサラまで伝染したみたいにキスをしたくなってくる。

今のカイルがかわいすぎて、キスをしたい、と。

（カイルもそんな気持ちだったの？　だから、キスしてくるの？）

頭の中がとうとう沸騰し、何も考えられなくなった。

「カ、カイル！　もう十分ですので、出ましょうっ」

とにかく、場所が変われば冷静になれる気がした。

「俺はサラを独り占めできてうれしい。ずっとこうしていてもいい」

「よくないですっ。獣化のままで、なんて言ってすみませんでしたっ。我に返って恥ずかしがらせたらごめんなさいいいいぃっ」

もうサラは無我夢中で彼ごと前進する。カイルはひきずられる状態になっても『伴侶を困らせない』獣人族の本能が働いているのか、彼女の歩みに遅れながらも一歩、また一歩と踏み出してはくれる。

（この調子なら、行ける！）

サラは、とにかく彼のキス攻撃から気をそらして出口を目指す。

徐々に薄暗くなってきたがそんなことかまっている余裕はなかった。

「――はぁっ、出られました！」

外の光に包まれた瞬間、達成感のような気持ちになってはしたないとわかりながらも声を出した。

これで、カイルも元に戻ったはず。

出ればもう大丈夫と真っすぐに信じきっていたサラは、期待の目で振り返る。

「カイルっ、出ましたよっ」

最高の笑顔で彼を見たサラは、次の瞬間口元が引きつった。

カイルは、とても微笑ましいものを見るようにサラを熱く見つめていた。凛々しい皇帝の面影がないくらいにこにことしている。

そんな彼の後ろで、大きなもふもふの尻尾がぱったんぱったんと揺れだした。

「満足できた？」

「は、はい、とても美しくて大満足の光景でした……」

「俺もサラの最高にかわいい姿に満足だ」

「そ、それは、よかったです」

素直すぎるのもどうかとサラは初めて思った瞬間だった。

獣化についてそろそろ何か言った方がいいのかもしれない。だが、カイルがサラの手を引いた。

「歩き疲れただろう。ここへ来たらいつも座っている場所があるので、そこに案内しよう。サラにも、俺が気に入っている光景を見て欲しい」

そんなこと言われたら、胸がきゅんきゅんして「はい」としか言えなくなる。

子供みたいにとうれしそうに誘うカイルについていく。

洞窟から続く傾斜をのぼって、途中で右手に見える、ごつごつした大きな岩がある方へと足を進める。

「サラにはきついかもしれないな。少し、失礼する」

「ふぇっ？」

獣化のせいなのか、彼は思いつきを口にしたら実行するのも早かった。言いながらもサラの膝の後ろに手を差し入れ、ひょいと軽々と持ち上げてしまう。

カイルは持っている重さも感じないみたいに、岩から岩へとジャンプしてのぼっていった。

サラは、久しぶりに見た獣人族の驚異的な身体能力に呆気に取られる。

あっという間に彼は積み上がった岩の一番上に到着した。

「あら？」

彼が立ったのは一番大きな岩の上だった。目の前にも岩がごろごろと転がっていて、その向こうには穏やかに流れる川がある。

周囲を見ると、こちらは川に阻《はば》まれていて森の中からここまで歩いてこられそうなところはない。

ここに到達できるのは洞窟の横から近道するしか方法がないようだ。

「あ、なるほど。ここは穴場なんですね？」

「護衛も、川に入ってまで渡ってこようとはしなかったからな」

少年時代の話だろうか。

サラは興味があったのだが、彼がその場で腰を下ろし、岩から川の方へとすべり落ちてしまわないよう足の間にサラを座らせてくれる。

後ろから彼の両腕に軽く抱かれた状態で、涼しげな音を立てて流れる小川を眺める。

「とても、綺麗ですね」

ここは綺麗なとこばかりだ。

「ああ、こうして眺めているのが好きなんだ」

「カイルは風景を一人でゆっくり眺めるのが好きなんですね」

「普段多くの者に囲まれているからな。昔からずっと、たまに一人になって息抜きした」

獣化状態のせいか、今日のカイルはよく話す。

サラはその穏やかな声に胸が温かくなる。

後ろから包み込んでくれている両腕に、サラは安心感を覚えた。ほっとしたら、川のせせらぎがいっそう心地よくて緊張感は呆気ないくらいほどけていく。

包み込むみたいに前へ回ってきた彼の尻尾も、もふもふとした感触を含めて、気持ちがいい。

「もっと、何かしようか？」

しばらく二人で川を眺めていたら、カイルが見つめてきてそう言った。

サラはふふっと笑って首を横に振った。

「こうして、ゆっくりしていられるだけで私は十分です」

後ろにいるカイルに、頭を預けて寄り添う。

「私はこうして、あなたと一緒にいられるだけで幸せを感じるんです」

間を置いて、彼の腕に力が入った。

「ああ、そうだな」

彼がサラの肩口に顔を埋め、抱きしめる。

感極まったような声だった。同じ気持ちを抱いてくれているのがわかって、この体勢では無理なのだが、サラも今すぐ彼の尻尾に顔を埋めたくなってしまった。

別邸に来たばかりなのに、もう彼の家族の思い出をいくつか聞けてしまった。

彼が髪留めを自分のために一生懸命選んで購入してくれただけでも、サラにはとてつもないご褒美になっているのだ。

ここに来るまでも素晴らしい景色で喜ばせてくれた。

だから今は、こうして彼と足を休めてゆっくり過ごせるだけでいい。

「このまま、甘えさせてくれないか…？」

ふと、肩で彼のくぐもった声が聞こえた。

彼の腕がおずおずと上がって、今度は胸の上からきゅっと抱きしめてくる。そうすると先程より密着感があって、それでいてサラの手はある程度自由になる。

サラは、愛しい気持ちになった。

「はい、もちろんです」

人の目もない今、皇帝ではなく一人の夫としてそこにいるカイルの頭を、獣耳ごと撫でた。

彼の狼の耳は犬よりも長さがあって、触ってみると、驚くほど厚みもありさらさらな感触でいてもふもふしている。

（ここも撫でられるのが好きなんて、以前は想像もしていなかったな）

よく尻尾を触らせてくるから、尻尾を触られるのが好きなのだろうと思っていた。

そうしたら、ある日寝室で彼が言ったのだ。

『……耳も触ってくれないか？』

『え？』

『尻尾と同じくらい、サラに触って欲しい』

彼は目元を赤らめて口元を手で覆い、視線をそらし恥ずかしがりながら伝えてきた。

サラも、もっと獣人族のことを知らなければと思った一件だった。

しみじみと思っていると、ふっと影が差した。

唇の横に柔らかなものが触れた。アッシュグレーの色がさらりと揺れて離れた時、サラは視界に戻ってきたカイルの顔を見て、キスをされたのだとわかった。

「──だめか？」

どくんっと心臓が熱を持ってはねる。

空気が一瞬にして濃厚になった心地がした。カイルは、こちらを熱く見据えている。

キスをされたのは唇の横だ。彼の問いは、唇に続けてもいいかと尋ねているのだとは、鈍いサラでもすぐ気づいた。

「だめなんて、……ありえません」

彼が前にいるサラの顔の横を手で包み、引き寄せて、唇を重ねた。

キスは初めからやや激しさを感じた。互いの唇をいやらしくはむと、今度は深く密着して熱がサラの口内へ侵入してくる。

「んっ、んんっ……んっ」

キスが荒々しいのは、獣姿が出ているせいだろうか。

かと思うと、彼は緩急をつけて今度は歯列をねっとりとなぞってくる。

激しさはないのに、刺激を受けた口内が敏感になったみたいに、サラはぴくぴくっと身体を震わせた。

たまらず彼のジャケットを握ると、奥までぬるりと熱いものがまさぐってくる。ねだるこのキスが、彼なりの甘えなのどうなのか、サラにはまだ判断がつかない。けれど、求めてくれている。

二人の触れ合っている部分から感じる熱が、真実なのだ。

（彼がしたいのなら、私も、うれしい……）

いつの間にかサラも彼の方へ身体を向けて、腕を回して必死にキスに応えていた。

「もっと、絡めて」

「んんぅっ、んっ、んん」

「そう、上手だ――」

角度を変えてキスをされながら、耳の後ろを指でくすぐられてぞくんっと背が反る。

背中に力が入って意識が向いたところで、サラは支えてくれている彼の手が上下に優しく撫でていることに気づく。

「ひゃっ」

彼の指が脇腹をかすっただけで、なぜか身体がはねた。

「また、舐め合いをしたい」

「待ってカイル、手、なんだかとてもくすぐったくて――ン」

ちゅっと吸いついた彼が、彼みたいに尖っていないサラの犬歯をくすぐる。

彼は、甘えてくれているのだ。これまでがんばり続けていたからこそ、王として人々に頼もしい姿を見せ続けて気を張っている彼だからこそ、自分は彼を甘やかしてあげないととサラは思う。

犬歯に舌で触れ合う、獣人族流だというそのキスをした。

背中で動く彼の手に甘く震える感覚が起こるが、嫌な感じはしない。

むしろ、尻を支えるようにして包み込んでくれている大きな尻尾と同じく、彼の手が触れているすべてを『気持ちいい』と感じている。

(どうにか、なってしまいそう)

川のせせらぎの音と、二人の熱っぽい吐息とキスの音。

運動したわけでもないのに身体が熱くなって、脳芯がとろけるような心地がする。

その感覚が強くなった時、不意に、魔力を与えられている時とはまた違うぞくぞくっとした甘美な震えが背筋を駆け上がってきた。

サラは身体が一際強くびくんっとはね、唇が離れてしまった。

「まずいな……」

くったりとしたサラを、彼が色っぽい雰囲気を解いて両腕で支える。

サラは自分で背を起こせなくて、彼の腕に寄りかかっている状態で息も絶え絶えに見つめ返した。

「……もう、しないのですか？」

「ああ、もう十分だ。すまない、無理をさせた」

何がどう無理だったのか、サラは頭がぼうっとしてよくわからない。

カイルが困ったような顔で微笑んだ。考えなくていい、というようにサラの額に口づけ、愛おしげにかき抱く。

「一緒にいられるだけで幸せを感じると言ってくれて、ありがとう。俺もだ、サラ」

しばらくそうやって少し休んだのち、サラの呼吸が落ち着いたところで彼が獣化を解いた。

「そろそろギルクあたりが痺れを切らしそうだ、行くか」

彼がサラを支えて立ち上がらせてくれる。

「とはいえ、まだ戻るには陽も高いしな。もう少しだけ散歩していかないか？」

「はい。私もカイルともう少し歩きたいです」

洞窟の前の道まで戻ったのち、サラはカイルと手をつないでさらに森の中を進んだ。

ギルクたちも離れてサラたちのあとをついてきているだろう。しかし彼らの姿は見えないので、サラもカイルと二人の時間を楽しく過ごした。

王城での散策と違い、川のせせらぎの音も解放感を覚える。

獣人皇国の植物について彼から聞くのも楽しかった。

とはいえ、サラは彼が次第に、そわそわしているのを感じ取った。

（……何かしら？）

相槌を打って笑いかけると視線をそらされ、会話をつなげたのに彼が急に歯切れが悪くなって、会話が止まったりする。

もしかして、彼は何か相談でもしたいことがあって引き続き散歩を提案したのだろうか。

サラは自分の頭にある髪留めへ目を向けて思う。

「あの――」

「サラ、俺たちの結婚式を挙げないか？」

顔を向けたところで、同時に彼から視線を返されたサラは、思わず立ち止まった。

「……結婚、式？　つまり挙式……」

「いきなりで戸惑うよな。だが、その、ずっと考えていた」

彼はもう一つのサラの手も取ると向き合い、咳払いを挟みつつ続ける。

「《癒やしの湖》の件も軌道に乗った、急ぎの主要箇所の対応は終え、サラの故郷のことも落ち着いてしばらくが過ぎた。……そろそろ、俺たちも腰を落ち着けないか」

湖のことが始まってから、結婚挨拶の件が加わって二人の挙式の予定は立っていなかった。

《癒やしの湖》の調査と研究が始まってまだ間もなく、てっきりサラはそちらまで一段落ついてからになるのかもしれないと考えていた。

挙式は行われていないので、二人の初夜もまだだ。

「本音を言えば、俺は身体ごとお前のものになりたい」

彼の真剣な目に、サラの頬の熱がどっと上がった。カイルが手を持ち上げて結婚指輪に強く唇を押しつける。

（私をものにしたい、ではなく――）

夫が素敵すぎる。心臓の音がどうにかなりそうだ。でも、伝えなければと思う。身体に響くようなどくどくとした鼓動は、驚きと同時に歓喜でサラを熱く震わせている。

「は、はい……うれしいです、私もあなたとの挙式をしたいです」

気持ちが胸の中にたくさん溢れて、うまく伝えられたのかわからない。

「いいのか？」

彼の目が輝く。伝わったのだとわかって、サラは喜びで目が熱くなり咄嗟《とっさ》に言葉が出なくて、こくこくとうなずく。

挙式を切り出された時におうむ返しに確認してしまったのは、喜びで胸がはじけそうだったからだ。

過ごしてきた日々で、すっかり心の準備はできていた。

「私たちの結婚式をしましょう。楽しみです」

サラはカイルの手を、心からの愛を込めてきゅっと握り返した。

「ありがとう、俺も、その日が待ち遠しい」

見つめ合う彼の目が心からのうれしさを伝えてくる。

「先日、ブティカに確認させたら人間族の国は、挙式だけで結婚が終わるとは聞いた。獣人族の結婚は、契約魔法で成婚式をしたあと、挙式の一週間から三週間前には新郎新婦のお披露目のための挙式前祝いの宴を開くことになっている」

「前祝いを挟むんですね」

珍しいと思って口にしたら、彼が少々気まずそうに視線を逃がす。

「まぁ……なんだ、挙式を終えると二人は初夜に備えてそのまま寝所に向かい、その日は出席者たちと話す機会はないんだ。主役が宴の席から不在となるため、前の日までに共に宴を過ごす時間を設けてある」

どうやら昼のうちに〝初夜〟の場所へと移動するみたいだ。

「そ、そうだったんですね。てっきり食事とか出し物を見たりとかあるのかと……」

「それは挙式前祝いの宴の時にやるものだな。つまり挙式は日を分けて行事が二つくる、王城での前祝いは早いうちに確定してくると思う――準備も加わってまた忙しくなるが、大丈夫か？」

妃教育とこの国について学ぶこと、慣れ始めたばかりの公務に《癒やしの湖》を回復させる活動。

確かに、そこにまた一つ加わるとすると忙しさは増すだろう。

でも、本当の意味できちんと夫婦になりたいと、ずっと待ってくれていた優しい王様。

サラは愛おしい気持ちで微笑みかけた。

「大丈夫です、あなたとの大切なことですから」

カイルの瞳が潤いを増した。サラとの距離を縮めてくると、こつんと軽く額を触れ合わせる。

「ありがとう、サラ」

囁きのような穏やかな声は、噛みしめるように優しかった。

「俺にとっても、とても大切なことだ。君と挙式の日を迎えられる時が、早くくればいいのにと願ってやまない」

「私もです」

今は、二人ゆっくりできるこの時を楽しもう。

王城に戻ったら、ブティカや側近たちに挙式をすることを決めたと報告することにした。


皇族の結婚は、とくに特別なことだ。

狼皇帝の一族は、一生に一度しか伴侶を取らない。

本人が花嫁に迎えたいと強く望む相手が妻になることが望ましいが、カイルは異例なほどに身を落ち着けたいと希望する姿勢さえ見せなかった。

「ですから皇帝陛下が皇妃を見初《みそ》め、連れ帰られた話は皆の胸を熱くしているのです。ご自身で連れ帰られるほどだなんてわたくしも興奮しましたわ！」

「な、なるほど……？」

休暇を終えて王城に戻ったサラはその日、妃教育の講師一人目のマギーアンヌ夫人に、早速獣人族の結婚について説明を受けていた。

挙式を行うことが正式に決定したことにより、妃教育に結婚に関わる授業が加わることになったのだ。とくに皇帝の結婚というのは大切にされているらしい。

『結婚します』のお披露目を兼ねた挙式前祝いの宴では、獣人貴族たちが勢揃いし、サラもカイルと一緒に皆から祝福される。

またその同日、国民にも式典用のバルコニーから新郎新婦としてお披露目されるそうだ。国民たちが結婚についての言葉を皇帝夫婦から聞くのは、その日のみとなる。

とはいえサラは、国民たちを安心させるためカイルと急きょ夫婦になるべく〝契約魔法〟を行い、夫婦になったことについては、すでに国民に公表済みだ。

（順番は少し特殊にはなってしまったけれど……）

愛する人との結婚式だ。

また国民の前に立つことにサラはなんの問題もない。気恥ずかしさがあるだけで、うれしいことには変わりない。

そうして、挙式では、新郎新婦共に一生に一度の純白のウエディング衣装に身を包む。

二人は愛を誓ったのちにそのまま会場をあとにし、王城の奥の住居区にて初夜を迎えるのだ。

「つまるところ正午少し過ぎから翌朝まで、寝所に二人きりにされます」

「な、長いですね……？」

「いいえ？　そのまま夫側が発情期に入るのがほとんどでございますから、それに合わせて妻側も発情薬を口にして発情を合わせたりします」

発情期、とサラは緊張して心の中でつぶやく。

「じょ、女性側も発情期になったりするのですか？」

「はい。しかしながら、初めての場合だとたいてい殿方の皆様の方が『ぷつん』ときます」

「ぷつん……」

「ですからわたくしたち獣人貴族は、発情薬の摂取タイミングなど床入りの作法についてしっかりと学びます。皇妃様は人間族ですから、三日三晩出てこられないというのはないでしょうが――」

「三日三晩⁉」

マギーアンヌ夫人がきょとんとして「そうですが」と答えた。

「平均がそれくらいですわ。初夜休暇が取れます」

「へい、きん……」

獣人族は体力もすごいとはわかっていたが、この手の話ができる令嬢友達もいなかったサラには未知の話だ。

体力というのは、つまるところ夜の体力も一緒なのだろうか。

頭にいっぱい疑問符を浮かべているサラの様子を、マギーアンヌ夫人が初々しそうに見つめていた。

「皇帝陛下がリードしてくださいますから、皇妃様は悩まずともよろしいのですわ」

「そ、そう、なのでしょうか」

「はい、ご安心ください」

マギーアンヌ夫人は力いっぱい笑顔で請け負い、それから狼皇族の歴史ある挙式とその流れについても説明する。

ウエディングドレスは、基本的に皇族の由緒正しき結婚衣装用のデザインが採用される。

そして初夜の際には、発情を促す酒が寝所に用意される――。

（つまり媚薬《びやく》、なのよね……？）

種族違いの夫婦で発情期を揃えるためのもの、とは聞いた。

初夜に用意されるものについても、サラの知る『失敗を顧慮した際の媚薬』とはまた違う感覚だ。

サラは頭を悩ませたものの、すぐ気持ちを上向きにした。

（いえ、とにかくカイルに任せておけば何も問題ないわね）

ブティカたちに挙式を報告した際、サラにも課題が与えられていた。

挙式前祝いの宴で着るドレスを考えることになったのだ。

『挙式は獣人皇国のしきたりに従わなければならない。だから、挙式前祝いの宴は、君の好きなドレスを着て欲しいと思う』

カイルの思いはうれしかった。

とはいえ皇妃。色々と配慮するところはある。


（――どんな色やデザインがいいのかしら）

マギーアンヌ夫人の講座のあと、獣人貴族の夫人グループと会談という公務を挟みつつも、サラの悩みは尽きない。何せ自分のドレスで『これが欲しい』なんて思ったこともないのだから。

決まりはないと言っていたが、前祝いなのでそれに相応しいものがいいだろう。

（……でも私、そういった祝い関係はあまりわからないのよね）

悩みは深まる。

両親は、できるだけサラを外に出したくないと考えていた。

サラも祝いの席には連れていってもらったことがなく、そのへんの作法は未知だ。

会談が終わったあと、廊下を歩いていると、護衛としてそばにいたアルドバドスがとうとう強く眉を寄せて「なぁ」と声を投げてきた。

「朝から何を悩んでんだ？　またイチャイチャ問題か」

「ち、違いますっ」

ギルクもガートも、挙式の準備まで加わって忙しいカイルについているため、王城内の護衛にはアルドバドスが召喚されていた。

「いえ、会う人会う人『人間族が頼むデザインでいい』と言ってくるものだから、余計に……」

「何か困ることでもあるのか？」

アルドバドスが不思議がって首をかしげた。

話してしまったら同情を誘うのではないか。ふっとサラは返事に窮した。

「サラ」

せっつくように言われて、観念してアルドバドスに話す。

「その……金色の髪と目は祝い事には相応しくないからと、祝いの席のことや婚礼向けのドレス選びも教えられていなくて……」

「は」

「前祝いなんて一度も参加したことがないんです。姉たちの誕生日は、一日部屋から出てこないのが決まりでしたし。不吉な縁を呼び込まないようにって」

「はぁあああああ⁉」

立ち止まったアルドバドスの大声に、廊下を歩いていた全員が驚き、サラたちを見る。

「待て待ておかしいだろ。小型の草食種の中に飛び込んだ肉食種でもそんな扱いは受けねぇぞ⁉」

皇妃に対する口のきき方ではない、なんてひそひそ話されても彼は気にしない。

アルドバドスはいつも遠慮がなかった。庶民の肉食獣がいるぞと貴族に小言を囁かれても『貴族のなんやかんやもエリートの作法も知らねぇよ』と突っぱねて、自我を通していた。

そこにサラは感謝を覚えていた。

宰相のブティカも側近たちも知っているが、皇妃になってもそれまでと同じ態度で接するよう、彼女自身がアルドバドスに希望したことでもあった。

その場に相応しい対応が必要とはいえ、侍女仲間たちに皇妃扱いされると、やっぱり寂しく感じるものもある。

アルドバドスが専属護衛として正式雇用されたと通達を受けた際、サラは会議を終えて自分でも報告しに来た彼を見て、侍女仲間たちのことを思い出した。

『あのっ、そのままでいいですから』

咄嗟に、そんな我儘《わがまま》を口走ってしまっていた。

そうしたら、一瞬の迷いもなく彼が言ったのだ。

『そうか。助かる、そうするわ』

実に、清々《すがすが》しい言だった。

そんなことを思い返していたら、目の前でアルドバドスが悔いるように頭をガシガシとかく。

「それで二日も挙動不審だったのか？　かーっ、早く聞いとけばよかったっ。のろけ聞かされても反応に困るしなーとか思った俺の二日……！」

「ア、アルドバドスさん落ち着いてくださいっ」

あまり大きな声でそう主張されると、恥ずかしい。

確かにカイルのことで赤面させられた時に、アルドバドスに何やら色々と言った気はする。

「あっ、そうです！」

サラが大きな声を上げると、アルドバドスが胡乱げに目を細めた。彼の後ろを通過していった警備兵が「皇妃様をそんな目で見るなよっ」と小さな声で注意する。

「なんだよ、またなんか思いついたのか」

「人間族なら、ジョンさんがいます！」

「ああ、お前が懐いている狩人の？」

でもそれがいったい何につながるのか、という様子でアルドバドスが思案の間を置く。

（彼に会ってみましょう）

名案だとサラは改めて自分の考えに思う。

ジョン・シータスは、捨てられた一件の際に知り合った狩人だ。

サラの父バルクス辺境伯に命じられ、彼女を森に置き去りにする際、生き延びる術を教えて彼女の幸せを願った人物だ。

のちに、皇帝カイルから友人認定を受けた初の人間族でもある。

彼は獣人皇国と人間族のエルバラン王国の共有領地となっている国境沿いの土地に暮らしている。彼は国交の代表という扱いでもある。

彼と再会したサラは、ジョンとはまるで親戚のおじさんみたいに心を通わせている。

時間があれば《癒やしの湖》の帰りに、カイルにお願いして獣人皇国とエルバラン王国の共有領地にあるジョンの家に立ち寄ってもらい、彼との交流は続いていた。

(何かあれば相談してと言っていたわ)

結婚の話を両親としたことがないから、サラはそういうことがまるでわからない。

『嫌われた金髪に金色の目の娘なんて、どうせ結婚できない』

周りも散々そう口に出していたように、サラ自身もそう思っていたから、目の前で講師が科目を飛ばすのをただただ黙って見ていた。

ジョンは結婚していて、サラと同じ年頃の娘もいるので、適任だと思うのだ。

それに、暮らしの作法を含む伝統事もよく知っていて物知りだとは、彼を通して縁ができた神父も太鼓判を押していた。

「アルドバドスさん、ジョンさんに連絡を取るお手伝いをしてくださいませんか？」

頼んで即、アルドバドスが乗り気ではないように顔をしかめる。

「あっ、ごめんなさい、もっと忙しくなってしまいますよね……」

「はぁ、そうじゃなくて……なんで皇妃なのにお願いするんだよ。ぱっと命じればいいのにお前は……はぁ」

しげしげと上から観察されたうえ、二回目のため息までつかれてしまった。

「忙しいのはお前の方だろ」

「そ、そうでしょうか？」

「そうだよ。休憩中、数字と睨み合っているだろ」

それはあなたが意外にも経営面での数字にも強いから意見交換もしたくなっちゃうし、なんてサラは頭の中でつぶやいてしまう。

サラは、別に時間がないだとか忙しいからという思いで書類を持ち込んではいない。

一人での休憩の際、気になった町の税の申告額や支援金の額、その割り当て先を眺めて、お金の動きをイメージしている程度だ。

だがアルドバドスには、サラが仕事をしているふうに見えるらしい。

今は黙っておいてやるが、無理をしたら即〝密告〟するので必要になったら止める、とも言われていた。

(私は政務のことをまだまだ知らないし、読書よりもタメになると思うのだけれど)

休憩がてらなぜ書類を見てはいけないのか、サラはわからないでいる。

「はぁ、出来がいいのは、似たもん夫婦かねぇ」

どういう意味なのかサラは問おうとしたのだが、アルドバドスが答える方が早かった。

「わかった。共有領地に関しては、宰相閣下に内容を通して、それから管理責任者のエゴリア伯爵の部隊を通せばいいんだよな」

「うっ、ご、ごめんなさい……」

お手数をおかけします、とサラは消え入る声で言った。

彼も、ずいぶん王城の手順を覚えてきたものだ。護衛所属なのに申し訳ない。

「問題ねぇよ。伝達役なら、俺と同じ完全獣化するタイプの中に、大鷲《おおわし》種の知り合いがいる。経由すれば当日内では届けてくれるから、宰相閣下には彼を推薦しておく」

サラは密かに驚く。

(アルドバドスさんって、完全獣化タイプだったのね……)

この皇国では、肉食種は本格的な戦闘時以外は獣姿を出さない。

精神的にどっしり構え、少しの感情では人型が解けないよう自戒し、精神面が草食種より強いとは耳にした。

(たしか、完全に獣の姿になる獣人族は、国民の二割くらいとは聞いているけど)

彼らは、獣姿を半分から完全体まで自分で調整できる珍しい種だとか。

そうすると、サラがアルドバドスの完全獣化を見る機会はないのだろう。

「じゃ、まずは手紙だな」

「あ、はい！　次の予定をこなしたら書きます！」

すると、護衛らしくなく真横を堂々歩くアルドバドスが忍び笑いして「ほら、忙しいだろ」なんて言ってきた。


というわけで、ジョンに知らせを出したところ、エゴリア伯爵の国境部隊の者が王城まですぐに返事を持ってきてくれた。サラは手紙を城の者から受け取ったのでその姿は見なかったが、もしかしたらアルドバドスの言っていた、大きな鷲の姿を持った獣人族だったかもしれない。

（うぅ、見るチャンスだったのに）

残念に思ったものの、手紙を私室へと運んだ時には、ジョンの手紙を読むことへのわくわく感に取って代わっていた。

ジョンは快く相談に乗ってくれるという。

とはいえ、手紙には、ちょっと不思議に思う言葉が最後に補足されていた。

『前祝いが結構早くくるみたいだね。急ぎのことかもしれないが、すぐには会えないかもしれない』

そんなことサラは問題ない。

彼の仕事を邪魔したくはなかったので、すぐに会えるとは考えていなかった。

日にちはもちろん任せる、そうサラは手紙の返事を書いた。そうして、次に会える日を楽しみにしている、と。

それは、サラの心からの言葉だった。

ジョンに手紙を出したことを、巡回から帰ってきた際にカイルには伝えた。意外にも彼はすでに知っていた。

「まぁ、少しな――出先で報告を受けた」

彼は多く語らなかった。

「夕刻前の帰宅だ、夕食まで共に時間が過ごせる。行こう」

「はいっ」

誘われたサラは、直前の彼の雰囲気を忘れて笑い返した。

◇◇◇

その日、サラが午前九時前という早い時間にアルドバドスたちと出立した。

カイルはそれを見送ったのち、謁見までの時間を利用して執務室で仕事に入る。

「意外でした。皇帝がご許可されるとは」

室内の護衛にと残ったのはギルクだ。

ようやく口を開いた彼に、カイルは『なんとも嘘が下手《へた》な男だな』と改めて思う。

彼は、思ったらまず行動に出る男だった。

カイルの考えていることを察し、即行動に出るうえでカイルを満足させる軍人は、ギルクの右に出る者はいない。

(着ている服が上品になれば、それに合わせて性格も丸くなるもの、か)

ガート将軍たちの言葉がちらりと頭に浮かぶ。皇帝に就任した当時のことを思い返しながら、カイルは書面から目線を外すと、昨夜ギルクに命じた仕事について確認する。

「〝あれ〟は、きちんとアルドバドスに渡したか?」

「言いつけ通りに」

「不満そうだな」

「私なら相手を引き渡せと命じたうえで〝斬り裂く〟かと」

――違った、ギルクはギルクのままだった。

やはり丸くなったというのは外見の印象だけのようだ。

(俺の唯一無二の伴侶だからか。よほどサラを庇護《ひご》に置いているらしいな)

ギルクは一度リーダーを決めると、二度と忠誠心を変えないタイプの肉食種だ。そのうえ、血が濃く、先祖だと言われている獣そのものの狂暴性が目についた。それはカイルが即位前に持っていた部隊の部下たちもそうだ。

家族の中で、自分だけが愛も、伴侶を得る憧れも持たない冷酷な血が流れているかもしれないと悩んでいた。それをギルクたちが、時間をかけて解いていった。

そんな中サラと出会い、その出会いがカイルを救った。

「何か？」

「いや、俺はめげないところにも恩情を与えてやった」

書面へと目を戻したカイルに、ギルクは普段のクールな表情にやや不満を浮かべる。

彼に伝えたのは決定だけだった。

カイルは、わざわざ理由まですべて共有することはない。

(――あれだけの束になっていたこと、それを俺のところで止めていたことをサラは怒るだろうか)

その〝サラへの手紙〟には、カイルがすべて目を通した。

人間族のエルバラン王国から改めてサラを連れ帰ったあとから、その手紙は届きだした。

まず目を通したのはブティカだ。

戸惑い気味に差し出され、カイルは差出人を見て、怒りが込み上げた。

二通目からは自分がじきじきに確認するので、すべて回せと命じた。いちおう目を通し、そうしてそのたび燃やしていくつもりだった。

手紙には、サラしか読まないだろうと思い込んでいる言葉が書かれていた。

皇妃への手紙を側近が確認するのは常識だ。そんなことさえ思い浮かばないことに、カイルは浅はかだという思いを抱いたし、外交になるにもかかわらず、自国の国王を通さず手紙を送りつけてくる女たちの独断にもあきれた。

サラならそんなことはしない。彼女は、手紙の作法も完璧だった。

入籍した祝いにと、手紙を贈ってきた獣人貴族に対して、感心するほど愛と思いやりを感じる美しい言葉を書いた。

そんな彼女とは違いすぎる、学の浅い未熟な大人の手紙。

だが、上品さを感じさせない文章は愚直だったが、ゆえに正直な言葉なのだと感じさせた。

それらを読んで、カイルは燃やすのをやめた。

手紙は一通ではとどまらなかった。続けて何度も、詫《わ》びの言葉が届けられた。

そのたび、便箋《びんせん》の中に思い出の話も添えて。

次第にカイルの中で、怒りと嫌悪はなりを潜め始めた。だが、残念ながら何度こようと当初からの判断は変わらず、彼はその手紙を引き出しにしまい続けた。

（まさか、あんな提案がジョンからあるとはな）

サラがジョンに手紙を送ったあと、彼女への返事とは別で、彼から送られてきた手紙がカイルの考えに一つの変化を加えた。

ジョンはサラが名前も知らなかった当初、『狩人さん』と敬愛を込めて呼んでいた人間族だ。

彼女の生家である辺境伯家の領民であり、領主に目をつけられて騎士団に脅される形で酷な命令を受けた。

自身も危険な状況になるかもしれないとわかっていながら人の目をかいくぐり、生きてくれ、と言ってサラに鞄を持たせた人間族の男。

庶民であるなら、あの鞄の中身を揃えるのは、金銭面で容易ではなかっただろう。

その勇敢さからもカイルはジョンという人間族を、まだ話もしたことがなかった当時から心に留めていた。

サラを冷遇したうえ、獣人皇国の狂暴な獣たちの餌にしようとしたエルバラン王国。

カイルがサラを妻として娶《めと》ったことを正式にエルバラン王国の国王に伝えた際、静かなる怒りと侮蔑を文面から感じ取ったことだろう。

エルバラン王国がサラを不当に扱ったことへの謝罪の意味を込め、バルクス辺境伯家の領地の一部を彼女に譲渡した。それをカイルは『共有領地』とした。

カイルはその領地に人間国側の代理人として管理者を置くことにした。それがジョン・シータスだ。

サラと共に共有領地へと行った際、機会を見つけて何度かジョンと向き合って話した。

ギルクが聞いたという彼の思いを、自分でも聞きたかったからだ。

ジョンは快く話してくれた。思い出すのはつらいがと語る正直さ、真摯にも話す姿勢は、ギルクから報告を受けた時よりも、彼がどんないい人間族なのかカイルに伝えてきた。

カイルは、彼の人を見る目も信じていた。

ジョンからの提案を兼ねたその相談と意見は、確かに納得できるものだった。これまで届き続けていた手紙のことも踏まえ、カイルはその提案を受け入れることにした。

——のだが、手紙の件についてギルクはいまだ納得しかねる視線を送り続けている。

その様子を目におさめたカイルは、ため息をついて告げた。

「アルドバドスには〝駆除許可〟は出してある。必要ならドロレオを放っていい、と。これで納得したか？」

「それはまた、冷酷ですね。ですが——」

「おい、ギルク」

遮ったカイルの声はわずかに低い。

苛立って唸るような声。たったその一音で室内の空気が冷え込み、書類を引き取りに来た政務官が「ひっ」と声をもらして扉の外に引っ込み直す。

「お前は俺の決定に異を唱えるつもりか。そもそも例の〝大公〟より問題になることか？」

「——いえ」

相手は、たかがか弱い人間族。

狼皇帝の敵にさえ、なれはしない脆弱《ぜいじゃく》な存在。

「わかってくれたようで何よりだ。俺はサラが戻るまでに時間を空ける必要がある——仕事に専念してもかまわないか」

「もちろんです、我が主君」

殺気にあてられたギルクの目が、興奮と尊敬の熱を孕《はら》んで細められる。

カイルは、心の中でまたため息をこぼした。

（他の者たちも〝狩周期〟で殺気立っていたな。そろそろ現場仕事を入れるか）

それはカイルも含め、肉食種には必要な業務であった。

ギルクが不満の様子を見せたのは、冷静なカイルに対して怒っているからだろう。

あなたは気にならないのですか、気にしないのですか——と。

ギルクがそう他者に感情を荒立てるのは珍しいが、同時にそれだけサラを思ってくれているのならカイルにはうれしくもある。

だが、ギルクは今回冷静でないため、見逃している。

(気にしていないはずがない)

戻ってきたサラの反応を想像し、予測ができなくてカイルはもやもやしている。

カイルは、サラの心まで守りたいと思っていた。

彼女に見せていない手紙のことでようやく一段落つきかけた時に——ペガサスの大公が現れたのだ。

彼は、カイルでも持て余す厄介な相手だった。

同族同士でしかつがい合わない神獣ペガサス。その美しき大公ツェフェルが、わざとらしいくらいに丁寧に自分たちがどんな種であるのか、国がどこなのか話したうえ、聖女が自分たちに共通している部分は多いと思うとサラに言ったことも、カイルは気にしていた。

(あれは、真っすぐ彼女を見ていた)

見ればわかる。ペガサスは冷酷で、無関心。だが大公の目は、ペガサスではないのに、まるで同族を見ているかのような優しい眼差しをサラに向けていた。

まるで好感を抱いていると見せつけるみたいな、ツェフェルのサラに対してだけ特別に優しい光景が、伴侶を奪われたくない獣人族の本能による闘争心と嫉妬で、カイルの目に焼きついている。

そのツェフェルの音沙汰がないのが、かえって彼を不安にさせた。

神獣は獣人族と違い、生きる時間が数百年に及ぶことがあるのも、特殊な位置づけの理由だ。

カイルは、ツェフェルを幼い頃から知っている。

今と姿は変わらない。彼らにとって数年という時間の長さは、カイルたちの感覚とは違っていることだろう。

わざわざサラに会いに来た。それでいてあとに動きが見えない。

カイルは、彼がサラを奪う機会を狙っているのではないのかと懸念が湧いて、警戒心が抜けないでいる。

（よくないことが起こらなければいいが――）

ただの気まぐれであることを願いたい。

カイルは目の前の書類をどんどん処理しながら、ひとまずその考えを頭の中から払った。

今すべき心配は、サラ自身のことだ。

最愛の伴侶、愛おしくてたまらない運命のつがい。

カイルは、サラによって自分が変わっていくのは感じていた。たまに自然と家族の話が口をついて出て、兄のことを語ったり――。

サラは気になるだろうに、カイルが話す以外のことを自分から尋ねはしなかった。

胸が重くなってカイルが言葉を切ると、彼女は気づいたみたいに『待ってる』と言うような目で、優しい笑みを浮かべた。

それを見た時、彼はサラが愛おしくて涙が出そうになった。伴侶同士として心がつながっているのを感じた瞬間だった。

同時に彼は、サラもまた自分と同じであることを感じ取っていた。

自分が家族のことを少しだけ口にした際、カイルは彼女もまた懐かしい思い出を振り返っている気がした。

（つまり手紙に書かれていた思い出は、事実か）

そうすると、やはり突っぱねられなかった。

サラは、たった一人でこの国にやって来た。

寂しいままで挙式に臨ませたくない、もし彼女にとって〝このこと〟がよいことであったのなら、血のつながりを感じたことがないその寂しさを少しでも埋めてやれないだろうか。

そうして彼女にとって最高の前祝い、そして結婚式に——そう考えてしまうのは、カイルのエゴだろうか。

（ギルクには、到底言えんな）

伴侶を持った獣人族は、伴侶が世界のすべてになる。

自分もまたそうだったみたいだと、カイルは目の前の書類を処理しながら苦笑をこぼした。

けれど、悪くない。

どう考えようがカイルは彼女が愛おしいし、彼女のために悩んでいる時でさえ夫として苦悩していることに幸せまで感じている自分がいた。

（彼女が帰ってきた際に話す時間をつくるためにも）

カイルは自分の心に言い聞かせて、とにかく仕事に徹した。

◇◇◇

ジョンと待ち合わせ当日、サラは午前九時前に、アルドバドスたち護衛と共に共有領地へ向けて王城からドロレオで出発した。

サラは、今ではドロレオの最高速度も楽しんでいた。

サラはドロレオが今やかわいくて仕方がない。ドロレオは人を背に乗せていると散歩感覚でいるようだとサラは感じていた。世話などを積み重ねた彼女も、今では些細な所作から彼らの感情が手に取るようにわかり、揺られている間は共に楽しめた。

「お前はいつか大物になるよ」

サラが長距離も平気だと答えたら、後ろで支えているアルドバドスが真顔でそう言った。

「兄貴、彼女、もう皇妃っス……」

「みんなから《癒やしの湖》を復活させた唯一無二の救国の聖女って、崇《あが》められてもいます……」

「マジか。じゃあいよいよ気を引き締めて護衛しねぇとな。誘拐の危険も高まる」

サラは普段と様子が違うアルドバドスを気にした。

彼はツンな節があり、直球で考えを口にするのは珍しい。

(自覚のないまま言うことはあるのだけれど)

ちらりと肩越しに見ると、アルドバドスは目をぐっと細めてドロレオが走る先を見据えている。

若干、その目の下にクマがかかって見える。どっと疲れているようにも思えた。

それに気づいたら、猛烈に気になってきた。心配になったサラは、アルドバドスの異変の理由を教えてと言わんばかりに、ドロレオにまたがって周りを走っている彼の仲間たちに視線を向ける。すると彼らが「実は」という感じでやや心配そうに首を横に振った。

「昨日まで激務で」

「アジャービ様、容赦なく仕事振るから」

「兄貴、責任感強いから『俺が行かないとガキのおやつがなくなる』とか言って、無理して託児所にドーナツまで焼きに行ってたんです」

「まぁ……」

なんてできたパパ、と本人のイメージとかけ離れたエプロン姿をサラは頭に思い浮かべた。

とすると本人は、寝不足もあって思考力も低下しているのか。

「アルドバドスさん、大丈夫でしょうか？　少し仮眠を取れるタイミングとか」

「あ、そこは大丈夫っすよ。途中で馬車に変わるんで」

「馬車？」

「兄貴はやると言ったことはきちっとやる男なんです。たぶん、今はそこまできっちり運ぶことに全力集中している状態だと思われます」

それは、なんというか過酷だ。

サラは自分の身体を両側から囲むみたいに、ドロレオの手綱を握っているアルドバドスの手を見た。

「アルドバドスさん、私、いけ――」

「いけなくないからな。手綱は渡さねぇ」

朦朧《もうろう》としているくせに、アルドバドスはきっぱりと言った。

「お前に渡した方が危なっかしいわ」

せっかくのチャンスだったのに、という言葉をサラは喉の奥へと静かに引き戻した。周囲から見ていた彼の仲間が笑っていた。

馬車について質問することを思い出したのは、その時だった。

（あ……でも今は話しかけたらまずそうね）

元々目つきの悪い男だが、いっそうそう思えてサラはせめてものの協力でおとなしくしていることにする。

ドロレオたちは、風のように森を伝って国境を目指した。

途中、居合わせた小さい動物たちは、ドロレオを恐れて猛烈な勢いで道を開けていった。

その光景を見るたび、ドロレオたちは肉食獣感満載なのを、サラは思い出すのだ。

（大きな頭の白いふわふわを見ていると、息遣いの荒々しさも忘れるのよねぇ……）

まず、頭に『かわいい』が先行するので、もうだめだった。

ドロレオは、道なき道さえも猛然と進んでいく森の王者だ。小川が走っていようと、岩場があろうと、ただ真っすぐ目的地を目指す。

やがて森林が開け、続いて国境地帯の大自然が見える。

その手前に、両手を振っている国境部隊員たちがいた。合図に気づくなり、軍用の訓練を受けているドロレオたちは両前足をぎゅっと踏みしめ、ずざざーっと道をすべりつつ彼らの前で急停止する。

「エゴリア伯爵から馬車が届いております」

ドロレオから降ろされながら、そう聞いてサラはそういえばと思い出す。

「あの、いつもみたいにドロレオに乗ったまま共有領地の手前まで行かないんですか？」

「国境の森を通過される間、皇妃には専属護衛のアルドバドス殿と馬車に乗車していただきます。そして今回ドロレオたちは、共有領地と我が国境の境にちょうど位置する、ジョン・シータス殿の住宅柵まで進める予定です」

「柵まで？」

ドロレオは人間族のものはなんでも食べてしまう。基本的に、国境部隊が立つ共有領地沿いまででいったん止めることになっていた。

カイルが初めて共有領地に降り立った際には、皇帝の訪問だけに不測の事態を警戒し、ドロレオたちはジョンの牧場兼訓練場の柵まで同行することを許された。

今回は、どういう理由があってドロレオをそこまで進めるのだろう？

「いいから、とにかく乗れ。話がある」

「話？」

アルドバドスに背を押される。何か話でもするみたいだと思い、サラはおとなしく従って馬車に乗車する。

彼は子供の面倒を見るみたいにサラを座席に座らせた。

アルドバドスが向かいに座り、御者席《ぎょしゃ》の後ろにある小窓を叩いて合図すると馬車が走りだした。

「これからきっかり三十分かけて、馬車はゆっくり目的地に向かう」

「だいぶゆっくり進めるんですね、でもどうして三十分なんですか？」

「まぁ、とにかく聞け」

正面から見た彼は、確かに過労と寝不足なのがありありと見て取れる相貌《そうぼう》をしていた。

(仮眠をさせないとまずそうだわ)

サラはすばやく終わらせるべく背筋を伸ばして待つ。

アルドバドスが首をひねりつつ、腰に巻いていた鞄から何やら取り出し、サラの目の前に差し出した。

「これは……手紙?」

それは、束になった手紙だった。

何通あるのかはわからないが、紐で束ねたその厚さから、かなりの量だとわかる。

「あ、私宛てですね」

「ああ、皇帝陛下から預かったお前への手紙だ。渡すよう言われた」

アルドバドスは、どこか納得いかない声だった。

「お前が読んでいる間、俺は少し寝る。プライバシーは守る。そんで、俺はお前が『嫌だ』というのなら、即連れ帰ってやる。以上だ」

彼は唸るみたいな低い声でそう告げるなり、腕を組んで、ぼすんっと座席で横になってしまった。

(寝不足のせいかしら……?)

勢いで手紙を押しつけられる形となったサラは、自分の両手にのったそれを改めて見下ろしたところで、驚く。

一番上の手紙、その送り主名は【アドリエンナ・バルクス】と書かれてあった。

それは、次女の名前だ。

どくんと胸が緊張の鼓動を打つ。バルクスなんて、久しく頭をよぎることもなかった実家名だ。

「私への手紙をカイルのところで止めていた？　どうして……」

いや、そもそも、どうしてアドリエンナが手紙を送ってきたのか。

サラは手紙の束を膝の上に置き、慌てて紐をほどきにかかった。すると、今度は三女【フラネシア】の名前もあって、びっくりした。

急ぎ手紙を確認してみると二人の姉からのようだ。

国境を通過した日付は、エルバラン王国へ結婚の挨拶に行った翌日のものだった。

その日のうちに、国境《くにざかい》に何か用がある時にと配備されている国境部隊の警備兵が、町の者から手紙を受け取って、王城へ配達している。

（……いったい、何が……どうして手紙が？）

何が起こっているのか、わからない。

サラは予想にもしていなかったことで、ただただ混乱していた。

カイルが受け取ったことを秘密にしていたのは、自分がこんな気持ちになることを防ぐためだろうとはすぐにわかった。

彼は、とても優しい人だ。サラが傷つかないようにいつも考え、行動してくれている。

（でもいったい、ここには何が書かれているの？）

サラは、二人の姉たちからの大量の手紙に困惑する。こんなにまで強く何か言いたかったことがあったのだろうか。非難だろうか――。

このまま読まなかったらずっと気になってしまうだろう。

深呼吸して覚悟を決め、緊張気味に一番古い日付の手紙を開く。

「『拝啓、お詫びの言葉も届かない妹へ』……」

その一文目を読んだ途端、サラは身構えていた緊張が勝手に抜けていくのを感じた。

馬車が森の出口、共有領地の入り口まで新しく敷かれた道を、真っすぐ走り続ける。

そんな中サラは、膝に置いた手紙を一枚ずつ読んでいった。


手紙に書かれていたのは、ほぼ毎日、己をかえりみて綴られた、謝罪の言葉だった。

手紙の作法が中途半端で飾ることを知らない二人の率直な言葉は、サラの疑心暗鬼も溶かしていく。

【知らなかった、なんて言っても信じてはもらえないでしょうが】

二人の姉は、サラが後継の娘を亡くした商家に養子に出されると聞いていたそうだ。

長女しか知らされていなかった真実について、大人たちの話し合いを盗み聞いて知り、衝撃を受けたという。

【ごめんね。昔はこんなじゃなかったのに、どこで間違えたんだろう――】

じっと座ることも、考えることもしない人たちだった。そんな二人の姉がサラのことを思って日々を過ごし、日記のように一日に何枚もの便箋に手紙を書く。

彼女たちの愚直な言葉は、サラの胸に響いた。


「読んだか？」

いつの間にか向かいで、アルドバドスが腕を組んでサラを見ていた。彼が「ん」と言って差し伸ばしてきた手にはハンカチがある。

「は、い……血のつながった家族の中に味方ができたみたいで、うれしくて」

サラはありがたくハンカチを借り、目元の涙を押さえた。

「もう一つ手紙がある。それまで読んでくれ」

「手紙？　でも、封筒は――あっ」

サラは封筒の下に紛れていた便箋に気づく。

【今まで渡さなくて、すまなかった】

その字を見てハッとした。慌てて確認してみると、便箋にはカイルの名前があった。

【君を想えば、つらいことや苦しいことを思い出させてしまうのではないかと考え、手紙のことは言わないことにした。俺は、サラを苦しめるすべてから守りたい】

あなたは悪くない。サラはそう思った。

彼が知らせずにいてくれたから、自分は不安な想像で眠れない日々を過ごさずに済んだ。すべてカイルの優しさからだとわかっている。

【ジョン・シータスと手紙で話した。今回のドレスの件で、その手紙を書いた君の二人の姉に力を借りるかどうかの判断を君に委ねたい】

サラは息をのむ。

【彼女たちが会いたがっているらしい。君が困っているのならと、人間族の貴族の知識があれば助かることを俺は考え、今回顔を合わせることを許可したが――話についてはアルドバドスに通してある、嫌なら、会わなくてもいい】

「と、いうわけだ」

サラが手紙から目を上げると、アルドバドスが右の手のひらを差し出してそう言った。

「連れていくドロレオは食欲を我慢できるよう訓練された一等級だ。嫌ならこのまま引き返してやるし、望んで再会したとしても、もしお前が嫌だと感じたら俺は共有領地の柵の内側にドロレオを入れてでも、すぐさま連れて帰ってやる」

連れて帰る――そのアルドバドスの言い方に、対面を意識し条件反射のようによみがえった緊張が、すぅっとほどけていくのを感じた。

自国にいた時のような、誰も味方のいない状況は、もうない。

そして二人の姉たちも変わった。サラは手紙から、確かに二人の真心を受け取った。

「ありがとうございます。私、行きたいです」

会いたい、直接言葉を交わしてみたい――サラはカイルからの手紙と、そうしてたくさんの封筒の束を、期待に高鳴る胸に抱いた。


間もなく馬車は、元バルクス辺境伯領、エルバラン王国初のガドルフ獣人皇国との共有領地へと出た。

アルドバドスの仲間たちはそのままドロレオで入ったようで、車窓からは柵の内側にいた数人の人々が驚く様子が見えた。そこには国境部隊員たちがいて、柵から離れるよう指示をしている。

「サラ！」

柵の前で止まった馬車から下車したところで、声が聞こえて肩がはねた。

振り返ると、そこには双子みたいにそっくりな次女と三女がいた。二人がスカートを握って駆けてくる。

サラとは違う赤茶色の髪と、淡い緑の瞳。顔立ちはつり目がちで、全然違っている。

走った彼女たちの後ろでは、一緒に待っていたらしいジョンが「あー、もうっ」なんて言って、たくさんの大きな姪を前に困っているおじさんみたいな様子で頭を抱えた。

「お、お姉様たち――」

「んもう、いちいち怯《おび》えないでっ。いえ私たちが悪かったのだけれど」

柵の扉を開け放ち目の前まで来たアドリエンナが、三女のフラネシアを従えて立ち止まる。小さく「んんっ」と言って、それからためらいがちにそっと手を伸ばした。

サラは、怯えないよう待ってみた。

馬車の周囲にはドロレオたちがいて、アルドバドスや仲間たちと同じく見守っている。

(お姉様、柵の外側にはドロレオたちがいるのに)

気づいて、いないのだろうか。

するとアドリエンナの手が、とうとうサラに届く。いたわるみたいに肩を撫でた。

「元気そうでよかったわね。肌色もすっかりいいわ」

続いてフラネシアが反対側の肩を同じように手で抱く。

「前見た時よりもふっくらしたわ。あ、太ったって意味じゃないわよ？　全然健康そうで、今がいいくらいよ」

二人の姉のそんな様子を前に、サラは目が熱くなった。

肩のこわばりが抜けていくのを手から感じているのか、見つめている彼女たちの目も、潤っていくのが見える。

彼女たちを見ていると車内で読んだたくさんの手紙が浮かんだ。

真っすぐ駆けてきたのも、柵のすぐ向こうにいるドロレオよりも、サラと会う気持ちが勝ったのだろう。

胸に、大きな温かさが押し寄せて言葉が出ない。

気持ちのままにそろりと手を伸ばしたら、二人もおそるおそるサラを抱きしめてくれる。

「――今まで、本当にごめんね」

「考えなしだったわ。本当に、ごめんなさい」

それは何度も、手紙で聞いた。

「ううん、手紙をありがとうございます」

「届いたの？」

「ふふ、当然です。ただ、手紙は王城が預かっていましたので、まとめて拝見しました。それから、――今日も、会いに来てくれてありがとうございます」

サラは礼を言ったあと、これまでつらかった思いを打ち明けた。涙がこぼれたが、それは当時流したものとは違っていた。

姉たちの強がる表情も崩れ、同じく涙を浮かべた。

「ごめんね、ほんと、ごめんなさい……」

双子みたいに二人の声が揃う。

「今は、もう、違うとわかっているから……」

「つらかったわよね。私たち、ほんとどうかしてたわ」

泣いたサラをアドリエンナとフラネシアが抱きしめる。サラも、これまで叶うことがなかった二人に手を伸ばし——彼女たちの背をぎゅっと引き寄せた。

長い、長い、わだかまりが溶けて流れていく気がした。

アルドバドスがしかめ面《つら》を背け、彼の仲間たちがはなをすする。国境部隊も睨むのはバツが悪そうで、ドロレオをなだめつつ視線をそらす。

「まぁ、ひとまず柵の内側へ入ろう」

ジョンが声をかけ、サラは姉たちやアルドバドスと共に共有領地に入っていった。


この共有領地では、獣人皇国への手紙を託されたのは彼女たちのものが初めてだ。

獣人皇国との窓口はジョンが担《にな》っていて、彼はその手紙を国境《くにざかい》に立つ獣人族の国境部隊に渡していたそうだ。

そのため、姉たちは渡してくれたのかどうかジョンの家を何度も訪ねていたらしい。

「まぁ、ジョンさんが困るでしょう」

彼は庶民だ。貴族を相手に気も使うだろう。

「サラも仲よくしてもらってるんでしょう？　私たち、あなたの話を聞きたかったんだもの」

「元気に暮らしているかだとか、ちゃんとやれているかだとか」

相変わらず考えることも息もぴったりだ。

ジョンも苦笑していた。サラも、意地悪さを発揮したわけではなく子供みたいに聞きねだったのだとわかって、つられたように彼と同じ表情を浮かべた。

彼女たちは彼の家に通っていたから、サラからジョンに届いた手紙を偶然目撃することになったらしい。

そこはジョンも詫びていた。それなら協力したいと言って毎日二人が訪ねてきたそうだ。

「困らせたんじゃ……」

サラは、お姉様たち、と今度こそ言葉を失いそうになった。

柵の向こうで待機しているドロレオたちが『出番か？　いいのか？』とうずうずしているのを、アルドバドスの仲間たちが「ええー」とつぶやきつつなだめておとなしくさせている。

「言い方が悪かったな、違うんだよ」

ジョンが苦笑した。

「両親が勝手に決めて、姉も知っていながら当然と受け入れたのも腹立たしいし、言葉が通じないみたいにおかしいのが苛々するしと、姉上たちはそう言いながら、協力を申し出てくれたんだ。妻と見ていていじらしくなるくらい彼女たちは『償いたい』のだと――」

サラはジョンが口にした内容に驚いた。

すると恥じらいに頬を染めたフラネシアが、声をかぶせる。

「ちょっと、そんなこと言わないでくださる!?」

「し、知らないだろうからと思って協力しに来たのよっ」

三女に続いて、次女のアドリエンナも言った。

「そもそも呪いだとか、馬鹿げてるわ。考えてみたらなんにも起こっていないもの。結婚できないのも私たち自身の問題で……」

「サラの方が綺麗に感じるのも、所作とかにも色々と気持ちが表れているからだと気づいたわ」

サラは、褒められてくすぐったくなる。

姉たちの話によると、家の空気が嫌すぎて教会を避難所にしていたらしい。神父の言葉を聞いては毎日考え、反省を重ねていたそうだ。

ジョンは神父たちの見解も聞いたうえで、サラから手紙をもらった日に、彼女たちに会わせるのはどうかとカイルにも手紙を出して提案した。

そうしたところ、カイルから許可が下りると同時に、サラの姉たちに彼女の相談について協力させる旨の提案があったという。

『ドレスに関しては貴族の意見があった方がサラも心強いと思う』

ジョンにカイルの手紙に書かれていた言葉を教えられて、サラは幸せだと感じて胸が甘く締めつけられた。だからカイルからの手紙には『許可』と書いてあったのだ。

彼の意見はありがたかった。姉たちは辺境伯令嬢として、単身でも堂々社交界を出入りできるほどのレディではある。

「とても心強いです、お姉様たち、よろしくお願いします」

何よりサラは、変わろうとしている姉たちが、うれしい。

協力を心から受け入れて頭を下げると、彼女たちがほっとする。

だが、その時だった。和やかな空気に男の声が水を差す。

「すぐ信用したり受け入れたりするのはサラの長所だが、だからこそ疑い深い俺がついてんだ。俺の目は、皇帝の目だと思え。そばで見させてもらうからな」

アルドバドスが腕を組んで言い放つ。姉たちはしかめ面をした。

「別にいいわよ？　あなたも話し合いに参加するということよね」

「は？　違――」

「それならちゃんと意見を出しなさいよね」

アドリエンナが言ったそばから、息ぴったりにフラネシアが口を挟んだ。

「婚前のお披露目祝いも花嫁が主役！　つまりは晴れ舞台よ！」

「そうね、獣人族の国の殿方の意見もしっかり聞きたいわね」

「ところであなた、獣人皇国の貴族の作法はお待ちなのかしら？」

口を挟む隙もなく二人は顔を見合わせてから、揃ってアルドバドスへ視線を固定した。

じっと見られたアルドバドスが、ため息を我慢する顔で上を見た。

「勘弁してくれ……」

「ただ監視する気だったの？　信じられないわ！」

「いるだけじゃ役に立たないのじゃないの。ちゃんと役に立ってちょうだい」

姉たちらしい直球な言いようだ。サラはその様子を見て、朗らかに笑い声を上げたのだった。

広い場所といえば、町では教会か集会所くらいなものだ。テーブルと椅子があるところがいいだろうとジョンが言ってくれて、先に押さえてくれていた集会所の会議室へと移動した。

そこで早速ドレスについての話し合いを始めることとなった。

まずは祝いの種類によって的確とされているデザインについて教えられる。

フラネシアは見た方がわかりやすいでしょと言って、置いていた荷物から画材を取り出すと、話を進めながら様々なドレスの型を目の前で描いていった。サラは三女のフラネシアがドレスのデッサンの才能を持っていたことに驚いた。

「お姉様すごいです。どこで学んだのですか？」

「どこって、本と、それから仕立て屋がいる時に色々と見聞きして習得したのよ。あと、すごくはないわよ。自分の好きなドレスを着たいからできるだけ細かく伝えようとしているだけよ」

なんとも彼女らしい発想かもしれないとサラは思った。

フラネシアは〝デザインを描き起こす係〟だ。四季に合わせたドレスの生地や、流行のデザインのコーディネートといったファッションセンスは次女のアドリエンナが逸していた。

今の季節に相応しい生地、それに合うドレスの型、婚前祝い向けならこのドレスのデザインだとアドリエンナは言い、デッサンを見せながら説明した。そんな姉に、サラは感心しきりだった。

「近々なら今日にでも職人と相談した方がいいわ。じゃないと、間に合わないわよ」

「えっ、そうなのですか？」

「獣人皇国はどうか知らないけど、ドレスは芸術品よ。時間がかかるわ。私がフラネシアとドレスの勉強をしに行った店『マダムアゼッタ』のドレス職人は、腕もいいし早いしおすすめよ」

「二人とも、そんなことをしていたんですか？」

「自分が納得するドレスを着るんだったら、作るところから習得したいじゃないっ」

「すげぇ女……」

アルドバドスも疲労とも感心ともつかないつぶやきをもらしていた。

「私とフラネシアがドレスのことは責任を持って監督するから。というか今日のうちに発注までやっちゃうから、がんばりましょ」

「えっ、いいのですか？」

「もちろんよ、任せて。ジョンも付き合ってくださるでしょう？」

アドリエンナが見ると、入り口から様子を見守っていたジョンが「もちろんです」と笑顔で答えた。

あっという間に段取りが決まってしまった。

知識だけ借りようかと思ったのに、なんと心強いサポーターたちだろう。

「私のデッサン集を持ってきたわ。ここから休憩なしでドレスの見本を片っ端から見て、最高に気に入る一つを私たち三人でデザイン見本まで叩き上げていくから、覚悟して」

足元の荷物をごそごそと探ったフラネシアが、テーブルにドンッとスケッチブックなどの分厚い束を置いた。サラは積み重なったそれに目をむく。

ジョンとアルドバドスが「がんばれ」と合掌した。

デッサン集に描かれたドレスのデザインを、姉妹三人で覗き込んで話し合う。

合間の雑談で、姉たちは遠く外れたこの町へ通っていることを両親にも姉夫婦にも黙っていることがわかった。屋敷から抜け出せない時には、ドレス職人の店にはジョンが顔を出す算段のようだ。

「こっちに来る時は、あなたの味方の使用人たちに手伝ってもらっているの。みんな元気よ」

皆サラが幸せになっていたことを喜んでいたそうだ。

近況が聞けたのをうれしく思ったサラは、そこでハッとした。

「わ、私としたことがっ、きちんとお祝いの言葉も贈らず……！」

「ああ、マーガリーお姉様に？　大丈夫よ」

「というか私たち、マーガリーお姉様とは考えが合わなくなっちゃって、今はほとんど話さないから」

アドリエンナだけでなく、フラネシアもしれっとそっけないことを言う。

「それはそれで寂しい気も……」

「いじめられていたのに、サラは優しいわね、心配しちゃうくらいだわ」

デッサン集をめくってくれたアドリエンナが、頬杖をつく。

「あなたを見ていると余計に過去の自分が不思議だわ」

「わかるわ。周りが言っていた金髪金目への嫌悪が超おかしな感じに聞こえるもの」

「えっ？　お姉様たちも信じている内容ではないのですか？」

教会でも教えられている内容だ。だからサラは、教会には入ることだってこれまでできなかった。

共有領地となって、初めて神父が歓迎してくれた時の感動は忘れない。

「私たちが迷信を信じると思う？　私、神様だって信じてないのに」

アドリエンナが言いきった途端、テーブルの向かいで腕組みをして眺めていたアルドバドスが「すげぇ女……」とつぶやいた。

「あら、獣人族は信心深いの？」

「運命はある」

「あら、言いきるのね」

フラネシアも意外そうに彼を見ていた。

獣人族に信じられているという〝運命のつがい〟のことだろう。

サラはそう思った。実際にそれは存在していて、出会うと彼らは本能的にわかるみたいだ。亡くなった前皇帝、そしてカイルもそうだったから――。

「とすると、家族の情愛とかもそうかしら。獣人族って意外とロマンチストなのね」

アドリエンナがもう興味がなくなったみたいに視線を離す。

「でも残念ね。獣人族がそうだとしても、人間の国だと親族で争いもあるわ。血がつながっていようと、理解し合えない場合もあるのよ。私は……」

苦しそうな彼女の横顔に、アルドバドスが察して口を閉じる。

「ふぅ――サラ、ここではっきり言っておくわね」

「はい、なんでしょう、アドリエンナお姉様？」

「マーガリーお姉様への祝いの言葉は届けられないわ。だからといってサラが直接伝えるのもなしよ。来ない方がいいわ。会わせたくないの。もちろん両親ともね。残念だけど彼らは理解しないと思う」

諦《あきら》めと苛立ちを感じた。それは自分への愛あってこそのものだとわかったから、サラはうれしくて「はい」と潤みそうになる目で答えた。

ジョンが妻からの差し入れだという焼き菓子を持ってきて、どんなドレスがいいのかという話し合いは熱を増した。

姉たちは時々アルドバドスに意見を求め、そのたび彼は自分に聞くなと両手でバツ印を出していた。

お喋りが上手な姉たちの存在で話も弾んだ。

彼女たちは自身もドレス制作の知識まであるから、西日に変わる前には完成してしまった。

「すごいですっ、世界で一つのドレスが完成しましたっ」

「ふふ、仕上がったのはデザインよ」

「あとは私たちに任せて。完成したら配達させるわ」

デザインを描いたフラネシアが照れ、アドリエンナが二人の姉として頼もしい表情でそう告げた。

家にいたジョンの妻と娘に挨拶と菓子の礼を告げる。姉たちはジョンと共に、ドロレオたちが待つジョンの家の柵まで送ると言った。

そこへ向かいながら引き続きお喋りを楽しんだ。

デッサン集が重いからと、持たされたアルドバドスが後ろで小さく愚痴っていた。

間もなく柵が見えた。その向こうでドロレオたちと待っていた仲間たちが、アルドバドスを見て大袈裟《おおげさ》に同情を浮かべる。

「言い忘れてたけど、申し訳ないとか思わないでよ。これは私たちからの結婚祝いのプレゼントなの」

「費用とか、そういうことは考えてはだめよ」

「はい」

髪を払ってツンとした二人の姉だが、配慮と優しさがダダ漏れだ。サラはこうして彼女たちと仲よく話せていることにも感動が込み上げた。

「ちょっとっ、そう目をうるうるさせないで。私までなんかグッときちゃうじゃないっ」

「確かにフラネシアの言う通りね。サラの夫の皇帝陛下には、この機会をくださったことのお礼を伝えておいて」

荷物をジョンのそばに置いたアルドバドスが、感心したみたいに見る。

「しんみりするの嫌だから話すわね。私、今度あの菓子の作り方を習うつもりなの。花嫁修業するわ」

「えっ、アドリエンナお姉様がお菓子を焼くのですか⁉」

「私も止めたんだけどね。私たち、試食の時にはきっと歯を痛めるわね」

「失礼ね！　子供の頃みたいにレンガにはしないったら！」

アルドバドスの仲間たちが「レンガ……⁉」とひどい声をもらす。

その時、サラは大きな羽ばたく音を聞いた。

それは記憶に新しい音だ。まさか、と思った時、アルドバドスがサラたちの前にすばやく出た。

「俺の後ろにいろ！」

直後、大きな白い翼を持った男がふわりと降り立った。

白い翼を背中で畳んだ白髪の美しい男――ペガサス大公のツェフェルだ。

「え、えっ、なんで翼が生えてるの⁉」

「天使？」

アドリエンナに続き、フラネシアが混乱しきった様子で後ろに見える教会の尖塔《せんとう》に目を向ける。

ジョンもあんぐりと口を開けていた。

「違う、こいつは神獣族で、ペガサスだ」

「ユニコーンみたいなやつ⁉」

「悪いことしてきたし、殺されるわ！」

彼女たちが後退して抱き合い、アルドバドスに守りなさいよなんて涙声で言う。

ツェフェルが翼を消してあははと笑った。

「ひどい言われようだなぁ。まぁ、でも私は比較的理解度が広いから、そこの獣人族の国のドゥレオのように近づいたくらいで頭を噛み砕いたりしないよ？」

姉たちは彼の笑顔を見るなり、うさんくさそうにまた一歩後退する。

と、ツェフェルがサラへ視線を固定した。彼の笑顔が甘い笑みへと変わり、どきりとする。

「会うまで日が空いてしまって申し訳ございませんでした」

胸に手をあてて丁寧に頭を下げられ、サラは戸惑った。

「あの、とくに会う約束もしていませんし——」

「私は『また』と言いましたが、お忘れですか？　私はあなたに興味があるのですよ」

（え、今、興味って——）

アルドバドスが警戒を強めてサラたちを腕でかばう。

「やれやれ、二人で話したかったのですが。それならばこのままで失礼させていただきますね」

「えっ、何をなさっているのですか⁉」

ツェフェルが不意に片膝をついた。右手を胸にあて、許しをこう騎士のようなその姿勢は——まるで告白をしてくれた時のカイルだ。

サラは彼以外の男性にそうされて、心臓がどっくんと不安な鼓動を打った。

「ど、どうか立ち上がってくださいませ、ペガサスはたしか自尊心も高いと——」

「そうですよ、ペガサスは気位も高い。ですが、あなたに対してはそんなもの取り払いましょう」

ツェフェルが甘く微笑みかける。

特別だと露骨に言われているようで、サラは嫌な気分になった。

「再び地上に降りてくるのに時間がかかってすみませんでした。あなたに会いたいと思っていました。皇妃、聖女なら、神獣王国の方が相応しいとは思いませんか？　寿命は数百年、天空の国はまさに楽園です」

告げられた言葉に身体がこわばった。アドリエンナとフラネシアが「聖女？」と戸惑ったように後ろで何か言っている。

やはり、その姿勢はまずいものだ。

「……お、お待ちください。私、何を言われているのか全然……」

急すぎて頭が回らない。

ひとまず彼を退けようとしたのだが、ツェフェルは察したのか、あの読めない笑顔をにっこりと浮かべてサラに告げた。

「直球で申しますね。皇妃、よろしければ皇帝はやめて、私の妻になりませんか？」

サラは固まった。なぜ、妻にと誘われているのか。

(私は、カイルと夫婦なのに)

どうして彼を『やめて』なんて、ひどいことが言えるのだろう。

「ざけんな！」

「兄貴っ」

目の前にいたアルドバドスの手が半分獣化し、振り払う。ツェフェルは悠々と眺めながらひらりと後退してかわした。

「だ、だめですアルドバドスさんっ、王族の血縁にそんなことをしたら――」

「私はあなたに関しては特別に度量が広いのです。別に気にしません」

（私、だけ……）

アルドバドスの身の安全がわかってほっとしたものの、サラは絶句する。

「なんで求婚されてるのっ？」

アドリエンナとフラネシアが声を揃え、突撃されたジョンも何がなんだかわからないと戸惑っている。柵の向こうにいたアルドバドスの仲間たちが、すばやく見渡して近くに国境部隊がいないことを確認していた。

「皇帝の妻に手を出して、ただで済むはずがないだろう」

手の獣化は解いたが、サラはアルドバドスから見たこともない怒気を感じた。

「突然現れて、人の目があるところでよくもまぁ堂々と皇妃にプロポーズできるよな？　——あんた、何考えてんだ」

ツェフェルはその質問に対し、にっこりと笑っただけだった。

「さて。せっかくの再会ではありますが、国境部隊に来られても皇妃に迷惑をかけてしまうかもしれませんので、私はもう行きますね。離れるのは名残惜しいですが、この先も話す機会は多くあります」

ツェフェルの背に翼が広がる。

「ああ、そうだ、今日のことは皇帝に言ってくれてもかまいませんよ。どうか聖女である皇妃には、私との新しい結婚を考えておいていただけるとうれしいです」

「てめぇっ」

アルドバドスが今度は拳を振るった。ツェフェルは翼で空に舞い上がると「それでは」と言い、ぺガサスの姿となって獣人皇国がある森の方へと光の線になって消える。

サラはギョッとした。

もしもツェフェルが、カイル本人にこの話をしようものなら大変だ。そんなこと、奪略宣言になってしまう。

「と、とにかく帰りましょうっ、至急！」

「そ、そうだな」

アルドバドスの服を掴んで揺らすと、彼もサラに同意してくれた。

早急に戻ることにした。空をぽかんと見上げて「伝説のペガサス？」とつぶやいているジョンに別れを告げ、サラはアルドバドスたちと馬車へと走る。

「ま、待って！　あの翼の人、聖女って言ってたけど」

追いかけてきたアドリエンナが柵から出る直前、サラの手を掴んだ。

「手短にしか話せませんが、私、自分の傷を治せる力があるんです。どうやら聖女だったみたいで、それをペガサスの大公様は興味を抱かれていたみたいで――あっ、もう行きますね！」

ドロレオで一直線に王城へ向かった方が早い。そう叫んで呼んできたアルドバドスの元に、サラはスカートを持ち上げて向かう。

アドリエンナ、そしてフラネシアが「えーっ！」と叫ぶ声が聞こえた。

# 第四章　波乱の挙式前祝いの宴

ツェフェルは王城には行かなかったようだ。

戻ったサラは、そこにほっとした。一緒に建物に入ったアルドバドスたちと早歩きで、いったん手分けして一階をぐるりと歩いてみても警備兵たちは普段通りだった。

「このことは皇帝に言わないよな？」

深刻な顔をしたアルドバドスに早口で耳打ちされ、サラは「もちろんです」とこそっと答え返した。

こんなこと『皇帝』に言ってしまったら、国交問題に発展しかねない。

サラは、今のカイルが自分をとても大切にしていることはわかっている。

伴侶を守るために、彼らしからぬ政治判断をしてしまうのではないかとカイル自身を心配した。

皇妃なのに、今ある平和を乱す行為なんてできるはずもない。

「どうして大公様は、私を妻に、なんて言ったのでしょう？　もう人妻なのですけれど……」

「たぶんアレだ、やっぱり聖女だからじゃね？」

獣人皇国で言い伝えられている『不思議な力を持った人間族』を示す言葉。

皇国に危機が訪れた時に現れて、救う。

（神獣ではあるけれど、彼も獣の姿を持った獣人族ではあると思うのよね……それなのにいさかいを招くとわかって他国の妻に求婚？　ペガサスも聖女となんらかのつながりでもあるの？）

わからない。考え込みそうになった時、アルドバドスの仲間たちと私室近くで合流していた。

ひとまず王城に戻った際の予定通り、私室へと入る。

そこには皇妃にとつけられた数人の侍女たちが待っていた。

「おかえりなさいませ」

「た、ただいま、です」

話し合いをしたいのだが、どうしたらと考え返答がぎこちなくなる。

すると扉を仲間が閉めたのを確認して、アルドバドスがサラに確認した。

「おい、念のため彼女たちにも共有しておくぞ」

「い、いいのでしょうか？」

「俺がいない時にもほぼお前についているだろ、味方にしておいた方がいい。あいつを見かけたら即、逃げろ。翼で持っていかれたら俺らには対応できない」

「わ、わかりました」

いつになく真剣な彼の言葉は重く、それだけ緊急事態なのだとサラも理解した。

彼が侍女たちに注意を共有する。

まぁっと小さな悲鳴が聞こえると胸が重くなる。サラがどうにか椅子に向かうと、アルドバドスの仲間たちが慌てて支えたり椅子を引いたりと、座るのを手伝ってくれた。

「ありがとうございます」

「いや、ドロレオ爆速出しましたし、かなり揺れましたからね」

「そうそう、人間族なのに大丈夫かと、ちょっとハラハラしました」

「アルドバドスさんが後ろから支えてくれたので、なんとか」

ぎゅっと引き寄せられたのには驚いたが、じゃなければ今頃、ひどく尻が痛んでいたことだろう。

サラが私室に入ってどっと疲労感が込み上げてきた原因は、そもそもドロレオではない。

乗っている間、そして王城に着いてからも、ツェフェルの言動への焦燥感と彼の今後の動きに対する緊張感が続いていたからだ。

ここで着替えと休憩の時間を取ったあと、執務の予定だった。

ドロレオたちのおかげで予定されていた時間よりも早く到着し、しばし話し合いの時間はある。

アルドバドスの他、彼の仲間たちもサラの私室に少しいてくれることになった。

「それにしても……聖女である前にカイルの妻なのに、どうして……」

結婚して間もないことはツェフェルだって知っているはずだ。

「やたら聖女のことを言ってましたし、ペガサスと何か関わりがあるとか」

「そう、ですね、その可能性もあるのかしら……」

「というか、単純に純潔なのも関わっているんじゃないスかね？」

サラは「え」と発言した彼を見た。

するとそこにいた全員が、彼の頭をはたいている光景があった。

「それ、外で言うなよ絶対に！」

「すみません兄貴っ」

サラはカイルとまだ清い仲だった。

二人は異例の、先に籍を入れる目的で〝結婚〟した。

皇国では、サラが人間族であることを考え、あれだけ仲がいいのだからとっくに後継者問題も解消しているだろうと思っている獣人族と、獣人皇国の婚姻の流れを重視して、まだ身は結ばれていないと考えている獣人族とで、意見が分かれているそうだとは教えられた。

獣人族は挙式の日に初夜を迎えるのが習わしだが、二人はそもそも異例だ。

繊細な内容なので、基本的に皇帝と皇妃にお任せ状態なのが臣下たちの様子から見て取れる。

こちらの方で営みのあるなしを明確にしていないのは、後継者問題まで解決していると推測して喜んでいる国民もいるためだ。

「あっ。私たちが清らかな関係もあって、皆さん警戒されていたんですか？」

ツェフェルが現れてしばらくピリピリとしていたのは、ブティカはじめ二人の仲をよく知っている皇帝の近親者たちだった。

もちろん寝所の世話にも入る皇帝付きの侍女たちもそうだ。

アルドバドスが困ったように頭の後ろをかき、それからややあってため息と共に切り出す。

「まぁ、正直言うとそれもあって皇帝陛下も気が気でなかったんだろうな。いつか言ったと思うが、求愛行動も子供ができれば落ち着く。それは身まで結ばれたらようやく安心感を持てるって話なんだ」

「安心感……」

「俺らは伴侶に対して想いが強い。夫婦になったんだと実感したら心に余裕が生まれる。運命のつがいだと本人がおっしゃるくらいだ、皇帝陛下はより心配になるんだろうな」

そうだったのかとサラは視線を落とす。

だからカイルは、奪われてしまう不安感もいっそう覚えて警戒態勢を取ったのか。

（私が結婚していることを知っていたのに声をかけた……）

初めて現れた時、ツェフェルは真っすぐサラを見て『聖女』と言いあてた。

ペガサスは基本的に、他種族を花嫁に迎えないという。

聖なる伝説の生き物ペガサス。サラがカイルと夫婦になったのに求婚してきたのは、聖女だから、なのか。

(自分たちの国に相応しいからという理由だけで?)

もやっとする。だとしたら彼自身が、サラに興味があるというわけではないはず。

彼は美しい神獣だ。そもそも自分は見初められるほど容姿が優れているわけでもない。

考えると、途端にもやもやと悩みが募る。

「恐れ多くも皇妃、神獣族は獣族界では異質な存在です」

侍女たちに声をかけられてハタと我に返った。

見てみると彼女たちは、とても心配そうにサラをうかがっていた。

「空域の下にある国には自由に出入りできる権利を持っていますし、どうか、お気をつけて」

「ええ、気をつけます」

神獣は、獣人族より格が高い存在として自分たちを位置づけている。そして実際に獣人族たちよりある程度の権威を有しているのだろう。カイルたちは神獣族の勝手な行動をある程度許していた。

「怖かったでしょうね。まさか共有領地に現れるなんて……」

怖い、それが彼女たちの印象でもあるみたいだ。

サラは、まるでこちらの事情なんて関係ないようなツェフェルの行動を思い返すと、なんとなく腑に落ちた。

（普通なら国交問題に発展するけど、彼らはまるで気にしていないみたい――）

魔力を使える性質も含め、彼らの存在は獣人界では少々特殊なのだ。とにかく、宝石商人のボビックが言っていたように、神獣国のことは気をつけていた方がいい。

サラは強くそう思った。


サラは、会議のため外出中のカイルが帰宅するまでに、少しでも彼の執務を軽くしようと、側近たちの執務室に入った。

残ってくれたアルドバドスが、侍女たちと王城近辺にも目撃情報がないか確認してくれた。彼はサラが執務室に入って間もなく、首を横に振って問題ないと伝えに来た。

「皇妃、皇帝陛下がお呼びです」

その時、騎士がやって来てカイルが王城へ戻ってきたと知らせた。

サラは予定よりもずいぶん早くて驚く。

すぐ思い浮かんだのは手紙のことだった。カイルのことを想ったら居ても立ってもいられず、サラはアルドバドスに本日最後の護衛をお願いし、急ぎ王城内を移動した。

休憩室には、マントと剣を使用人に預けているカイルがいた。

目が合うなり、彼が悔いるみたいな顔をして口を開く。

「サラ、すまなか――」

その瞬間、サラは一目散に駆け寄ると、彼の口を両手でぽふっと塞いでいた。

次の予定を伝えていたらしい執事も、確認の書類を持って立っていたブティカやガート将軍、それからギルクたちも目を丸くした。

サラを映し出しているカイルのブルーの目が、見開かれる。その瞳に光が差し込んだみたいな明るさが増した時、彼は泣きそうな、それでいてうれしそうな表情をして目を細めた。

「皆は一度下がれ、アルドバドスも本日はご苦労だった」

アルドバドスが気にしつつ、カイルに頭を下げてギルクたちの退出に続く。

扉が閉まるのを見届け、サラはすぐカイルへ視線を戻した。

「手紙のことですよね？」

「……ああ、そうだ。君に隠していた」

サラの手を彼が優しく包む。躊躇《ちゅうちょ》しがちに引かれるのを感じて、サラは自分から彼の方へと進んだ。

「わかっていますから、大丈夫です。だから、あなたが謝らなくていいんです」

手紙のことを気にして、直接話すべく彼は帰り次第サラを呼ぶと思っていた。

彼が、どんな思いで姉たちからの手紙を自分で止めていたのかはわかる。

君の心も守りたい、そう手紙に書いてあったから。

「ありがとうございます、カイル。私は――とても、幸せな花嫁です」

サラは、彼の胸に寄り添った。

彼の身体がぴくっと震えて、それから、安心でもするみたいな吐息を慎重にもらすのが聞こえた。

「――ありがとう、サラ」

心が震えたみたいな声をもらし、カイルがぎゅっと抱きしめてきた。

サラも胸が熱くなって涙腺が緩むのを感じた。彼の思いやりに感謝するサラの気持ちが伝わったのだ。

（私を送り出してからずっと、緊張していたのね）

なんと優しい人なんだろう。

そんな彼の心も、涙が出そうなくらいうれしくて、サラはしばし彼と抱き合っていた。

ひとまず座ろうかとなって、カイルが侍女の入室を許可した。

休憩用にと二人分の紅茶が出される中、サラは再会した次女と三女との話し合いについて共有した。

「とても素敵なアイディアまで出て、ドレスのデザインも決まったんです」

「それはよかったな」

彼は笑顔でうなずいてくれたが、サラは少し気にした。

「……あの、私たちの方で決めてしまってよかったでしょうか？」

「ああ、サラがそれでいいと思ったのならもちろんだ。いい時間を過ごせたか？」

「はい。他のこともたくさん話して笑っているばかりだったのに、気づいたらドレスのデザインが決まって驚きました。時間があっという間に過ぎたように感じます」

「そうか。よかったな」

彼がうれしそうに微笑む。

――よかった。

先程から出されるその言葉は、彼の本心なのだ。

姉と再会してどう思っただとか、嫌なことはなかっただとか、カイルは聞かなかった。

どきどきするくらい優しい彼の微笑みが、『サラの表情と楽しそうな話しぶりを見ればすべてわかる』と伝えていた。

そこにも彼自身の器の大きさを感じてしまう。

そうすると、自分はまだまだ子供っぽいかもしれないと心配になった。もう一つ報告しなければならないことがあると、今になって思い出す。サラは緊張して、自分の指に視線を逃がした。

「バルクス辺境伯領の町に腕のいいドレス職人がいるそうです。姉たちが結婚祝いで注文をかけてくれると言ってくれて、ジョンさんと協力していいドレスに仕上げるから、と……」

獣人皇国にはよくしてもらっているので、前祝いのドレスは人間族の国で、というのは言いづらい。

ウエディングドレスを請け負ったガドルフ獣人皇国の職人が光栄であると言い、喜々として取り組むという返答を聞いたのはつい最近だ。

もしかしたら挙式前祝いの宴も、誰かが任されるのではないかと期待して待っているのではないかと想像すると、いよいよ申し訳なさが込み上げる。

カイルが、小さくなったサラを前に不思議そうに首をかしげた。

「サラは、エルバラン王国からドレスを持ち込みたい？」

「は、はい」

「それなら、いいんじゃないかな」

ぱっと彼の顔に笑みが浮かんで、サラはほっとする。

「人間族の国のドレスと、我が獣人皇国のドレス。まさに嫁入りしたサラの祝いに相応しいと思う。獣人族たちも、人間族側が用意したドレスとあれば珍しいし、楽しむだろう」

「そうだとうれしいのですが……本当に大丈夫ですか？」

　カイルがふふっと笑みをもらした。綺麗で、どきっとする。

「サラは思いやりが強いから心配になるんだな。そもそも俺は、サラがそう決めたのなら、それが最もいいことであると思っている」

「カイル……」

「もちろん民もだろう。サラは皇妃だ、側近たちは驚くほど君の判断と各状況での対応は完璧であると、日々賛辞の言葉が俺の耳にも届いている。心配なら聞いてみようか――ギルク、サラが決めたのだから異論はないよな？　お前も他国の文化に触れる楽しみが増えるだろう？」

　侍女と共に護衛として入っていたギルクへ、彼が話を振る。

（結婚前と違って、本当に表情が柔らかくなったわ……）

　その光景も当初はあまり見られなかったことをサラは思い出す。

「もちろんです。友好の証としても、よい機会になるかと」

「俺はお前個人の希望を聞いているんだが……」

　カイルがややあきれる。

（アドリエンナお姉様と、フラネシアお姉様に何かを作ってもらうのは、初めてだわ）

　サラは二人の姉と話した先程のことを思い返して、胸がぽかぽかと温かくなった。

　アルドバドスは、任せてまた失望させるつもりなんじゃないかと、王城に戻るまでぶつくさ言っていた。

　サラはそんなことは考えていなかった。二人の姉を信じている。

そんなこと彼に白状したら、きっと『やっぱり人を信じすぎる』なんて言われるだろうから、言わなかったけれど。

『――ほら、来なさいよサラ。寒いから手袋もしないとねっ』

ギルクとカイルの会話を聞きながら、サラは不意に思い出す。

（初めてではなかったわ）

幼い頃、手袋も与えられなかったサラに、二人が散歩の時にはめてくれたことがあった。

サイズもぴったりで驚いたのを覚えている。

二人がサラのサイズに合わせて自分たちで調整し、アレンジを加えたと聞いて驚いたのだ。同時に、サラは、母から冬のプレゼントの手袋は自分にだけは与えられないのだとわかって、失望もした。

（考えるとあの頃のことが、今回のドレスにもつながっているのね。もし……あのような環境でなかったら、仲良しでいられたのかしら）

サラは『会わせたくない』と自分のことを思ってくれた姉たちのことを思い返し、窓から故郷であるエルバラン王国のことを思った。

血がつながっていたとしても、理解し合えないこともあると、サラは身にしみて知っていた。

けれど、いつまでもずっとそうではないと思うのだ。

それを今回、二人の姉たちとの再会がそうサラに教えてくれた。

血のつながった味方が故郷にいると思うと、それだけでなんだか母国に対する胸の重みが軽くなる。

心は、もっと前向きになれる。そんな力をくれるとサラは思った。

数日後、連絡があり共有領地からドレスが届けられてきた。

ジョン・シータスから国境部隊の入国管理課および共有領地保全部隊が、プレゼント包装されたドレスの箱を受け取った。そうしてそれはサラがいる王城へと運ばれた。

その知らせを受けた時、サラは侍女仲間たちとドロレオの舎から出てきたところだった。

「エルバラン王国のドレス！　楽しみだわ！」

「箱には大きなリボンがかけられていたって、本当かしら」

「私も楽しみですっ」

「ふふっ、私も見たいわ！　早く早くっ」

大きな兎姿をした外部の商人が、サラたちが話しながら走っていく様子を微笑ましげに目で追いかける。

「賑やかな娘たちだなぁ。さすがは皇帝陛下の王城、若い娘が元気なところは活気があっていい」

「はは……」

王城の勤め人たちはその『若い娘』の一人が皇妃だとは言いづらく、どう説明をしていいものかと悩んで返答をするタイミングを逃していた――なんてこと、元気に駆けていったサラたちは気づくはずもなかった。

届けられたドレスの箱は、王城一階のエントランスから一番近い支度部屋へと運び込まれていた。

入り口に、顔見知りの護衛騎士が立って待っていた。

「皇妃、こちらです」

「ありがとうございますっ」

姉たちからの初めての贈り物だ。サラがうれしくて居ても立ってもいられないことは上気したその愛らしい表情からも伝わったようで、護衛騎士はにこっと笑って、彼女たちをそのまま室内へと促す。

そこには、大きなリボン付きのプレゼントが届いていた。

「すごいわっ」

プレゼントに憧れていた子供の頃の気持ちが込み上げてきて、サラはわくわくする。リボンは少々派手だが胸が躍るピンク、きらきら反射する銀のレースのラインのものもある。

するとそれを見た侍女仲間の一人が、ぴんっと猫耳を出した。

「あ、だめよ、それはサラのリボンだからっ」

「獣化を解いて。我慢できなくなるわよ」

注意に対して「ごめんなさいっ」と猫耳をしまった侍女仲間を見て、サラはふふっと笑った。

「早速開けましょうか」

箱の周りにみんなでしゃがみ込む。侍女仲間がわくわくと覗き込んだそばで、サラはふと、リボンの結び目にカードが添えられてあるのを見つけた。

そこにはドレス職人からのメッセージが書かれていた。

急だったが、アドリエンナとフラネシアが見習い補佐のごとく作業に加わったおかげで、驚くほどのスピードで仕上がってしまったのだとか。

「まぁ、お姉様たちったら、本当にすごいわ」

侍女仕事は自分の方ができると思っていたが、彼女たちは針仕事でも食べていけそうな技量を持ち合わせていたようだ。

サラは、弾む気持ちでリボンをほどいた。

引っ張った際のわくわく感は、子供の頃に彼女が与えられなかったからこそのものだった。顔に出ていたので侍女仲間たちはにこにこしていた。

彼女はそれを箱から抜き取ると、ふと気づいてそれを軽く投げる。

「リボンきたー！」

侍女仲間が猫の尻尾まで出してリボンに飛びつき、驚くほど高くジャンプした。

「ま、彼女は放っときましょ」

「ふふ、そうですね」

今度は、プレゼントの包装をみんなでほどきにかかる。そして箱を開けたサラは、またしても目を輝かせる。

そのドレスは白からピンクへのグラデーションが美しいものだった。

「綺麗……」

実物は想像以上の美しさだった。ドレスは襟ぐりが左右に大きく開き両肩が見えるデザインで、腰元には刺繍《ししゅう》の入った大きなレース生地。スカートの裾へいくに従って春の花弁のように、上品に色づいてゆく。

「サラによく似合いそうね。白の印象も備えているから、金髪によく似合うはずよ」

「金の刺繍がまた素敵ね。人間族の国ではどんな意味があるの？」

「あ、これはお祝い事には定番の組み合わせらしいです――」

興味津々の侍女仲間たちに教えながら、サラはドレスを取り出した。姉たちと話して決めたこの柄のことも語りたいとずっと思っていた。

侍女仲間たちはうれしそうに聞いていた。刺繍の意味を知ったからというよりは、ドレスを共に考えたという姉たちのことを語るサラの表情がうれしそうだったからというのが、彼女たちを笑顔にした理由のようだ。

「早速試着してみればいいんじゃないか？」

床に座り込んで話していたサラは、唐突にかかった声に驚いた。

「カイルっ」

振り返ると、そこにはファー付きのマントを羽織ったカイルがいた。それは王侯貴族としての正装だ。

「あの、謁見があったのでは——」

「知らせを受けてな。こちらへ飛んできた」

彼は歩み寄りながら、侍女たちに軽く手を上げる。

サラと共に立ち上がった侍女仲間たちは、深いお辞儀をしたのち、その場から下がろうとすると、それをカイルが制した。彼女たちは顔を見合わせて数歩下がり、彼の指示通りひとまずサラの近くで待機する。

カイルが、優しい表情でサラの持つドレスに視線を移す。

「見ても？」

「ええ」

サラは、彼の両腕にそのドレスをのせた。

「美しいドレスだな。その人間族の職人も腕がいいんだな」

「あの、実は一部は姉たちも手を入れたそうです」

カイルが目を丸くする。後ろから他の護衛たちを従えて入ってきたギルクが『令嬢が？』なんて顔をしたが、間もなくカイルが愉快そうに声を上げる。

「そうか。うん、いい仕事だ」

彼がドレスを持ち上げて、優しい眼差しで縫い目をじっくり見ていく。

彼が『いいドレス』と褒めたのは、実際デザインや仕立てがよかったからだろう。人任せにせず、自身も職人の知識さえ持っていることにサラは感心する。

「それで、試着は？」

「えっ、いえ、またあとで――」

「今からしよう」

苦笑して手を振ったサラは、すぱっと返ってきた言葉に驚いた。

「え、今からですか？　ですが」

届く日も決まってなかった。もちろん、今日の日程にそんな時間は組まれていない。

すると、笑顔で推してくるやたら前向きなカイルのそばから、ギルクが戸惑ったサラを助けるように顔を出した。

「皇妃、実は、皇帝陛下はあなた様の試着を見たいがために、休憩を部下に言い渡――」

「ギルクっ」

サラは目を丸くした。侍女仲間たちがニヤニヤした顔を隠すようにさっとうつむく。

どきどきし始めた胸をそっと押さえ、サラははにかみつつ切り出す。

「そういう、ことでしたら……」

「いいのか？　ではそこの侍女たち、彼女の世話を」

途端に、侍女仲間に命令を出すカイルの表情が活き活きとした。

試着のために侍女たちを残していたようだ。なんともかわいい人だと思いながら、サラは早速侍女仲間たちとドレスが置かれている続き部屋へと入る。

（ドレスを着たところを見たいなんて――うれしいに決まっているわ）

閉められた扉の向こうにいるカイルを思い浮かべ、胸をときめかせる。

誰かに、着て見せて、と言われた経験は生まれて初めてだ。

侍女仲間たちに手伝ってもらってドレスを着た。

お仕着せ用に結んでいた髪を下ろし、彼女たちが梳《す》く。その間にドレスのデザインの一つである飾り花が、開いた胸元の左に添えられる。

「大きめのネックレスが似合いそうね」

「イヤリングも主張するタイプでいいかも」

「皇室付きの侍女様たちの支度に加えてもらって、サラを着飾らせたいわっ」

「ほんと、すごく素敵なドレスよね。あ～意見したらだめかしら」

なんて侍女仲間たちの話も弾みつつ、あっという間に着替えは完了する。

続き部屋から戻ると、何やら話していたギルクたちが言葉を切った。

一歩進むごとに注目度が増す。サラが歩けば金色の髪がドレスのスカートの柔らかな生地と共に舞い、その上品なピンクは春のめでたさを見る者に感じさせる。

何よりそのドレスは、金色の髪と瞳を持つサラをいっそう美しく引き立てた。

彼女のなめらかな白い肌は、優しく淡いピンクがよく似合う。

やって来る彼女の姿を目に留めたカイルが、とろけるような甘い笑みを浮かべていた。

「とても綺麗だ、サラ。春の世界から現れた妖精かと思った」

「あ、ありがとうございます」

妖精だなんてと思って恥じらいつつ、サラはうれしくて頬を染める。

「こんなにも美しい花嫁を、挙式前祝いの宴で同伴できること光栄に思う」

彼は目尻を下げて優しく微笑み、サラの髪を愛おしげに手ですくう。

彼の指が『この髪も好きだ』と伝えてくる。それはもう、何度も見た光景だ。けれど心からの彼の思いが、そのたびサラの胸をときめかせる。

「それに何より……サラは心清らかで優しい。そんな相手を伴侶に得られた俺は、獣人皇国一の幸せ者だ」

彼が、髪にキスをする。

侍女仲間たちが『まぁっ』と言いたいのをこらえる。

サラはいよいよ恥ずかしくなってきた。カイルは髪にしたかと思ったら、続いて手を恭《うやうや》しく持ち、結婚指輪に唇を押しつける。

「いつもながらお熱いことで」

ギルクが侍女仲間たちにも指示し、部下と共に出ていく。

彼のつぶやきに顔が赤くなったサラだったが、どうして出ていくのか気になった。

「あの、皆様どこへ――」

「気をきかせたのだろう。俺たちは結婚して間もない夫婦だ」

手をきゅっと握られ、強く引き寄せられる。そのやや強引な感じに驚いたサラは、続いてカイルに抱き上げられ、窓辺のソファへと移動させられた。

そこに下ろされたサラは、ソファの背もたれに身体を預けた。そして、正面にいるカイルを改めて見上げてハッとする。

カイルがソファの背に両手を置いた。左右の腕の中にサラを閉じ込める。

そのまま覗き込んできた彼の頭には、獣耳があった。尻尾も出ている。

「しばらく、君を独り占めしていいか」

彼は目元を赤らめてこちらを見ていた。その奥で、熱がゆらゆらと揺れているのが見える。

「いや、君にとって特別なのだと、俺が君に甘やかされたい。当日は、この姿の君とゆっくり時間を過ごせるかもわからないし」

言いながら彼が頬に軽くキスをする。続いて耳、そして首筋に。

「んっ」

「サラ、ここにも、いいか」

隣に座ってきたカイルが、サラの頬に手を触れて自分へと向かせる。

ここ、と言いながら親指で彼女の唇に触れていた彼は、サラと至近距離で目が合うなり熱っぽく唇を奪ってきた。

獣化しているから、したいと思ったことを止められないのだ。

（つまり独占って、ドレスを着た私とこういうことをしたかったのね――）

彼の情熱的な口づけに、サラはどきどきしすぎて身体が熱くなる。

（キスだけで済むのかしら）

先程見たカイルの熱い眼差しと、激しいキスにそんな思いが脳裏をよぎった。

キスは次第に熱を帯びた。彼の手がサラの頭を支えて彼女の舌を追いかける。獣人族みたいな獣のような尖った歯はないのに、執拗《しつよう》に犬歯のあたりもくすぐられた。

（あ、もう、だめ……）

よくわからないが、サラはそう思った。

すると、じんっと熱が宿るような気持ちよさを腹の奥に感じて脱力した。

息も絶え絶えに、彼に優しく押し倒され、サラはなされるがまま身体を横たえる。

「あっ、カイル……」

起き上がろうとしたら、彼がサラの両方の手首を掴んでソファに押しつけてしまう。

「ドレスが皺にならないうちに終わらせるから、もう少しだけ」

彼がねだるように首に何度も吸いついてくる。

やめたくないという彼の思いが、サラを押さえ込む力からもひしひしと伝わってきた。

（挙式が待ち遠しくてたまらないと、語っている気がするわ……）

全身から、カイルがどれだけこらえているのか感じ取れる。

（夫婦、だものね）

獣人皇国のしきたりを重んじて、彼は待っている。

それならサラも彼の意思に従うだけだ。そうして今は『待て』が難しい、獣化を解いていない夫の願いを叶えてあげよう。

「ン、カイル、唇に」

サラがねだると、彼がすぐさま吸いついてきた。

「んっ……んん……ン……」

溺れそうなキスに応えながら、サラは彼を強く抱きしめる。

危ういとも思える情熱的なキスを感じつつ、愛しい人を今は甘やかすようにかき抱き——彼女はいずれ迎えるこの先の、挙式の日を思った。


挙式前祝いの宴に向けて王城では準備が着々と進んでいた。

城内を歩いていると、たびたび兵や侍女たちが荷物を持って、小走りに行き交う姿が見受けられた。

「あれからとくに大公は、大丈夫か」

移動する彼女のそばに、今日もアルドバドスの姿があった。

彼は王城から護衛の依頼は入っていなかったのだが、大公を警戒してか、自分から上司のアジャービに申請しよくサラを訪ねてくれていた。

サラは、彼が離れている間とくに問題がなかったことを囁き返す。

「お顔は見ていないです」

「最後に目撃したのは俺らだけだったみたいだな。他は静かなものだ」

自分たちの周りが、警戒心を緩めて日常の空気が戻り始めているのはサラも感じていた。先程まで執務室で一緒だった側近たちも、ピリピリとしていた様子がだいぶ緩んできている。

さすがにアルドバドスも、大公のことを皇帝に打ち明けられないようだ。そのことを話す際に、悩んでいる表情を横顔から覗かせた。

あのあと、古い歴史を学んだサラも『火種』は避けた方がいいと改めて思っていた。

特殊な位置づけにある神獣国とは、ほぼ国交がない状態ながら『上空を領土にしているのだから地上の様子は見に来る』という主張を受け入れて、獣人皇国は無戦争状態を維持している。

平和、それが最も大事なことだ。

サラは、ドレスの件をカイルに報告した翌日、妃教育の二人の講師から詳細を補足される形で歴史のすべてを聞き終えた。

獣人国も、同じく領土発展のため戦争し合った過去があるという。

といっても獣人国は人間族の国に比べて少なく、人間族からあらゆる獣人族への攻撃が開始された際にお互いを同族であると理解して和解、国交へと踏み出した。

当時、人間族からの攻撃に対して驚異的な守護力を示したのが〝神獣族〟だったという。

人間族は神獣族の圧倒的な力に『神の怒りだ』と恐れて撤退。癒やしの魔法を持った一部の神獣族の力——ペガサスの魔法、フェニックスの聖水、鳳凰の風——が獣人族たちの大きな助けになり、獣人族たちは、安全に領土へと帰還することができた。

獣人国のうち、ガドルフ獣人皇国を含めたいくつかの国をまたぐようにして上空にあるのが、ペガサスのバルベラッド神獣王国になる。

（そんな歴史を聞いてしまったら、大事《おおごと》にしたくないゆえの特別扱いなのもわかったのよね……）

残された歴史は確かに神獣族の力を証明していた。

彼らの国は獣人たちでは行けない〝上空領土〟となっているため、彼らが舞い降りるのは国交連絡が不要という特別扱いになっている。

とはいえ、そもそも地上にある獣人族の国々が神獣国へ連絡を取ることはない。

彼らの扱いは難しい。こちらとは生きる常識も少々違うため、戦争の火種になる可能性があるのなら避けるべき。

そう教育係から聞いた時、サラはツェフェルが現れた際のカイルたちの苦悩は相当なものだっただろうと想像できた。

「あの断りで、納得してくれていればいいのですけれど……」

「普通ならあり得ない提案だけどな。皇帝陛下に聞かれなかっただけマシだ」

もし、それをきっかけに戦争にでもなったら大変だ。

「そもそもペガサス種は聖女を娶ってきた歴史でもあるのか？」

屈めてきたアルドバドスの顔には『しつこいぞあいつ』という、カイルへの相談について悩みすぎてブチ切れた表情が浮かんでいた。

（うん、アルドバドスさんはそういう人ですよね）

ある意味清々しくて、サラはうらやましくなる。

「さあ、私の国には聖女という言葉さえなくて……。ペガサスは空想上の生き物としか……」

「俺も『人間族の聖女』ってのは、古い言い伝えでしか聞いたことないしな」

二人は何かを熟考するかのように、また黙り込む。

サラの歩調に合わせて、共に歩くアルドバドスの足音が続く。

(助けたのは少なからず同族意識があったからだとは思うのだけれど……)

そんな意見を口にしたら、またアルドバドスに『優しすぎる』だとか『甘い』だとか言われるだろうか。

獣人族たちをずっと見てきて、サラは彼らの支え合いやつながっていく善行が種族愛に思えた。

サラにはうらやましいくらいに、この国の人々は必ず誰かに寄り添って暮らしている。

でも獣人族と神獣族の問題は彼女が思っているより、はるかに、重い。

「……カイルが神獣国に大公様の非常識な行為を問いただせない気持ちを思うと、胸が痛いです」

色々と考えたサラは、また肩が下がった。

ツェフェルが現れてしばらくの間、カイルはギルクたちにも言い聞かせて警戒していた。

その理由が今ならサラにも理解できる。これまで通りの平和を維持できるのか、火種を生むのか、対応一つで変わってくる。国を担っている皇帝という存在だからこそ、慎重にならざるを得ない。

「もっと早く知っていれば、彼の気持ちを理解してあげられたのに」

足元に視線を落とし、サラはため息をこぼした。

「申し訳ないなんて思うな。仕方ねぇんだ、お前は覚えることが多いんだから。いつ知ろうと関係ない。現に今、皇帝陛下のつがいは、お前だ。そんで俺が守る皇妃も、お前だ」

アルドバドスの頼もしい言葉に、沈んでいた胸が引き上げられる感覚がした。

「ありがとうございます」

「お前はほんと優しすぎる。知らなすぎるからとか心配すんなよ、お前は無知じゃねぇ。驚くほどに知識を吸収してきちんと皇妃としてもやれてる」

「そう、でしょうか」

「そうだ、自信を持て。神獣国も気まぐれだからな、あいつらも悪いと思うぞ、いや、大公がだな」

ふうむとアルドバドスが顎を撫で、悪戯っぽく微笑む。

彼らしい励ましに、サラはつられて微笑む。


先日のツェフェルの様子を思い返すに、話が通じるのか通じないのかわからない、というのがサラの正直な感想だった。

(平然と夫の乗り換えを提案するなんて)

しかもそれを皇帝に告げてもかまわないとか、いったい彼は何を考えているのだろうか。

「まっ、とにかく明後日が前祝いの本番だ。何も起こらないといいな」

アルドバドスが頭をくしゃりと撫でた。

「ふふっ、ありがとうございます」

「お前もだけどさ、皇帝陛下にも安心して当日を迎えて欲しいんだよ」

「ええ、そうですね。私もそう思っています」

何もないのなら、このままで——。

明後日は挙式前祝いの宴だ。

カイルとの挙式を、みんなが前祝いしてくれる日。

獣人族のしきたりでいくと、挙式ではみんなとあまり過ごせない。

明後日は前祝いでみんなとの時間を大切にする日だ。

心から幸せな気持ちで迎えたいとサラは願った。

王城の一番大きな広間は、本番二日前には宴用に飾りつけが行われた。

仕事をしながら、みんなが華やかな準備風景に微笑ましげな視線を送っていく。それはサラも同じだ。

それでも、気持ちは完全には晴れてはくれない。

（諦めてくれた……わよね？）

当日の朝、サラはツェフェルの動きも読めなくて心配な中の身支度となった。

正午の開幕へと向けて、ドレスから見える肌を綺麗に見せるべく、湯浴《ゆあ》みから始まって肌も丹念に磨かれる。

姉たちから送られてきたドレスにようやく袖を通した時は、やや疲労感を覚えていた。

普段は下ろしている髪はハーフアップにされ、そこには彼女の希望でカイルからもらった髪留めがつけられた。それを装飾する形で、華やかな白い花とレースが髪飾りの後ろに添えられた。

ドレスの白い部分と髪飾りの色合いは、まさにウエディングを思わせてかわいい。

これまでに、試着だけでなく、装飾品を合わせる際にもドレスを着た。

しかしサラは姿見に映った〝完成した自分〟を見て、いざこれを大勢の人たちの前でお披露目することになるのだと思うと緊張が込み上げてくる。

住居区から広間の控室に移動する前、カイルが『少し待ってて』と言っていったん部屋を出ていったところで、『アルドバドス様から言伝が――』と侍女から報告を受けた。

周辺ではツェフェルの目撃情報はとくにないという。

アルドバドスには感謝だ。サラが、ようやくほっとできた時だった。

「ん？　肩の力も抜けたみたいだな、よかった」

カイルが、ギルクはじめ数人の護衛を連れて戻ってくると、サラを見て言った。

何気ない言葉だったが、秘密を勘ぐられたのではないかと思ってサラは心臓がはねた。ごまかすべく、大急ぎでにこっと笑ってみせる。

「ご、ごめんなさい。そんなにそわそわしていましたか？」

「注目されるのは苦手だとはよく聞いたからな。だから、これを持ってきた」

向かってくる彼は、何かの小箱を手にしている。

どうやら勘ぐられたわけではなかったようだ。彼が一度出ていったのは、それを取ってくるためだったらしい。

彼は今日、サラのドレスに合う薄紅のラインが入ったコバルトブルーのロングジャケットを着ていた。恐らくはドレスを見たのち、急いで準備してくれたのだろう。

明るいアッシュグレーの髪と、ブルーの瞳に似合う濃い青のベストとの組み合わせは最高だ。普段彼が着ないタイプの色の組み合わせとあって新鮮で、サラはぽうっとしてしまいそうになる。

でも、彼がどんどん近づいてくる。

このままでは会話が頭に入ってこない可能性がある。それは、だめだ。

先程じっくり見たじゃないとサラは頭の中で自分に言い聞かせ、すばやく平常心に切り替えて彼を迎える。

「それはなんですか？」

サラは小首をかしげ、上目遣いに彼を見つめた。

目の前で立ち止まった彼が「んんっ」と言って、視線を一度上に逃がす。

「カイル？」

周りにいる侍女たちの口元に笑みが浮かんでいる。

「俺の伴侶がかわいすぎるなと思って……」

「えっ」

以前試着したのを見たのに、と思ったところでサラはハタと気づく。祝いの宴に相応しいばっちりの化粧まで仕上げたのは、今日が初めてだ。

でも、それだけ。

（なのに、私に見とれて……？）

サラも遅れて頬を染める。

ギルクが『時間がないです』と告げるみたいにわざとらしい咳払いを挟んだ。

その時、カイルが思い出したみたいに小箱を開く。そこから彼が指で挟んで取り出したのは、色がついたかわいい小さな砂糖菓子だった。

「甘いものを舐めると緊張も解ける。さ、口を開けて」

カイルが食べさせてくれるみたいだ。ギルクが小箱を受け取って一歩下がる。

（み、みんな見ているのに）

サラは恥ずかしくなった。しかし、口紅を落とさないためにも、彼に入れてもらった方がいいのは確かだ。

ここに鏡はない。そして、そろそろ移動しなければならない。

「は、はい……」

羞恥をこらえて口を開く。

するとカイルが、砂糖菓子を差し出した姿勢のまま、残っている手で目元を覆った。

「皇帝陛下、いい加減にしてください」

ギルクが「時間がないですよ」と言った。

迎えに来たのか、入り口から覗き込んだブティカが「おいおいギルク殿……」と困ったようにつぶやいている。

（入れる方も恥ずかしいのね）

思えば、カイルはそういうことをしそうなタイプではない。

彼だって、結婚してから色々と初めての経験だらけだ。そしてサラもそうだ。一人の誰かに、そして男性に、こんなにも思われるのは初めてだった。

そう考えると、ある意味お似合いな夫婦にも思える。

異例の契約花嫁で、カイルにとって運命のつがいだったこと、サラも心から誰かに恋をしたことと――。

「ふふ、カイルありがとうございます。ください」

緊張もなく彼へ口を開けることができた。

彼が緊張しているのなら、今度は自分がフォローしてあげないと、と優しい気持ちで胸がいっぱいになっていたから。

自分のために、こんなふうに気まで使ってくれる人が夫であることに幸せを覚える。

するとカイルが、今度は両目を手で覆って、顔を上へ向けた。

「皇帝陛下、いい加減にしてください」

今度は、見ていたブティカの声もギルクと揃った。

サラが待っていると、急かされる形でカイルが砂糖菓子を彼女の口へと運んだ。

「——は、む」

口の中へころんと入れてもらった砂糖菓子が、サラには普段より甘く感じられた。


そうして移動の時間がきた。

カイルのおかげで気持ちがすっきりしたサラは、これからのことへの楽しみに胸を膨らませて彼と共に広間の控室へ移動する。

挙式前祝いの宴は、正午ぴったりに行われる。

獣人皇国では、祝い事は太陽が真上に昇った時がよいとされていた。

王城で開催される宴には、皇帝カイル・フェルナンデ・ガドルフが迎えた花嫁の、美しい挙式前祝いの姿を見られるとあって各地から獣人貴族が駆けつけた。

入場の掛け声があって扉が開かれた時、サラは広間を埋め尽くす華々しい獣人貴族たちの姿に驚かされた。

「皇妃、おめでとうございます！」

「このたびは挙式の確定お喜び申し上げます」

「式がとても楽しみでございます」

見知った顔がいくつもあった。

皇妃となってから会談や茶会を重ね、交流の場を設けるようにしていたことも支持者を増やして出席者を増やしたようだ。

後ろから続くブティカから誇らしげにそう教えられ、サラは少しうれしくなる。

（いいえ、これからも、もっとがんばらないと）

カイルの隣で皇妃として生きていくのだ。愛する人のため、皇国の人々の心に安寧をもたらせるような皇妃になりたいと思った。

吹き抜けのある広間は、花に埋めつくされているかのような豪勢な飾りつけがされていた。

一階部分の大きな窓には蔓に見立てた植物風の飾りも施されている。このあとの会食を待って準備されているテーブルには、芸術品のように食べ物や果物が並べられていた。

二階の窓から差し込む光が、人々の衣装から飾りまですべてをきらきらと輝かせる。

夜会とは、また違った眩《まばゆ》い神聖な美しさをサラは感じた。

狼皇族の婚姻では恒例だという、花で飾られた二人掛けの夫婦の玉座へと腰かける。

主役の二人が席に着いたところで、挙式前祝いの宴が始まった。

ブティカが司会進行を務める中、側近たちが挙式が決まったことへの祝いの言葉を述べていく。

この国では挙式の場合、祝いは手紙ではなく直接会って伝えていく習わしだそうだ。

大臣といった重要な役職の者たちの挨拶が終わると、続いて獣人貴族たちが列をなし、祝いの言葉を持って一家族ずつサラとカイルに挨拶していく。

挙式前の宴だけに、挨拶は通常のお茶会や晩餐会《ばんさんかい》の時と違って喜びの色が強い。

「よき夫婦として、これからも皇国を導いてくださいませ――」

「仲睦まじいお姿を見るたび幸せな気持ちになると、我が領民からの言葉を預かってまいりました――」

「湖をありがとうございます！　みんな、喜んでおりますっ」

まだ幼いのにしっかり村人たちの声を届けに来た令嬢には、誰もが愛らしいとため息をもらした。

サラも皆と同じように感じていた。

（なんて、かわいいのかしら）

獣人族はほとんどが異種婚となるため、子ができにくい。

ようやく授かった我が子。親が子を思う気持ちはかなり強く、まだ子供に恵まれていない夫婦もすでに慈愛溢れる親心を抱いている。

それを、サラは皇妃として活動の幅が広がってから実感していた。

「挙式後、皇妃様もよき子に恵まれますように」

「ありがとうございます」

ある貴婦人の言葉にサラは心から微笑み返した。

（私もいつか、カイルと子宝に恵まれるのかしら）

サラの身体には、二度と解消されることがないカイルと夫婦になることを誓った〝契約魔法〟が刻まれ、彼の子だけは宿すことができるようになっている。

獣人皇国の者たちは、誰もが『皇族は最も子ができにくい』とも知っていた。

獣人族は、血が濃いほど子がなしにくいという。

サラはそれを『強い獣人ほど』と考え、理解することができた。

カイルの両親は八年経ってようやく第一子に恵まれ、彼を宿したのは、それからまたさらに数年後だったとか。

みんなに心配されているのはわかる。

けれどサラも彼の母と同じく、必ずカイルの子と会えると感じていた。

日頃のカイルを見て安心していた。挙式が終わったあと、どこかで子を宿せるチャンスはいつか必ず巡ってくるはずだ。

「早くカイルとの子に会えるように、私も願っています」

サラは、隣のカイルの手をそっと握った。

皇帝として控えめな微笑みを浮かべ、獣人貴族たちの列を見ていたカイルが、ハッとこちらを見て、それから目の下を赤くする。

「も、もちろんだ、精いっぱい努める」

すると会場に祝福の笑い声が広がった。

挨拶を終えて移動中だった幼い男の子が「皇帝陛下が変」と指差し、母親が「おほほほ、ごめんなさいね」と言いながら慌てて人々の中へと入っていく。

ブティカが悩ましげな顔をして、それから『まあいいか』というように苦笑をもらした。

（……もしかして私、皇帝としてここにいようとしたカイルの邪魔をしてしまったかしら？）

玉座の下で護衛として立っていたギルクも、まったくと言いたげなため息を小さくもらすのがサラは見えた。

もし、皇帝と皇妃らしく座っていることが大事だったら、どうしよう。

そんなことを思っている間にも挨拶の順番がどんどんきた。側近たちの家族も来て、いい挨拶だったと言われて問題なかったと安心する。

（でも、気をつけはするわ）

皇帝皇妃の行事でもあるので、ギルクにため息をつかれないよう意識しようと思った。

人々の挨拶はとんとんと進んでいく。

だが、ふと、小さなざわめきと共に雰囲気がやや変化したのをサラは感じた。

それには覚えがあった。自分が滅多にない社交界へ出席した際、フロアに姿を見せた時に感じたもののように思う。

（そう、まるで歓迎されていない人でも来たみたいな――）

そう思った時だった。

後ろの貴族たちがやや距離を空ける。そこから進み出てきたのは、かなり長身の痩せ型の男だ。身体の厚みが薄いので、肩回りの大きな衣装はなんだか特徴的に見えた。

「皇帝陛下、並び皇妃にはお初にお目にかかります。公正取引委員会長のアジャービ・ロードスネイクにございます」

「あっ、あなたがアルドバドスさんの上司の？」

アルドバドスの話にたびたび出ていたアジャービだ。

サラが親愛を込めた笑顔を見せると、彼は蛇みたいな目を軽く細めただけだった。表情を変えることなく、そっけなく軽く頭を下げる。

「ただの雇い主にございますゆえ、今後ともご贔屓は結構にございます。どうぞ、アルドバドスたち共々よろしくお願い申し上げます」

なんとも謙虚な男だ。

彼は祝いの言葉を短く述べると、蛇みたいに衣装の後ろ裾をひきずって歩いていく。

サラは頭に入れた貴族名鑑から、ロードスネイクは大貴族であるという情報を引っ張り出していた。

それなのに取り入る様子もなく、なんともさっぱりとした人だ。

（あとでアルドバドスさんとも会うのかしら）

アジャービは必要な貴族たちと話したらそのあと彼を捜すのかもしれない。アルドバドスの前だったら気もほぐれて、仲よく話しこの祝いの場を楽しんでくれるのかもと、サラは微笑ましい光景を想像する。

しかしそのアジャービは他には目もくれず、早速アルドバドスを捜し始めているようだ。

「サラ、彼の方ではなく前を」

隣からカイルに囁かれた。貴族たちにわからないよう注意され、サラはしゅんとする。

「ごめんなさい。とてもよくしていただいているアルドバドスさんの上司だと聞いていましたから」

「公の場では仲よくはしないと思う」

サラは、周囲を気にしながら密かに説明するカイルの様子を見てハタと気が引き締まる。

「皆様が警戒していらっしゃる理由と、何か関係があるのですね？」

「彼の一族は、昔から嫌われ仕事を請け負っているからな。彼らは不正の一滴さえも見逃さない厳粛な一族だ。ただ、世の中にはバランスというものがある。俺が冷酷だと言われているように、そういう役回りの男も、必要だということだ」

ああ、そういうことかとサラは察した。

（彼の存在が、みんなの犯罪を抑制もしているのね……）

カイルの言い方からしても、王家、そして彼自身も味方と見ているのはわかった。だが公にはそういう態度をしないのが暗黙のルール、なのだろう。

そうならば、サラも従わなければならない。

とはいえ彼女なりにアジャービには、きちんと好意を伝えていくつもりだ。

（近いうちに個人的にお礼のお手紙を、アルドバドスさんから彼に届けてもらいましょう）

そう、ここでは会話の機会をつくれないとしても、サラにはアルドバドスというアジャービとつながっている心強い人がいるのだ。

幼い子は死別も、捨てられることも理解できない。

獣人族は情が厚く、まさか親が自分を捨てるなんて想像もしないのだと以前アルドバドスが教えてくれた。

『買い手、つまりは労働教育責任者であり、養育者が決まったあとで説明される。愛情を持って接しないと、子供らは言葉を受け入れねぇんだ』

眠っていると信じて死体から離れず、餓死寸前で救出される子供もいる。

酷な現場だからこそ、アルドバドスたちのように〝少々タフな〟者たちが活躍するのだとか。それを見ているアジャービの活動は素晴らしい。

それを自分も変えていけないだろうかと、サラは家族連れの貴族たちと話していきながら思う。

（この国では子育て放棄などは考えられないという文化があるけれど、子を育てられなくなった場合の制度があるのかどうかは確認してみましょうか。それから状況によっては適切な人に話を聞いて――）

と思った時だった。目の前で笑い声が起こって、サラはハタと我に返る。

「ははは、皇妃様は、また何やらお考えの様子ですな」

続いて列の先頭に現れたのは、バルロー・エゴリア伯爵だった。

「長旅ご苦労だった」

「いえ、皇帝陛下、この素晴らしい祝いの日に駆けつけないでどうするのですか。我々もまた、挙式までは近くの別邸で過ごす予定ですよ」

彼は妻と二人の子を紹介した。

バルロー・エゴリア伯爵は領地沿いの国境に加え、共有領地を見ることも任されて忙しい。

そんな中、ぎりぎりまで見て回ったのち、家族と共に遠い領地からドロレオたちに乗って駆けつけてくれたようだ。

「夫から、うらやましいことに皇妃様とは何度も話したことがある仲だと聞かされておりましたの」

「こちらこそ会えて光栄です、エゴリア伯爵夫人」

彼女も忙しい夫を支え、自ら国境部隊の管理職まで行うすごい人だった。サラはようやく会えたことにもうれしく思い、玉座から手を伸ばし、彼女もまた段差に足をかけて「失礼します」と言いながら手を伸ばして握手を交わしてくれた。

「エゴリア伯爵様もお久しぶりです」

「ははは っ、皇妃は相変わらずご謙虚なお方ですな。先日も、人間族の領地へ渡る際にご挨拶をいただきましたよ。そうそう、それでこの前あった貴族会では散々うらやましがられました。本日はこのあと、夫婦揃って皆様と縁《えにし》を深められるとよろしいでしょう」

話し上手のエゴリア伯爵がうれしそうに答え、手の甲へキス——をしようとしたが、カイルがさっとサラの手を彼から取り上げてしまった。

挨拶のキスが不発に終わり、サラはぽかんとした。

エゴリア伯爵も、そして待っている貴族たちもそうだった。

ふと、エゴリア伯爵が思い出したような顔をした。

「ああ、なるほど。そういえば皇帝陛下は、皇妃様とはまだ〝挙式前〟でしたな。これは失礼」

含みがある挙式前という言い方にはメッセージを感じ、サラはじわじわと赤くなった。

獣人皇国の婚姻の流れから言えば、挙式まで身は清らかだ。

だが、彼はサラとカイルがまだであると正確に知っている者の一人だったようだ。

サラは、清らかな関係なのでカイルが男としては余裕がなく、ある種の嫉妬心で他の男の唇を許さなかったのだ——とエゴリア伯爵のおかげで理解して、顔から火が出そうだった。

「カ、カイル、わかりましたから」

ひとまず、手の甲への挨拶のキスはさせませんと意思表示して、カイルの手から逃れることにする。

するると、その手をもっと強く握られて心臓がはねた。しかし驚く反応をサラがする暇もなく、引き寄せられてポスンと彼に受け止められる。

（な、なになにっ、何が起こっているの⁉）

彼の胸に閉じ込められて、サラは混乱する。

「皆の者、そういうわけだ。サラに触れるのは、挙式まで夫の俺だけであると認識しておいてくれ。ダンスももちろん遠慮して欲しい」

みんなが満面の笑顔で拍手し「もちろんです！」と答えた。

（カイルー⁉）

宣言に、顔から湯気が出そうなほどサラは恥ずかしくなった。

貴族たちの大行列の挨拶が終わると、今度はフロアに降りて人々とグラスを片手に話した。カイルに抱き寄せられて獣人貴族たちの輪を回っていくのだが、そのたび彼に美しさから愛らしさまで語られてサラは赤面しっぱなしだった。

しかも、顔見知りであるアルドバドスと仲間たちのグループでも同じようにされたのには、驚いた。

「そ、そんなこと、アルドバドスさんたちに言わなくても――」

「なぜだ？」

カイルにきょとんとされてしまい、サラは困惑した。

すると、グラスを持ってげんなりと聞き手になっていたアルドバドスが、ふっと察したみたいに「あー」と声を出す。

「もしかして知らないのか？　いちおう挙式前祝いの宴について説明しておくとだな、花嫁を得た獣人族が、妻を見せびらかしたくてするのは慣習みたいなものだぞ」

「えっ」

「そうです、ウエディングと違って、衣装様式が自由なのもそのためっス」

アルドバドスの仲間たちも言ってきた。

カイルが本人を前にいちいちみんなにサラを褒めていたのは、そのためだったらしい。

カイルは、サラがその慣習を知らなかったことが意外だったようで、目を丸くして彼女を見ている。

「人間族ではしないのか？」

「えっと、結婚式の際に披露宴もしますけれど、褒める会、みたいなことはしないですね……」

つまるところ主役の新郎が、主役の花嫁を褒める会みたいなものなのだろうとサラは理解した。

「なるほどな、それで移動するたびあわあわしてたのか」

「アルドバドスさん、見ていらしたんですかっ？」

「いや、たまたま見えただけだけどな」

アルドバドスが額のあたりで手を添える仕草をする。

その後ろで彼の仲間たちが、何やら反論するみたいにジェスチャーでサインを送ってきた。サラはしばし読解するに努める。

『移動するたびに背伸びしてきょろきょろして、見てました』

彼らは、揃ってそう伝えてきている気がする。

「なんだ？」

「いえっ、何も」

サラは慌てて笑顔でごまかした。

「ふうん。でもよ、花嫁や花婿は獣人族にとって至高の宝だ。それを得られたことを自慢するのは、ごく自然なことだろ」

「なるほど……」

アルドバドスにそう言われて腑に落ちた。

(子供たちに勉強を教えているのも事実、なのかも?)

いまだその様子が想像できないでいるのだが、彼の説明は時にものすごくわかりやすい。

「……それなら私も、カイルを自慢していいのですか?」

「は」

アルドバドスだけでなく、彼の仲間たちも「は」と言って固まった次の瞬間、カイルの尻尾がぼふんっと出て彼らが「どわっ」と驚く。

サラも同じく肩がはねた。周りにいた獣人貴族たちも同じく驚いている。

ぱっと振り返ってみると、目を丸くしたカイルの頭の上には獣耳があった。そうして後ろには、ふわふわと主張する大きな尻尾――。

作法で隠すものだが、感情の高ぶりで出ることがある。

けれど、何に、とサラは戸惑った。

(……あれ? もしかして私の言葉に驚いて?)

うれしかった、のだろうか。

彼の狼の尻尾を見ると、ふっさふっさと左右に揺れている。

(されたいと思った?)

彼自身、まさか自慢されるなんて考えてもいなかったのではないか。

その可能性に思い至って、サラの口元は緩む。

恥ずかしくなるくらい褒めてくるのはいつもカイルだけれど、サラだって、彼の素敵なところはたくさん知っている。

こういう日には、恥ずかしさも考えずに自慢の夫を褒めに褒めるべきだろう。

「カイル、私は自慢したいですよ」

つんっと彼の袖をつまむと、カイルの目元が赤味を増した。

(なんて、かわいい――)

だがその時だった。サラは、草食種らしき子供の令嬢令息が「肉食種の気配がっ」と鳥肌を立てているのに気づく。

カイルの感情が見えてうれしかったけれど、今の状況はまずい。

作法で隠すものだ。強い者ほどプライベートでも獣姿は控える傾向にある。この祝いの日に、失態をしてしまったとカイルに感じさせてはいけない。

(いい思い出にして欲しいもの。周りの反応も妻の私が変えるわ……!)

思い立ち、サラはカイルの尻尾を両手ですばやく抱え持った。

驚く彼にかまわず、ギョッとした周りに見せつけるように尻尾をぎゅむっと抱くと、できるだけかわいらしく笑いかける。

「私の夫は、尻尾まで美しいお方です」

獣化に圧を覚えて固まっていた獣人貴族たちの緊張は、波が引くように一瞬で解けていった。

ぽかんと口を開けてみんながサラを見ている。

「狼皇帝の尻尾を急に……大丈夫なのですか？」

「え？　あ、はい、婚約していた時からいつももふもふさせてくださってます」

「いつも⁉」

なぜだか彼らはざわつく。

けれど、もう一押しなのはサラも感じていた。

「私、夫の尻尾も大好きなんです」

何か空気を和ませる方法はないかと、両腕でかき抱いたうえで手でもふもふと弾力もアピールしてみる。

すると、ややあって貴族たちがふっと笑みをこぼした。一人、二人と拍手を始める。

それはほんの少しの間に会場中へと広がり、祝いの空気へと変えていた。

「皇妃様っ、ナイスです！」

人々の間から側近たちが主張してくる。

（よかった……）

サラは、ほっとしたのも束《つか》の間《ま》、ハッと我に返る。

獣姿になった部分についてはデリケートなところがあったと思い出した。

基本的には触らせないし、たまに許して家族か伴侶のみだ。

（あ、あああぁ、だから急に触ったことを驚いてたのかも⁉）

サラは非常に申し訳なく思った。心構えなんてさせられる暇もなかっただろう。

「ご、ごめんなさいカイ、ル……」

おそるおそるカイルの方を見上げたところで、サラは緊張がするりと身体から抜け落ちてしまった。

カイルが、こちらを熱くじーっと見つめていた。

その頬は心なしか温もりが感じられ、ブルーの瞳は熱に潤い、いつも以上にきらめいても見える。

「大丈夫なんですか？」

尋ねると、彼の獣耳がピッと立った。顔をやや赤らめ、間もなく浅く顎を引く。

確かめるべくそっと尻尾を離してみる。

すると彼の後ろに戻ったそれは、これでもかというくらい左右に振られた。

喜んでくれているのだ。よかった、でもどうして彼は急でも平気だったのかしら？

「急に抱いてしまったことは謝ります。ごめんなさい」

ひとまずは急な作戦だったので詫びた。けれど、はにかむ口元を隠せない。

彼が目を見開き、ますます尻尾を振った。犬っぽいので狼皇帝のイメージが崩れてしまわないか、
サラは少し心配する。

普段は絶対にそんなことをしそうにないのだが、――獣化で本能がむき出しになっているせいだろう。

でも周りも新婚らしいと祝ってくれているし、よしとしよう。

「尻尾以外の素敵なところも自慢してきたいのですけれど、……よろしいですか？」

手を取り、上目遣いに見つめると、カイルが獣耳と尻尾をぶわっとして喜びを表した。

獣化している時は、カイルの感情もわかりやすい。

見守っていたアルドバドスたちが「もう俺らはいいよな」と言いながら後退し、二歩下がったと思ったら飛んで逃げた。

その声にぴくんっと獣耳を反応させ、カイルが獣化をすばやく解く。

「もちろんだ、とてもうれしい」

彼が踊るみたいにサラの手を取り、くるりとドレスのスカートを回して、自分の腕の中へ収める。

（獣化を解いたのに、まだ正直者みたい）

恥ずかしさはあったものの、うれしさがピークになった時の子供みたいな、彼の意外な行動への新鮮さが勝った。

「ええ、それでは行きましょう」

カイルの腕に閉じ込められたサラは、近くで見つめ合った時には互いに笑みをこぼしていた。

二人寄り添って、できるだけたくさんの者たちと話すべくフロアを移動する。

突然の獣化はあっという間に貴族たちの間を流れていったらしい。何番目かに家族と待っていたブティカと再会したのだが、彼は遠くから目撃していたその光景を、笑って褒めていた。

「皇帝陛下が公でそのようなミスをするのは珍しいですが、同時に、それだけ皇妃のことを愛しているのだと感じて、微笑ましくなったものです」

やはり急な獣化はご法度だったらしい。

だが、この宴の場がカイルの行動を好評へとつなげた。

それは同じく、家族一同で祝うべく護衛仕事からいったん離れ、大勢の親戚まで集まって大きな輪になり待っていたガートもそうだった。王城に勤め、または日頃皇帝であるカイルを支えている者たちとも会っていったが、皆同じ意見だという。

――まさに〝運命のつがい〟と巡り合えた。

前々皇帝、全皇帝から仕えている臣下の中には、感動してむせび泣き、すぐ会話できそうになく扉の陰で鼻をかんでいる者の姿も見受けられた。

「そしてこちらが、私の妻と子になります」

「えっ、あ、いつもお世話になっております！」

続いてギルクの家族を紹介された時は驚いた。彼は自分の話はあまりしないので、子供が社交デビューを控えた男の子と七歳の男の子だというのを、今初めて知った。

「なんですか、そのお言葉は」

「いえ、ギルクさんにはこちらに来てから侍女としてもお世話になりましたし……」

彼の妻は、意外にも生真面目そうなギルクとは違ってかなり気が強そうだった。

身体にフィットしたドレスを見事に着こなし、近づきがたい。

だが話してみると、とてもさっぱりとした感じの女性だった。軍人貴族の娘なので、自分も部隊を率いているからこうなのだと説明するこざっぱりとした性格も、サラは好きになった。

「あなたがいらした時からの付き合いがある者たちは、気恥ずかしくてみんな紹介していないだけではないですかね。王城のパーティーに参加できるからと、アルドバドスたちもそれぞれの伴侶を呼んでいるとか」

「えっ、お会いしたいです！」

アルドバドスもまた、自分のことはほとんど話さない男だった。

獣人族は大人になると伴侶を探す。それは彼らの『恋をして、誰かと夫婦になりたい』という憧れであり、生きるためにも彼らが必要としている本能でもある。

カイルだけが二十七歳になっても相手がおらず、体調に影響が出始めていた際にサラと出会った。

するとカイルが、不満そうな顔をした。

「サラは、他の誰かではなく俺をかまってくれないと」

「あ――え」

腰に腕が回され、顔を軽く引き寄せられたと思ったら、サラは彼にキスをされていた。

「まぁ、狼皇帝がお熱いこと」

「カイルー!?」

「いつもこんな感じですよ。結婚して間もないですから」

妻に、ギルクはしれっとそう言っていた。

その後、本日は休みを取っているガート将軍とその家族にも会った。軍服の正装で出席している軍人たちも、カイルが気をきかせて声をかけ楽しい歓談となった。

会食を楽しみながらも、音楽ではなく人々の談笑で賑わう宴は続いた。

「さあさあ、主役のお二人はそろそろ玉座へ」

進行役のブティカが呼びに来た。

「あの、なんだか愉快そうなお顔になっているのが少し心配なのですけれど……少しお休みされますか？」

　サラは気になって、つい尋ねた。

「あっはっはっ、こんな素晴らしい宴の日にとんでもないことです。光栄あるこの職務を全ういたします！　少し飲んだだけですからね、わははは」

「少し飲んで酔う肉食系獣人は聞いたことがないぞ。猫種じゃあるまいし、マタタビ酒でもないだろう。いったい何杯飲んだ？」

　前を歩くブティカが、皇帝からの問いとあって首をひねって考える。

「…………うう一ん？」

　心配になるくらい間があった。

　カイルが真顔で指を鳴らすと、邪魔にならないよう護衛に入っていたようで、人混みからドルーパが現れる。

「え一と……ご質問に答えるのは俺で大丈夫ですか？」

「お前がいるとわかって呼んだ。答えよ、ブティカはいくら飲んだ？」

「俺が見た限りですと、樽一杯をガート将軍とやり合い、互いの妻に叱られておいででしたっ」

　ドルーパが光栄そうに背を伸ばして答えた。

「おいっ、そこまで正直に申告しなくともよいのだっ」

　ブティカが顔を赤くして振り返る。

　ドルーパが「はっ、失礼を」と慌てて頭を下げていたが、その正直さがかえってカイルとサラの笑いを誘ったのだった。

このあとは玉座に戻り、挙式前祝いの宣誓がされて、そうしてフロアの中央にて各地の獣人族による皇帝夫婦への贈りものとして催しが発表される予定だ。

ブティカがカイルの、ギルクがサラの着席を手伝う。

そこに座って皆の顔が見られるようになった途端、誰もが歓声と共に手を大きく振ってきた。

サラは喜びが胸に溢れて、満面に笑みをたたえ手を振り返す。

みんなが、二人が一緒になったことを祝ってくれているのを感じてうれしかった。

「続きましては挙式前の宣誓になります――」

ブティカが人々を収めて、そう話した時だった。

空から馬の嘶《いなな》きが聞こえた。

フロアにいた獣人族たちが本能で何か感じ取ったみたいに、獣みたいな目を丸くしてビリッと毛を逆立てる。

（まさか――）

サラは、カイルたちが見た方向へガバッと顔を向ける。

直後、息をのんだ。二階の高さにある大窓から、美しいペガサスが器用に翼を畳んで見事なダイブで飛び込んできたのだ。それは一瞬にして大きな翼を広げ、騒ぐ人々の上を優雅に旋回する。

ギルクたち護衛部隊が、カイルとサラの前にすばやく並んだ。

「抜刀したらバルベラッド神獣王国への宣戦布告と見なしますよ？　どうぞ、お気をつけください」

玉座がよく見える場所にふわりと降り立ったペガサスが、美しい姿なのに、うっとりとさせる眼差しで嫌味っぽいことを言う。

そんな彼の神聖にきらめく紺色の瞳が、サラを真っすぐとらえた。

カイルがサラの前に腕を伸ばした。

「突然舞い降りられては、我が国民も戸惑う。目の前の護衛も彼らの仕事をしただけ。ご容赦いただきたい」

「皇帝陛下のお言葉、しかと受け止めました」

つまりは、問題ないことにしてくれる、ということなのだろう。

なんとも扱いづらい。

サラは国交相手として居合わせ、改めてそう感じた。

そんな空気がブティカたちの緊張からも伝わってくる。

ペガサスが、翼を閉じながら人の姿へと変わった。美しい白色の髪をしたバルベラッド神獣王国大公、ツェフェルが姿を現す。

（まだ、諦めていなかったの？）

サラは再び見た彼の姿に緊張を覚えた。

すると、不意にツェフェルが魅惑的な微笑みを浮かべ、優雅に一礼する。

「本日は、先日ご挨拶をしたばかりの皇帝が迎えられた皇妃との挙式前祝いの宴という、皇族の一大イベントの一つが行われるとのことで、バルベラッド神獣王国を代表し、お喜びと祝福の言葉を申し上げにまいりました」

カイルが玉座から、その様子を無反応にじっと見下ろす。

「神獣国からじきじきの祝いというのも過去に例を見ない。我が皇妃との挙式へ向けての全面的な祝福をうれしく思うと、バルベラッド神獣王国の国王へも感謝を」

「お言葉、我が王へ重々伝えさせていただきます」

ツェフェルが恭しく膝を軽く曲げて答えた。

「公式訪問の段取りもない急な来訪を許されているとはいえ、貴殿が式典以外に舞い降りてくるのは、初めてのように思うが」

「人々を騒がせたことは申し訳なく思っております。挙式前祝いの宴については、日程は耳にしましたが、時間まではわからなかったものですから」

「ほぉ、初めから参加するつもりはあったのだな？」

互いが王と国の代表としてうまくやり取りしているように見えたが、サラには二人が腹の探り合いをしているようにも感じた。

「もちろんです。しかしながら空から知らせる方法がありませんでしたので」

ピリッと場の空気を怒気が冷やした。

カイルが、すうっと目を細める。

「予定がない様子見の来訪であるからこそ、貴殿らペガサスが舞い降りる件については有効のはず」

彼のまとう圧で場の温度が下がっている。

発された言葉の重みに、臣下たちが緊迫感を漂わせる。だがツェフェルは、にこっと笑みを浮かべただけだった。

「祝いの席でしたのに、皇帝陛下の機嫌を損ねてしまったようですね。ならばお詫びに次からは、部下を使いに出しましょう。しかし、バルベラッド神獣王国のバージデリンド国王の使いという名のもと、という場合はこれまでと同じく直接訪ねますのでご理解を」

「次、か。そう頻繁な来訪は我が皇国でこれまでなかったことだが、今回の目的は宴への参列だけでよろしいか」

「もちろん、他にはなんの下心もございません」

サラはツェフェルが聖職者のような笑顔で、さらりと嘘を語ることに心の中で舌を巻く。

「と言いますのも、この宴へ、我が王より言葉を使わされたのも、地上の国々の中でこちらの皇国にお心を砕いておられるからです」

「ほぉ、特別な配慮があってのことか？」

「はい。我が王は、湖の水の減少について案じておられました。必要なら我が種族を派遣し、魔力を回復させる奇跡の手立てではないとはいえ、魔法でどうにか国民たちをお助けせよ、と」

「貴殿もすでに知っている通り、我が国の湖の問題は解決した」

「ですよね。簡単に申し上げますと、その問題が本当になくなったのか様子を見てこい、と王より大変慈愛溢れる命令をいただいているのです」

ツェフェルがにーっこりと微笑み返す。

なんだか彼の話には信憑性《しんぴょうせい》を感じなかった。

サラでもわざとらしいと感じるくらい、説明の順番も変だ。

（そもそも関心がないはずの王自身が、命令を？）

神獣国と獣人国の関係性を学んで間もないサラも、嘘くささを覚えた。

大変慈愛溢れる、という言葉がさらに追い打ちで信憑性を欠かせた。

そのせいで獣人貴族たちも、本当の話なのだろうかとたまらず囁き合っている。

こんなの嘘っぽい言い訳だと誰もが推測しそうだ。

(彼はいったい何を考えているの?)

頭を悩ませるばかりで、確かめる術はない。

王の命、と言われてしまったら受ける以外に正しい選択はない。

案じてカイルの方をうかがうと、かなり嫌そうにしていた。

「――視察したい旨、確かに聞き届けた」

「ありがとうございます皇帝陛下、いや~我らが王も、報告を持ち帰った際にそのお言葉を伝えれば感激して、ますます皇国に愛着を覚えることでしょう」

冷えきった国交関係からいってもイメージに程遠い言葉を出されて、サラも戸惑った。

フロアにいた全員が緊張も忘れて、ぽかんとした顔だ。

「それでは改めまして、本日よりしばらく獣人皇国内を視察させていただきたく存じます。今代の皇帝陛下は冷酷と聞いていましたが、お兄様に似て友好的でございますね。仲よくなれそうで個人的にそれもうれしく思っています。今後とも、どうぞよろしくお願い申し上げます」

一言で終わらせればいいのに、またしてもツェフェルは余計な言葉を告げた。

あやしんで疑い深い目で探っていたカイルのこめかみに、ぴきり、と小さく青筋が立つのが見えた。

彼の玉座のそばに、さっとブティカがつく。

「皇帝陛下、どうかそのまま動かず……」

「戦闘態勢と見なされる獣化も、絶対、だめです」

玉座のすぐ下からギルクも、ツェフェルに視線を固定したままカイルへ囁き声を投げる。

ツェフェルは、ひとまず宴を楽しませてもらうと告げて、場の空気もまったく気にせず会食用のテーブルへと向かった。

（……ど、どうしよう）

サラは、彼がまだ自分を妻にと打算しているのではないかと気が気でなかった。

それは、カイルが知らないこと。

もしツェフェルが彼の前で言ってしまったら、どうしよう。知られてしまったら、ブティカたちでも止められないくらい、皇帝としてまずいことをカイルがしてしまわないか――。

どうなのか、わからない。ただ、どちらにせよカイルが苦しむのはわかる。

宝石商人のボビックにも気をつけてと言われたが、居座られてしまった。しばらく視察という名目でツェフェルは国内に居座る気だ。

（これでは、いつ会ってしまってもおかしくないわ）

サラは心配する獣人族たちとはまた別の方向で、滞在の間どうなってしまうのかと、ハラハラが止まらなかった。

そのあと、挙式前祝いの宴はツェフェルのことがなかった形で再開した。

しかし、同じく舞台の披露を見て楽しむツェフェルの存在を、誰もが無視できないでいた。

挙式前祝いの宴は予定通り日が暮れるまで続いた。

カイルもどこかピリピリしていて集中できない様子で、サラは結局、閉幕まで居座ったツェフェルに緊張疲れまで覚えた一日となった。

# 第五章　皇妃は愛する狼皇帝のため受け入れる、夜

挙式前の宴は無事に終わった。

だが、あれから二日を経ても、王城内は日常感が戻らないのをサラは肌で感じていた。

「なんだか……誰もが気を張っているみたい」

妃教育を受け終えて隣の控室に戻ると、ソファで待っていたアルドバドスが立ち上がった。仲間たちも方々から出迎える。

「そりゃそうだろう。聖女である狼皇帝の花嫁が狙いだとしたらと考えると、誰もが落ち着いてなんかいられないさ。前皇帝を失って、まだ数年しか経っていない」

アルドバドスが、ダンス指導で足がくたくたになったサラの手を支える。

「ありがとうございます。……そう、でしたね」

前皇帝、つまりカイルの兄は、運命のつがいを見つけたが亡くなっていることを知り、後を追うように間もなく息を引き取っていた。

サラが運命のつがいだとすると、臣下たちの警戒はもっともだろう。

「でも花嫁の略奪なんて、実際にあるのですか？」

「そんな話は聞いたことないな」

着席を見届けたアルドバドスが悩ましげに首を振る。

皇国内では前例がない。だからピリピリとしているのだろうと彼は言った。サラも、カイルは不安

なのだとわかって言葉に窮する。

彼は宴が終わってからずっと忙しくしている。

昨日、サラは移動している最中にカイルを見かけたのだが、大公、という単語が聞こえて声をかけられないまま隠れてしまった。

側近や軍人たちと歩きながら、彼は何やら難しい話をしている様子だった。

「私、接しているとどうも大公様は悪い人にも思えなくて……宴での彼の台詞はわかりやすいくらい嘘っぽい気がして」

なんだか引っかかった。

「わざとらしくて、花嫁の略奪は本当なのか考えてみたらそれも不審というか」

「また出たよ。お前、ちょっと人を信じすぎだ」

話を聞くため向かいのソファに腰を落ち着けたアルドバドスが、大袈裟に片手を振った。

「いや、優しすぎる」

「そう追い討ちをかけなくても」

「心配だから何度でも言うんだ。いいか、そんな考え方すんの、目が離せない子供くらいだぞ」

だからよく『子供』という表現をしていたみたいだ。

（心配って言ったわ）

サラはいいのかしらと思う。彼の仲間たちもアルドバドスの横顔を左右から見たが、話している彼は気づかなかったようだ。

「アジャービに頼んでペガサスの連中が獣人国に干渉した記録がないか調べてもらったが、そんな情報は見あたらなかったそうだ」

「アジャービさん、いい人ですね」

アルドバドスが遠い目をする。

「……有料じゃなきゃな」

彼の仲間たちが涙をのんで合掌した。

サラは聞こえなくて首をかしげたのだが、アルドバドスが頭を振って無理やり話を戻してきた。

「それで？　今日までにお前のまとまった考えは？」

「そう、ですね、これまでペガサスが花嫁を求めてこの国に来た前例もゼロだとすると……今回の大公様の目的は私個人ではなくて『聖女』がキーワードになるのかな、と」

傷を治せる力。

サラのそれは、国内で獣人族たちに必要不可欠な《癒やしの湖》と同じ魔力だ。どうやらそれはペガサスたちが使っている魔法とも同じ分類になるらしい。

「困ったのは、私はここに来るまで『聖女』という言葉を聞かなかったことです。知っているのは『魔女』の話だけですから」

「それも妙な話ではあるよな。金色の髪か目が目印って断定しているところも、おかしい」

「……そう、でしょうか？」

「そうだよ。なんつうか、お前から聞いたそっちの国のことは〝色々とおかしく聞こえる〟んだよ」

言われてみると、そうかもしれないという気もしてくる。

「とにかく金髪だとか、金目とかいう情報については忘れろ。考えがややこしくなる」

「はい。そうします」

するると、不思議なくらい頭が回りだした。

「人間族なら聖女になれるというのなら、他にも聖女とおぼしき女性がいた可能性はありますよね？　ペガサスとなんらかの関わりがあるかどうか、調べてみるのはどうでしょうか。そうすると大公様の狙いが見えてくるかも」

どう考えてもサラ自身への求婚、とは考えづらいのだ。

カイルはピリピリしているが、サラとしてはツェフェルの見つめてくる眼差しも、微笑みも彼の愛情深いそれとは全然違っている。

「人間族の伝承を調べるのは名案だな。そっちに魔女の話だけしかないとすると、隠されているか他国へ逃れた歴史があるか」

「安全のために他国へ情報が渡った、とすると希望が見えてきましたっ」

金髪という固定観念を省いて『聖女』とだけに考えを絞ると、アルドバドスの意見にサラは希望を見出《みいだ》せた。

人間族の国に誕生した聖女を、ペガサスが迎えに来るという話があったら、神獣国は代々聖女を花嫁に迎えていたとも推測できる。それが彼らの〝ルール〟だとしても、無理だとサラはガドルフ獣人皇国の皇妃として強く断れるだろう。

だが、直後に意気込みは沈んでいく。

「問題は……どうやって調べるか、ですよね」

アルドバドスも、仲間たちもサラと一緒になってうーんと考えてくれる。

「狩人のジョン、くらいしか頭に浮かばないんだが」

「でも彼は一般人ですから、そう頼むのも……あっ」

町の話を集めるくらいであればジョンにもできそうだが、仕事がてらの彼には頼みづらい。

けれど、サラは名案が浮かんだ。

「他に頼れる相手がいます。私の、二人の姉です」

アルドバドスたちが「あ、そうか貴族」と声を揃える。

アドリエンナとフラネシアは性格が強気だ。顔は広く、行動力も令嬢にしてはあり余っているくらいである。

ジョンだけでなく、彼女たちもサラの力のことは先日知った。味方として協力はできる。

「ジョンさんに知らせを送りましょう。姉たちへの伝言を頼んでみます」

「まぁ、頼れるのは同じ貴族、か――よし、任せとけ。お前ら、まだ時間はあるか？」

「大丈夫ですよ兄貴！」

「俺、侍女さんたち呼んできます」

「必要なら俺が一っ走りしますんで！」

アルドバドスの仲間が二人、走って部屋を出ていった。


挙式が確定してからも《癒やしの湖》の活動は、続いている。

だから、宴のあとも、サラはカイルと一緒に過ごす時間はいつも通りあった。

予定通りの公務、そしてこの活動――だからこそサラは、悩みが晴れないような彼の様子を感じ取ることができた。

「さあ、次の場所へ行こうか」

生き返っていく水の音を聞きながら、サラは彼に抱かれて木陰に腰を下ろしていた。後ろからカイルが『お疲れさま』と言うみたいにこめかみのあたりに口づける。

「ええ、そうですね」

抜けていった疲労感の余韻を覚えつつ、彼の手を借りて立ち上がる。

一日に回る数も、活動を繰り返す中でいくつまでならできるかをサラが判断し、できるだけ多くの湖を訪れることを望んだ。

とはいえ彼女は、隣を歩くカイルをやはり気にしてしまう。

（昨日よりも考え疲れた顔をしているわ……）

気のせいかと感じていたことが、二人で一番密に過ごせるこの活動で確信に至る。

アルドバドスとギルクたちの護衛に囲まれて、馬車で次の《癒やしの湖》へと向かう。

その道中、話しながらサラは、会話の間のわずかな空気の動きなどからも、カイルが悩んでいることがあるらしいと感じた。

「無理はするな。気をつけて」

「はい」

本日の活動最後の《癒やしの湖》に到着し、いつも通りサラは魔力を注ぐ。

終わったのを察知すれば、体力が尽きるのを懸念してカイルがすぐさま抱き上げ、移動する。

（当初より気分も大丈夫だとは言っているのに）

過保護なのではないかとも思うのだが、魔力が生命力と連動していると知れば、心配する気持ちは理解できる。

声を出す元気はなくて、おとなしくカイルの腕に抱かれる。

「人払いを」

「はっ」

ギルクたちが慣れたように人払いをし、アルドバドスと共に下がっていく。

伴侶同士は、契約魔法で見えないつながりができている。

肌を通して魔力を分け与えることができるのだが、超回復を望む場合には、唾液による肌摂取、または口内から注ぎ込む。

その方法は、人に絶対に見られたくないくらいに恥ずかしい。

「あっ――――んぅ」

回復のためだとはわかっているのに、最近ぞくぞくするのも、声が出るのも、快感からだしわかってサラはこらえるのに必死だ。

耳元にキスの音を落としながら、カイルの笑う吐息が聞こえた。

「抑えると余計に疲れるだろう。身を委ねて」

本当にそう思って口にしているのだろうか。

後ろからサラを腕の中に閉じ込めている彼は、魔力回復とは関係ないところを触って彼女の反応を楽しんだりするのだ。

(彼の魔力が無尽蔵なのは、安心したけど……)

当初は本当に大丈夫か心配したものの、彼は魔力の減りを感じている様子はまったくなかった。

こうして触れさせるのは少なからず彼に負担をかける。

だから、本人は楽しんでいたとはいえ、数を重ねるとさすがにサラは申し訳なさと一抹の不安が込み上げもする。

「いつも、ごめんなさい」

「ん？　また悪いと感じてる？」

喉元に指をすべらせたカイルが、首筋をちゅっと吸う。

「ン、だって……手間をかけていることに変わりは」

「俺の方こそいつも申し訳なさを感じてる。サラには苦労をかける、すまない」

「苦労だなんて感じていませんっ。役に立ててうれしいです」

彼がこんなことを言うのは珍しい。

慌てて肩越しに振り返ると、カイルは微笑を浮かべていたが、やはりどこか落ち込んでいる気配をサラは感じた。

「俺も同じだよ。疲弊するのを見守ることしかできない自分に失望して。こうしてサラを癒やせることで、心が救われるんだ」

彼はまた指先から襟元へ向けて、丁寧に唇で触れていく。

そうされると、魔法でもかかったみたいにサラは目が離せなくなる。

唇や舌が、肌に一つずつ温もりを残すたび彼の大きな愛を感じた。

「…………同じことをさせていますし、その……飽きたりしませんか？」

ためらいがちに一抹の不安を口にした途端、カイルが小さく噴き出した。

「んなっ」

「かわいいことを考えるな」

「わ、笑うなんてひどいですっ」

「ふふっ、くくく、すまない。俺がサラに飽きることはないから安心してくれ。――ここにもまだ触れたことはないのに」

彼が肩口に頭を埋めた。するりと乳房を下から持ち上げられ、膨らんだ谷間に舌を這《は》わされてサラはびくんっと身体がはねる。

この触れ合いで、ドレスの上からカイルの手に包まれるのには慣れた。

とはいえ、触られると心臓はばくばくしてしまう。

初夜となったら直接触れさせるところなので、夫であるカイルに触れられることに今のうちに少しでも慣れていた方がいいかもしれないと、サラも思っていた。

彼がそこにも魅力を感じて触れてくれることを考えると、うれしさもある。

(私、触れられて喜んでる?)

どうだろう。何度か思い浮かんだそのことも、またカイルの温もりで思考が熱を帯びて、わからなくなっていく。

与えられる感覚に溺れるみたいに身体がのけぞる。

自分が何を言っているのかもわからないまま、サラは手探りで後ろにいる彼の頭に触れ、引き寄せていた。

一瞬、びくっとした彼の腕が強まる。

「――このまま、片時も離れずそばにいられたらいいのに」

肌の上に、ぽつりと落ちた言葉に飛びかけていた意識が戻る。

そこで彼の魔力補充は終わった。

彼の動きが止まり、両腕にぎゅっと閉じ込められたサラは、肩にあった彼の頭にくったりと寄りかかる。

回復したのは感じるけれど、身体が、動かない。

（でも、今すぐ動かないと）

気持ちに突き動かされ、身をよじると彼が「ん？」とまどろんでいたみたいな声をもらし、顔を上げる。

「サラ、すぐ動くのは無理だ。……俺がそうしたから」

ごにょごにょと言いづらそうなつぶやきが続く。

「カイルは私を元気にしてくれただけです、何も悪くありません」

「いや、そういう意味では――」

サラは、ようやく彼の方へ身体を向けることができた。

目が合ったカイルが、直後、その獣のような目を見開く。

サラは彼のジャケットを握り、引き寄せて自分から彼の唇にキスを贈っていた。ふにゅ、と互いに形を変えた唇が、そっと離れる。

「大丈夫です。私は、カイルのそばからいなくなったりしません」

サラは、目を丸くしているカイルの頬に、手を添えた。

「そばにいることを誓って、妻になりました。その証が私の身体にはあります。ずっと、一生、一緒です」

彼は不安なのだ。ツェフェルが言った内容を知らない状態なのに、推測しただけで、日に日に悩み疲れてしまうほどに。

(国を守る皇帝として、色々なことを考えているのかも)

それがどんな考えなのか、サラには予測することは難しい。

でも、彼がつらいのは、サラもつらい。

魂の片割れのような大切な人を失うかもしれない不安はわかる。サラも、こんなにも離れがたいと思った人は彼が初めてだったから。

だからツェフェルの存在で、言葉一つで、彼女も頭を悩まされているのだ。

カイルがますます目を丸くする。同時にその奥が、わずかに差した安堵に揺れるのをサラは見た。

「……ありがとう、サラ」

自分の頬にあるサラの手を、カイルが自分のそれで覆う。

「ああ、俺たちは誓いを立てて夫婦になった。何者にも引き離せない」

離れがたいと言わんばかりに彼が頬をすり寄せる。

サラは彼の不安をほぐしてやりたくて、もう一つの手も伸ばしてカイルの顔を包み込むようにして撫でた。

——何者、けれど例外があるかもしれない。

そんな不安が、珍しく弱さを出した彼の様子からひしひしと伝わってきた。

「私たちはもう夫婦です。挙式だって近々あります」

「そうだな」

「私の心は、カイルだけのものです。そうしてこの身体が結婚できるのも、あなただけです」

サラは、彼のもう一方の手を引き寄せて自分の下腹部へと導いた。

そこには、カイルの妻にだけなれる契約紋がついている。

祝福の花のような草飾りに彩られた美しい黒い紋様だ。湯浴みや着替えの際、毎回サラはそれを見た。

同じものが夫側、つまりカイルにもついているとは侍女に聞かされた。

この皇国の獣人族が異種族同士で婚姻できるのは〝契約魔法〟のおかげだ。

その魔法を宿した王城にある巨大な木、その下でサラは婚約した。そして二度目に立った時に、互いが望んで、カイルと伴侶同士となった。

ずっと、この先の人生を彼の隣で過ごすのだと決めた。

その気持ちは、変わっていない。

むしろ強まっていると言ってもいい。彼が愛おしい、と。

「私も皇妃です。もし夫婦の絆に水を差されそうになったら、カイルと一緒になって全力で猛抗議しますし、ツェフェル様に何かされそうになった時にはパンチだってお見舞いします！　ですから、安心してくださいっ！」

「ふっ――サラがパンチか、想像がつかないな」

ガッツポーズをしてみせたら、ようやく彼の口元に笑みが浮かんだ。

やはり彼はツェフェルを気にしていたようだ。

「侍女仕事で鍛えられましたから、平気です」

サラはカイルを元気づけたくて、胸を張り、腰に両手をあてて頼もしく断言する。

「国内にいるはずの大公の顔を見ないのがかえって気になるが、――今は考えたくないな、せっかくサラと一緒にいるのだから」

彼が、サラの肩にぽすんっと額を押しあててきた。

（これは……甘えてる？）

皇帝として気を張っている時にはできないやつだ。

つまりは、妻の出番だろう。サラは恥ずかしさをこらえ、どきどきしていることが彼にバレませんようにと思いながら『よしよし』と夫を撫でた。

いまだ慣れないと感じるのは、彼女にとってカイルはとても強い人だという出会った頃のイメージがあるせいだろう。

そして、まだ、彼とは深い夫婦の関係にはなっていないから。

だから、彼に少し触れるだけでサラはどきどきしてしまうに違いない。

「私はもう、カイルの妻ですよ」

彼が気持ちよさそうな声で「うん」と言いながら、頭をすり寄せてくる。

こうしていると、狂暴な狼というより、かわいいわんこだ。

と、彼がサラの腰を抱き、不意に彼女を自分の膝の上に仰向けにひっくり返した。

驚いたサラは、覗き込む妖艶な笑みに息をのむ。

「そうだな、我が愛しい皇妃――愛してる」

あ、と思った時には、カイルに顎を持ち上げられて深く口づけられていた。

それは、息がつけないほどの淫《みだ》らで甘いキスだった。

わんこではなく、やはり狼が正しかったようだ。

キスをしながら彼に木の下へと押し倒され、触りたくてたまらないと伝えてくる深く濃厚なキスの時間を、サラはくらくらしながらしばし過ごすこととなった。

間もなくギルクが、出発の支度が整ったと呼びに来た。

馬車へ向かうと、アルドバドスだけでなく、彼の仲間たちがいて驚いた。

「お仕事は終わったのですか？」

「間に合うかなーと思ったんですけど、ここが最後の場所だったみたいで。問題なければ、このまま兄貴と帰還ですね」

ついでに迎えに来る算段だったらしい。

思えば今日は回るのが早い。一つずつ、サラが《癒やしの湖》にかける時間が短くなっているせいだろう。

サラは少し考える。

「カイル、この近くに他の湖はありましたか？」

「もう一つ回るつもりか？　負担が大きいんだ、無理にこなそうとしないでいい」

「いえ、別に無理は――ひぇ」

サラは、アルドバドスのギンッとした睨みにすくみ上がる。

でも、本当なのだ。負担が大きくて疲れてしまう、という感じはない。

当初はぐったりとして何度も味わうにしてはきついかもしれない、なんて思ったこともあったから、思い返すと不思議には感じている。

サラが積極的に復興計画を押し進め続けているのも、そのためだ。

(なんだか魔力を使うことに慣れてきた、みたいな……?)

魔力の量が増えたのだろうか。

いや、まさかそれはないかとサラは思った。その時――。

「魔力量が問題で皇妃の願いを叶えないのですか？　魔力なら、私がいるからすぐ回復できますよ？」

のんびりとした声が上から聞こえた。

カイルがすばやくサラを抱き寄せる。彼女が短く悲鳴を上げたそばで、ギルクとアルドバドスが真っ先に前へ出た。

「――大公ツェフェル」

カイルが容赦のない眼差しで見据える。

鳥のように枝先に座っていたのはツェフェルだった。白い翼が彼を支えているのだろうか。

それにしても、いつからそこにいたのか。サラは驚いていた。

(全然気配を感じなかったわ……)

もちろん、翼の音だって耳のいい獣人族も拾っていない。

「なぜ、彼女にかまう？」

カイルの問いかけを受け、ツェフェルが笑顔のまま首をかしげる。

何やら間を置き、彼が翼を羽ばたかせて下まで降りてきた。

「それはそうです。皇妃に『私の妻になりませんか』と誘いをかけましたが、冗談だと思われたのかまったくお心を振り向かせられないので、積極的にアプローチすべきかなと考えていたところです」

着地したツェフェルが、袖に両手を入れつつにっこりとカイルに笑いかける。

カイルがざわっと殺気立った。

（……この、大公様は！）

どうしてそれを彼の前で言うのだ。

アルドバドスたちも『どうしてそれを本人にさらっと言うのかな、あの神獣っ』と緊張したのがうかがえた。

「──我が妻をたぶらかす目的もあったわけか？」

カイルの殺気がサラの肌にもピリピリと伝わってきた。

ツェフェルを敵だと認定したような重々しい空気に息が詰まりそうだ。ギルクたち護衛部隊からも、捕食する時の肉食獣の緊迫感が刺さる。

ツェフェルは何も答えず、笑顔でカイルを見つめたままだ。

「貴殿は俺の目が届かないところで妻を困らせたのだな。たびたび閉じこもっていると聞いて気にしていたが、理由がわかった」

カイルに腕の中へさらに引き寄せられた際、サラは胸が痛んだ。

（彼に、隠し事を──）

ツェフェルが『冗談だと思われた』とフォローしてくれたのは助かったが、状況は最悪だ。

夫を乗り換える提案をバルベラッド神獣王国の大公にされたことを、カイルに知られてしまった。

「彼女はすでに我が妻だ。それを求めるということは、皇帝である俺、そしてガドルフ獣人皇国に対する宣戦布告と取るが――よろしいか？」

「そう大事《おおごと》にするつもりはありません。私は彼女に決定権は委ねていますよ？」

この状況下で、ツェフェルは優美に笑い飛ばした。

「私はあくまで誘っただけです。我らペガサスと同じ力なら、彼女も生きやすいのではないかと思いましてね」

何も、困っていない。

私の何を知っているの、そうサラはカッとなった。

「生きやすさを決めるのは私、いえ皇帝カイル・フェルナンデ・ガドルフの妻にして、ガドルフ獣人皇国の皇妃であるこの〝わたくし〟ですっ。この獣人国は、わたくしの愛する第二の母国！　それをけなすような言い方はおやめくださいませ」

カイルたちが驚いたようにサラを見る。

皇帝の腕の中だというのに、サラの毅然《きぜん》としたその態度は、そこにいた誰の目も引きつけた。

ツェフェルを真っすぐ見据える眼差し、そのたたずまいは皇族としての誇りをまとう。

「これは、――皇妃の怒りを買ったようで、深くお詫びを」

ツェフェルが態度を改め、恭しく礼をとる。

だが、戻ってきた彼の視線は二割増しに笑みを浮かべていて、サラは固まった。

（何？　何か、変だわ）

何か違和感を覚えた。どうも演技がかって、彼自身が見えないというか、わざとらしいほどにうれしさに溢れさせているようにも見える。

彼が何を考えているのかまるで読めない。

そうサラが勘ぐった時、彼が意識をそらすみたいに高々と口にした。

「その気高い魂は、ますますペガサスが迎える花嫁に相応しいと思います」

「は……？」

ツェフェルが後退し、大きな白い翼を出した。

「辛抱強くチャンスを待つのが白馬ですからね。我らは寿命が長く、気も長い。挙式までの間、ぜひともがんばらせてもらいます」

――挙式まで。

（なぜ、そう限定したの？）

サラは、カイルの気配がすーっと冷たくなるのを感じて慌てた。

「まっ、お待ちください、ですから私はカイルと結婚式もするのに――」

「挙式が嫌になったのなら私の翼でさらって差し上げましょう。それでは、また」

聞いて欲しいのに、聞いてくれない。

ツェフェルは美しい笑顔でそう爆弾発言を残すと、ペガサスの姿になって大空へと消えていった。

サラは、小さくなっていく影に呆然とした。

さらにカイルを挑発する形で去っていくなんて、信じられない人だ。

「――おいギルク、挙式までの間警備を厳重にする。アルドバドスも王城での話し合いに参加しろ、そして当時の話を聞かせろ、いいな？」

有無を言わせないカイルの眼差しを受け、アルドバドスが仲間たちと揃って「ふぁい」と口元を引きつらせながら答えていた。

とんでもないことをしてくれたものだ。

（どうして皇帝に堂々と喧嘩《けんか》を売るのか？）

ツェフェルが何を考えているのかわからない。

宣言通りアプローチとやらをしてくるつもりだろうか。サラは不安になった。

◇◇◇

そこは天空に浮かぶバルベラッド神獣王国だ。

地上へ一頭のペガサスが降りていったその日も、特別な存在だと主張するペガサス種に相応しい神聖なる場は、いつも通りの日常を送っていた。

空は常に静けさを保ち、大気は魔力で常に浄化されて安寧が保たれている。

国で、最も特別な場所は、その王が玉座を構える王の間だ。

支柱以外にはいっさい何もない、白で統一された空間。そこには数段上がった先に椅子も何もない玉座が置かれてある。

国王と王妃だけで、並んで立てる場所だ。

その向こうには美しい光にそよぐ白いレースのカーテンがあった。

カーテンの向こうは白い光しか見えない。

そこは王族専用の場所となっており、位が低いペガサスは見ることさえ許されない。

王はそこより現れて、玉座に立つのだ。椅子がないのは、王こそがペガサスたちの威厳と権力の象徴だからである。

「これにて、しまいか」

列をなした貴族たちと順番に話していた国王のバージデリンドが、玉座の下で微笑みを浮かべた美しい男女の補佐官たちに確認する。

彼女らがうなずくと、彼は低い声を響かせた。

「ならば、去れ」

命じられた彼らは、一言も述べず頭を下げて出口へと向かう。

言葉を発する権限は持っていない。

そんな中、彼らが出ていくのを見届ける一人の側近がいた。やや年齢が浮かぶ目元さえも、神秘的な美しさをまとっている。

「王よ」

その場に二人残されたところで、男はバージデリンドへと視線を投げた。

仕事は終わったと言わんばかりに背を向けた彼が、足を止める。

「私抜きで側近らと話したと聞き、驚きましたよ。我らが親友の子であるツェフェル大公に、あのような残酷な命令をせずとも……我らはとくに一人の伴侶と添い遂げる種族。ガドルフ獣人皇国の狼皇帝の一族もそうです。陛下も、我らが伴侶と決めた者への愛がどれだけ深いのかはご存じのはずで――」

「黙れ」

ざぁっと大きな白い翼が玉座で広がっていく。

「貴様の小言を聞く気にならんから話し合いに加えなかったまで」

「一番の側近のわたくしを外してまで強行すべきこと、ですか？」

「二代にわたって余に仕えてることに免じて、今なら聞き捨ててやる」

肩越しに、持ち上げた翼の隙間から凄《すご》まれる。

だが彼の寿命より半分以上も年下のその側近は、小さくため息をもらしただけだ。

「王、我らが王、バージデリンド国王陛下。このままでは王が乱心したといわれますよ。狂暴なペガサスだ、と」

バージデリンドの視線が、ふいと彼から外れる。

しまいだ、と態度が語っていた。

しばらく彼の背に言葉を待っていた側近は、彼が何も答えないと悟ると、また小さく息をこぼした。

「わかりました。何かありましたら、亡き父に代わっていつでもわたくしが話を聞きますから。好きな時にお呼びください」

頭を下げ、側近が出ていく。

王の間には、国王のバージデリンドだけが残された。

彼はカーテンの向こうに踏み出した足を止めたまま、じっとしていた。

「……それでも、余は……」

つぶやいた彼は、強く目を閉じる。

彼の瞼の裏に浮かんだのは、笑いかけてくる一人の女性の姿だった。

ペガサス族が普段から身にまとう軽やかな白い衣装。それを風に揺らし、枯れることがないこの国の美しい花々を両腕に抱えた女性。

今は年齢を重ねたが、それでも彼には世界で一番の、一人の美しい女性だった。

その声を、もう、どのくらい聞いていないだろう。

「……ユーティリツィア……」

吐息と共に一言こぼすと、一人になったバージデリンドは、急に年老いたかのようにたくましいその大きな白い翼を床に伏した。

力なく翼を落とすなど、ペガサス族の作法ではあり得ないことだった。

翼は、彼らのプライドそのものだ。

生きた年齢と共に成長し続ける魔力の大きさを物語る。

威厳、尊厳——年を取るほどに、本来の姿であるペガサスの姿も大きくなる。この国で最も長寿に近く、それでいて完璧な統制と政治を行ってきた冷酷で無情な神獣王。

しかし、そこで一人うつむくバージデリンドの後ろ姿は、ただ孤独だった——。

◇◇◇

神獣国の大公が〝聖女〟である皇妃を見初めたようだという話は、警戒と共に一日で獣人皇国に広がったようだ。

会う人会う人がサラを心配し、貴婦人たちは窓に気をつけてとも言った。

移動には常に皇帝の護衛部隊が同行し、そして室内にも、入り口と窓辺に物々しく配置されて視線がサラから離れることはない。

皇妃として王城内で獣人貴族たちと公務で会う合間も、彼らがいて気が落ち着かない。

それは普段の軽口も叩けないアルドバドスも同じ様子だった。

ツェフェルと話してから、カイルはピリピリしていた。

護衛強化を命じたのは彼だが、王城に戻ってから一緒にいる時間は、片時もサラを身から離す素振りがなかった。

かと思えば、抱きしめていた腕を解放して、休憩もそこそこに立ち上がる。

「カイル、まだ紅茶も残って――」

「少し、忙しくてな」

彼に小さく微笑みを返されたサラは、何も言えなくなる。

挙式の準備も加わって多忙ではあったが、そんな中で捻出していた夫婦の時間さえ、ツェフェルと最後に話してから削られてしまった気がした。

彼のことを心配し、考え事や仕事が増えているのはわかる。

けれど同時に、避けられているのではないか、と。

困ったように笑いかけるだけで、どんな話し合いをしているのかも結婚前みたいに話してくれない姿に、サラは胸が締めつけられるのだ。

「……大丈夫か？」

王城内を移動している時、アルドバドスが隣からこそっと聞いた。

厳重な護衛態勢が始まってからカイルとの湖の活動も延期された。それが二人でいる時間が最も長い公務だったから、途端に話す機会もぐっと減った感覚を受けて心が不安定さを増している。

なんて、アルドバドスに言えるはずがない。

バルベラッド神獣王国の大公が、ガドルフ獣人皇国の皇帝の前で堂々と、皇国の皇妃である聖女に伴侶候補として興味を持っていると口に出した。

その件で、ブティカも含めて臣下は動じている。

それもあってカイルが対応に出て、忙しくしているのもサラはわかっていた。

「ええ……侍女になれなくて、気晴らしができていないだけですから」

「下手な言い訳すんな。顔に全部出てる」

サラはためらったものの、前後にいる護衛騎士たちを盗み見て、ひっそりとため息をもらす。

「カイルは夜も遅くて……顔を見ずに眠ることが二晩続くと、彼と何週間も会っていないように感じるんです」

「昨日は軍の報告会に同席させられたのに？　見ていて恥ずかしかったぜ」

なんで軍のお偉い方にところに俺はいるんだろう、とアルドバドスがぼやいていたのは、確かに昨日のことだ。

そばから離したくないみたいに、カイルは可能な場合はサラを仕事に同席させた。休憩と同じく、自分の上にのせて後ろから腕の中に閉じ込める。

政務、続いては軍事に関わるたくさんの人々に見られた。

当時を思い返し、サラは頬がじわっと熱がぶり返すのを感じた。

「そ、そうですけどでもっ……個人的に話したことにはならないじゃないですか」

彼と一緒にいる時間は確かにある。

けれど、一日を振り返っても、サラは話せた感覚がなくて寂しい気持ちを抱くのだ。

「私が先に言わなかったことも関わっているのかも……」

言葉短く去っていくカイルを、引き留められない理由をサラはぽつりと言葉に落とした。

離れる彼を見ると、後ろめたさが襲いかかってきて言葉が出なくなる。

そうして見ている視線の先で、カイルの背は、彼女の声が届かないところまで離れていってしまうのだ。

もうずっと、そんな繰り返しだった。

「この前聞かされた話だと、言えなかった件はその日で和解したんだろ？」

話せないでいたことを、カイルは怒っていないと言った。

サラがどれだけ国のことを、そして夫が皇帝であることを考えての判断だったことかはわかっているから、と。

「怒っていないとは明言してくださいましたけど……彼の無理をしているような笑顔を見ているし、もしかしたら私のその判断もまた、カイルを苦しめているんじゃないかと。そう思ったら、もっと胸が痛くて」

ツェフェルだけでなく、サラも彼の悩みを増やしてしまったのではないだろうか。

会話が少ない時間が伸びるごとに不安が増し、優しい人だからカイルが自身を責めていたらと、そんな想像もかき立てられる。

隣の高い位置で、アルドバドスが後頭部をがりがりとかいた。

「どっちも似たもん同士だな、皇帝陛下は不安ではなくて心配で――」

彼の声はサラの耳を素通りした。

回廊に出た時、彼女の目は見慣れた美しい白銀の光へと吸い寄せられた。

（――あ、カイル）

中央庭園の緑の向こうに、誰かと話している彼の姿が見えた。

彼のアッシュグレーの髪は、日差しにあたると銀色のきらめきを帯びる。

声をかけようと思ったサラは直後、足を止めていた。

彼は、サラが見たことがない難しい顔をしていた。ガート将軍といった軍人たちと、物々しい雰囲気で話しながら歩いていく。

入れない。そんな雰囲気を感じた。

カイルは気づいてもくれなかった。それも、サラの胸を痛める。

そうして、そんなことは二度、三度と続いていくことになる。

サラが手紙をもらったのはそのあとだった。

ツェフェルの姿を見た者はいないという会話が日常的に王城で交わされ、それがサラにも聞こえてくるようになっていた。

そんな中、ジョンからきた手紙に、次女のアドリエンナから力になれるかもしれないので話そうという返事を見て、サラは吉報を得た心地でそわそわと落ち着かなかった。

時間を空けるべく、執務をできるだけ進める算段を立てて動き、個人的に確認したかった政策や法はなかっただろうかと、頭の中は忙しくフル回転しながらも日程をこなす。

手紙を持ってきたアルドバドスが『サポートをさせろ』と護衛についていたが、始終あきれていた。


翌朝、午後になってようやく時間が訪れる。

誰も急かしていないというのに、サラは侍女服から大急ぎで着替え、侍女仲間と外出支度をしている。そんなふうに一人バタつく彼女を、アルドバドスが二割増しになった半眼で眺めていた。

「一晩経ってもこうとか……疲れないか？」

「あの大公様のことがあるんですよっ」

警備態勢を強化することに時間も取られ、忙しくしているカイルの姿を見かけるたび、動けないかい自分がもどかしかった。

「何を考えているのかわからなくて、考えれば考えるほど苛々してきました」

「ああ、それで珍しく怖くもないぷんすか顔をしているわけか」

「一言多い傭兵《ようへい》ねぇ」

「まったくだわ。女心がわかってないんだから」

「おいコラ、サラの同僚共、俺は傭兵じゃねぇ。いや元同僚か。さっきまでおんなじ格好だったから、ほんとややこしいわ」

話している間にも侍女仲間たちが非難の声で訂正をどんどん投げ、アルドバドスはたまらなくなったのか両耳を手で塞ぐ手段に出ていた。

アルドバドスと彼の仲間たちの護衛で共有領地へと向かった。

もちろんサラは、アルドバドスがまたがるドロレオの前に乗せられた。

東側の門から出発となったのだが、その際ドロレオたちの支度を手伝ったドルーパが、隙あらば自分で手綱を握ろうとするサラと、それをすばやく手でぺしっと払って相乗りさせたアルドバドスを見て大笑いしていた。

「笑い事じゃねぇ。皇妃に何かあったら大問題だろうが」

サラも笑い事じゃないと思った。

（町中だけでもいいから、私にドロレオの手綱を握らせて欲しかった……）

せっかくのチャンスだったのにと、彼女は悔し涙をのんだ。

王都を出て自然へ飛び込むと、ドロレオたちは狂暴な獣と言われている本性を発揮して四肢で地面を揺らしながら爆速する。

風景はビュンビュン流れていくし、その時にはサラも『手綱を握れるかも』なんて気持ちは吹っ飛んでいる。

そうしてドロレオたちの団は、あっという間にバルロー・エゴリア伯爵の国境まで続く領地へと入る。

待ち合わせていた場所は教会だった。

その時間は誰も来なくて護衛も足を休めるのにはちょうどいいと、ジョンの手紙には神父と話した内容まで書かれてあった。

ありがたいことだ。窓も閉じられた屋内であるし、なんとなくサラはペガサス除けになる気もしていた。

「アドリエンナお姉様、お力になれそうだという伝言は本当ですかっ？　調べてくださったみたいですが、何かわかったことでもあったのですか？」

教会へと踏み込んだサラは、姿が見えた途端に気持ちが先走って声を投げていた。

礼拝用のベンチから振り返ってきたアドリエンナが、口に菓子を半分入れた状態でぽかんとした表情を浮かべる。

今日は次女が一人で来てくれていた。

三女のフラネシアは母の相手、という監視役で共に茶会だとか。

「……あなたって、そう落ち着きのない子だったかしら？」

「今回の件では色々と参ってたんだよ」

同行してサラと奥まで進んだアルドバドスが補足する。

「なるほどねぇ。あ、後ろの方々は近寄らなくていいの？」

遠巻きに眺めていたアルドバドスの仲間たちが、両手を上げて首を左右にぶんぶんと振った。

以前、アルドバドスが三姉妹の話し合いに巻き込まれたことを聞いて、警戒しているのだ。

「ふうん、つまり護衛役ね。いいわ」

アドリエンナは立ち上がると、スカートを払う。

「あ、サラもお菓子食べる？　教会のクッキーも意外とおいしいのよ」

「お姉様……」

「大型動物に揺られたからそんな気分でもないか」

サラはふと、賑やかな声を聞いて姉の向こうから神父が顔を覗かせ、手を振るのが見えた。

ごゆっくり、と仕草で伝えられて、サラは苦笑交じりで手を振り返す。

聖女うんぬんについてはジョンしか知らない状況だった。

彼に再会した際、サラはこれまでのことを話した。そうしたら聖女については、人間族には秘密にしておいた方がいいと言われた。皇帝も、再び母国に悩まされることがあってはならないと考えて聖女という言葉をこの国にいっさい使っていないのだろうと推測を語られたら、サラも納得した。

ツェフェルのことがあって、血のつながっているアドリエンナとフラネシアには勢いで明かした。

だから事情を知らない神父には、しばらく姉と二人にして欲しいとはジョン宛ての手紙でお願いしていた。

「お時間をつくってくださってありがとうございます」

「あたり前でしょ。聖女様とか、みんなが言う『金髪は魔女』と全然違うじゃない！　話が途中になっていたから、ほんっとバチがあたらないか心配までしたわ」

大袈裟だとサラは言ったものの、アドリエンナは手を取り、もう片方の腕で背を支えてかなり丁寧に柱側のベンチへと促す。

「金髪がだめとか、金目がだめとか、なんてでたらめなことをこの国は教えているわけ？　信じられないわよね。つまり聖なる女性ってことでしょ？　幸運とか、吉兆とか、もういいことしかないじゃない」

「あ、あの、お姉様、少し落ち着きましょう」

「妹が〝聖女〟とか聞かされたら、そりゃびっくりするでしょう！　しかもペガサスが求婚して自分たちの国が似合うと誘っていたのよ？」

落ち着くなんて無理らしい。

すると、喋りまくっていたアドリエンナの大きな声を聞いたアルドバドスが、心底あきれたように睨む。

「ん？　何よ」

すかさずその視線に姉が気づいた。

「いや、……同じ教育を受けた令嬢でもここまで違うとは……」

「なんですって!?　聞いたサラっ、こいつ、かなり失礼な男だわ！」

「失礼なのはてめぇだ」

アルドバドスが青筋を立てて静かに睨み下ろした。

「兄貴、女性に『てめぇ』はちょっと……」

「それだけ嫌なタイプなんだろうなぁ」

距離を取りつつ後ろからついてくる彼の仲間たちも、貴族様は苦手だという雰囲気を漂わせていた。

二人で、話しやすい柱近くのベンチに並んで腰を下ろした。

「手紙は見させてもらったわ。もちろん私たちあてへの〝お願い〟もね。今日来た目的は、旦那様にはきちんと伝えた？」

「うん……」

「あら、秘密にしていたわけでもないのに、浮かない顔ね」

前列のベンチの背もたれに寄りかかり、顔を向けていたアルドバドスが、黙り込んだサラと同時に苦い表情を浮かべる。

「え、何、もしかして話してなかったの？　それで最悪な感じでバレでもした？」

「正確に言えばバラされた、というか……」

サラは今日まで王城ではアルドバドスたちと秘密の話もままならなかったから、困っているツェフェルとの出来事を打ち明けた。

一度見たから誰かわかったアドリエンナは、聞くなりあきれ返っていた。

「ほんと、なんというか読めない男ねぇ……いえ神獣だったわね。それだと私たちと考え方だって違うはずだわ。そんなのを相手にするなんて、サラも大変ね」

アルドバドスが「へぇ」と言って眉を上げた。

「わかってるじゃねぇか」

「ちょっと、意外って感じで見ないでくれる？　聖なる獣って、つまりは神様みたいなものでしょ？　私たちの生き方とか関係なしなのよ」

「でも、歴史的には一度獣人族たちを助けているわけですし、手を差し伸べたってことでしょう？

私は、そうだとも限らないと思うんですけど……」

つい口を挟んでしまったら、二人がサラへ視線を戻してあんぐりと口を開けた。

「サラ、言葉が通じるから心が通うとか信じきるのは危険よ。そういう信じる性質って、聖女特有なのかしらね？　あなた、気をつけないと大変な詐欺に引っかかったりするわよ」

前列のベンチに腰かけてサラの方を見ているアルドバドスが、二回うなずいていた。

二対一というのは分が悪い。なんだか居心地が悪かった。

「い、今はそういう話ではないんです」

サラは無理やり話を戻すことにして、勢いのまま語った。

バルベラッド神獣王国の大公が、獣人皇国の皇帝の花嫁に『自分を選ばないか』と誘っている。

それがカイルたちの前で公になってしまってから、カイルはちょっとした休憩もサラにぴったりついて離れなかった。

軍部の会議で彼の膝の上で一緒に聞かされることになってしまった時は、羞恥と、やむこしがない視線への強烈な緊張感で失神してしまえそうだった。

そう話した時には、アドリエンナもよほど警戒しているのかとようやく実感したらしい。

「室内でも護衛ね……それで言いたいことが色々とたまってたのね。その大公様、現れてないんでしょ？　今日だって軍服の護衛たちはいないみたいだし、ようやく一息つけた感じ？」

「国境部隊に、この時間周辺を厳戒態勢で見させるそうです」

言葉が尻すぼみになっていく。

堂々とした花嫁狙いの発言。目撃した場合には、それを理由に述べてサラに近づけさせない方法を取るようにとカイルは指示していた。

それについての心配を思い出して、サラは胃がきりきりする。

そんなことを思っている間にも、アドリエンナが髪を指にくるくると巻きながら唇を尖らせる。

「旦那様との空気も悩んでるみたいだけど、そもそも頼りになるのにペガサスのことを言わなかったなんて」

「戦争でも始まってしまったら、大変です」

「……軽率な発言だったわね、ごめんなさい」

アドリエンナが、バツが悪そうにスカートの皺を意味もなく伸ばした。

「今は考えることがたくさんある立場だものね。お姫様なんてうらやましいとか思ったけど、ジョンたちから話を聞いてると、国のために忙しくしているのもわかったし」

姉が謝るなんて見慣れなすぎて戸惑う。

けれど、以前と違って、きちんと自分と向き合って礼節を持って接してくれているのはわかった。

「いえ、私の方こそ急に大きな声なんて上げて……空気を悪くしてしまって、ごめんなさい」

サラは姉へ、親愛な気持ちを抱きながらそう詫びた。

言えない事情だってあったとはいえ、言えなかったことをツェフェルに不意打ちでバラされて気にしたのは確かだ。

「……カイルが、私を怒ってくれなかったことが余計に胸が痛くて」

思い返したらサラはどんどんうつむいてしまった。

「問題はサラじゃなくて、その大公様でしょ。話からしても、喧嘩を売っているように聞こえたわ」

アドリエンナが背もたれに寄りかかって、励ますように言った。

「神様だからなんでも許されると好き勝手やっている感じが、私は嫌いだわ。それに大袈裟すぎるくらいの警戒も護衛も納得だし」

「どうしてですか？」

「国境の番をしている部隊の人に聞いたんだけど、サラが聖女の力で国の大事な水？　を戻したんでしょ？　あ、もちろんこのことは誰にも言わないわよ。サラの身の危険が増すかもしれないし」

いちおう彼女なりに考えてくれていることに、自然と笑みがこぼれる。

それは初めて語った時にジョンが口にしたことと同じ内容だった。

「ありがとう、アドリエンナお姉様」

「あ、あたり前でしょ。妹なんだもの。憑き物が落ちたみたいになった時は、私たちの方がおかしかったことに気づかなかったことも悔しかったわ」

アドリエンナも隣合って座っているのが今さら照れくさくなったのか、はにかんでいた。

姉妹が顔を突き合わせて照れ合っている光景から、アルドバドスが気をきかせたみたいに視線を教会の壁画へと移す。

「お姉様が口にした『大事な水』は、獣人族の暮らしになくてはならない大事なもので、各地に水源地がたくさんあるんです。国土は広くて、すべてを昔あった美しい光景に戻すには、数年はかかる試算です」

「国土全部で数年、すごいわね……」

「ふふ、ですよね」

共感を得られた感覚は久しくて、サラの頬が緩んだ。エルバラン王国だったら一ヵ所の自然災害地の整備だけで数年はかかる。

「その水の減少を一つずつなおしているのが私なんです」

サラは、事の経緯を姉に説明した。獣人皇国では不思議な力を持った人間族、聖女が危機を救うという言い伝えがある。

ツェフェルは、ペガサスが異種婚をしないと伝えたうえで『聖女であれば』という言い方をして、サラにカイルから自分に乗り換えないかと提案してきた。

「ふうん、つまり一目惚れ説とは考えていないのね」

「ふふ、私には恐れ多いです」

話を聞いていたアドリエンナが、なぜかあきれを表情に浮かべた。

「私にも知らないなんらかの聖女の秘密があって、それが彼らの興味を引いているのかとも考えてみたのですが、何もわからない状態ですので……」

「まぁ、なんにせよ、聖女というものをわからないと考えるのも難しいわけよね。気になったら調べた方がいいわよ。知らないままの方が気分が悪いじゃない」

アドリエンナらしいこざっぱりとした物言いが、ツェフェルの件でずっと悶々《もんもん》としていた今のサラには清々しかった。

「うげっ、マジでペガサスの絵が描かれてる」

お礼を言いかけたその時、アルドバドスの声が二人の注意を引いた。

声につられて目を向けると、彼が天井を見上げて口元をひくつかせている。

「あなたたちにとってペガサスっていったいどういう存在なわけ？　……まぁ実物を見て私も、偉そうな感じが印象悪かったし、サラから話を聞いてもっと嫌になったけど」

彼女が天井の壁画を睨みつける。

「お姉様？」

「あっ、なんでもないわ。そうそう、聖女のことよね」

教会に通っていた際、姉は何度かペガサスについては聖なる生き物、または神の使いであるというふうな話を聞いたそうだ。

とはいえ、聖女との関連性についてはサラと同じくピンとこなかったという。

「ほら、そもそも聖女って言葉は外国産の絵本でたまに見かける程度でしょ？　だから社交界の伝手《つて》で私なりに調べてみたわ」

長女マーガリーの夫であるバフウット卿《きょう》が博識なのだが、力を借りられない。だからアドリエンナはフラネシアに助けてもらい、交友関係を持っている留学中の四ヵ国の貴族の知り合いに連絡を取って会ったそうだ。

そうしたところ、外国では本ではよく見る単語だと聞いた。

「物語にもよく出てくる単語なんですって。それも変な話よね」

「近隣国なのに私たちは知らない、ですよね……」

とすると、隠されている説も濃厚になるのではないか。

「かえって私たちの国でされている魔女の話は、他にはない特徴だといってオカルト好きの令息が留学するのは結構あるらしいわよ。でも聖女が聖獣たちと交流できるという話はあるけど、特定の、たとえばペガサスとかそういう決まりはないとか」

物語なのでそこは自由な発想だと、知人らは口を揃えたとか。

ああ、そうだったとサラは思い至ってしゅんとする。

「聖女というのは創作話なんですよね……」

「何残念がってるの？　話を聞いた近隣ですべての本に題材として使われているのよ？　物語は、事実から出た言葉が題材になっているの。調べてみたら聖書にも女性の聖人を『聖女』呼びすることがわかったわ。でも聖書の聖女と、物語の聖女はまったく別なの。きっと史実だってあるのではないかしら」

聖書に書かれているのは、天界から来た女性の天使。

物語の聖女は、神の声が聞こえる魂が清らかな人間の女性で、不思議な力を与えられているのだそうだ。

「不思議な力というのは共通点じゃない。きっとモデルがいるはずよ」

「お姉様、すごいですね……」

「勉強は嫌いだけど、動いて調べるのは好きなの。とにかく、人間の女性で、不思議な力を持っているという共通点がいろんな国の本にあるなんて、英雄伝説と同じく現実に起こっていないと類似点なんて出てこないと思うの」

すると、感心して眺めていたアルドバドスが「はあ」と呆《ほう》けた声をもらした。

「なんつうか、意外な才能だな。度胸もあるし嫁候補に一目置かれそうだが、性格が残念でモテねぇんだな、かわいそうに……」

「なんですって⁉　一言多くないかしら⁉」

アドリエンナが立ち上がり、ぎゃあぎゃあ騒ぐ。

（今のはアルドバドスさんが悪いわ……）

サラは、耳を塞いでうるさそうにしているアルドバドスをフォローできず困った。

「えぇと、ということは外国には聖女の伝承などがある可能性が高いんですよね。意図して私たちの義務教育から省かれていたとしたら、それ以前の不思議な力を持った女性の話は、研究者やオカルト好きによって外国に持ち出された可能性だって出てくるんですよね？」

「私もその可能性は考えたわ。外国に聖女伝説がありそうよね。ただ、問題なのは国内も外国も調べる伝手がないということね」

アドリエンナが足をベンチに上げて膝を軽く曲げ、ため息をつく。

「義兄になったバフウット卿なら調査依頼を投げてもあやしまれないけど、私たちには無理だし」

「足を上げるなよ……マナー違反だろ」

「外じゃやらないわよ。モテなくなるじゃない」

アルドバドスが神妙な顔で視線を上げる。

「確かにこの国と近隣を全部調べてみないとわからない……となると大問題スよねぇ」

いつの間にか、アルドバドスの仲間たちが何個か後ろの礼拝用ベンチに腰かけ、関心を持って話し合いを聞いていた。

「国の端まで調べるとなると、どちらにせよここから真逆まで行かないといけないっスもんね」

「そうなると時間が……圧倒的に足りないですね」

サラが悩み込むと、アドリエンナもため息交じりで同意する。

「頼れる人もいないしね。聖女の言葉を知らない国内の人に聞いても、ちんぷんかんぷんでしょうし」

「面白い話をしていますね」

落ちてきた美声にアドリエンナが「ひっ」と声を飲み込む。

サラはベンチをがたりと鳴らして立ち上がった。

「この国内か、もしくは近隣の国のどこかに聖女が何者なのか、詳細が記されている場所があるのですか？」

左右に並んだ礼拝用のベンチ、その中央に敷かれた通路に白い翼で舞い降りたのは、ツェフェルだ。

「きょ、教会の中なのに入って……！」

「その驚きは素直にショックですね。我々は神聖なものであって、邪悪ではありませんよ？」

アルドバドスがベンチの背を掴んで飛び越え、サラとアドリエンナの前に出る。

「失《う》せろ」

「おや、強気に出ますね」

「皇帝陛下から許しが出ている。公で花嫁略奪の意を示すから、そうなる」

アルドバドスの仲間たちも慎重に立ち上がり、声も出せずベンチでのけぞっているアドリエンナを立たせ、自分たちの後ろにかばう。

「自業自得だと言いたいのですね。それについては認めます」

サラは、あっさり認めたツェフェルに違和感を覚えた。

「ですが、私も単純に聖女が何者か、どんな存在なのか気になっていたところなのですよ。よろしければ、私も話に加えてもらえませんか？」

「えっ、ペガサスは聖女を知らないんですか？」

「現存している私の世代は何も知らないですね。知っているのは、代々王を支えている一族と、最も長く生きている国王のバージデリンドでしょうね」

「国王様だけ……」

サラは衝撃を受けていた。

てっきり、聖女だからペガサスが迎えに来たのではないのかと思い込んでいた。

（私たちが知らない聖女の情報部分に彼らが関わっているものかとばかり――）

訳がわからない。

秘密を持っていると疑っていたツェフェルは、そもそも聖女の存在がなんであるのか知らなかった。

（聖女のことを知らないのに、聖女の私に彼は求婚を？）

先日の彼の発言にも疑問が浮かんだ。

興味があるとか、まるで見初めたみたいに彼は言っていたがサラは信じていない。だってカイルと違い、どこか白々しいというか――。

その内容を思い返し、ふと、何か見えかけた時だった。

「君たちの話はなかなか興味深かったですよ」

「おいおい、どこから聞いてたんだよ……」

ツェフェルに半眼を向けたアルドバドスの声に、サラも「えっ」と声が出た。

「入り口も、窓だってすべて閉まっていました」

「ペガサスは、獣人族が知り得ない魔法だって使えるのですよ。たとえば、私がここに入ったことさえ、警戒して目を光らせている国境部隊は気づいていません。ですから私に協力を要請したとしても、皇帝陛下には知られませんよ？」

サラはどきりとした。

（カイル……）

秘密を持ちかけてくる姿に、嫌な気持ちを抱いた。

「それに私も、皇妃の願いのために動いたとすれば、ペガサスたちに魔法を感知されたとしてもとがめられませんし」

直後、続いたツェフェルの言い方に違和感が込み上げた。

不審に思って見上げたら、ツェフェルが甘いと錯覚するような優美な仕草で目を細める。

「ねぇ皇妃、私は聖女がどんな存在なのか興味があります。君たちも、魔女やらという話でこの国から締め出されてしまっている、外国で力を持った特別な女性の話がどういうふうに残されているのか調べたい、あるとしたのなら知りたい――ここは互いの利害一致で、私に調べを手伝ってくれとおっしゃってくれませんか？」

この状況を、逆手に取られることにはならないのだろうか。

サラは疑い深くツェフェルを見据える。

「……見返りを求めたりしませんか」

「おや、警戒心もきちんとおありのようだ」

ツェフェルが面白がるみたいに、その神秘の輝きを宿した紺色の目を、美しい動きで細めた。

「あたり前です。私は聖女の前に、アルドバドスたち、そして国境部隊の者たちの〝皇妃〟です。彼らを守れない事態になるのなら、安易に応えられません」

彼が現れたせいで、カイルとぎこちなくなってしまっていることを思うと、突っぱねるように毅然とした態度が出た。

「ああ、先日のことを怒っておいでで？　別に、皇帝陛下との不仲を誘ったわけではないのですが、喧嘩でもされましたか」

「け、んかはしていません……」

思わず声が小さくなった。

つい視線が落ち、サラはそんな姿を彼の前で見せていることを悔しく思いながらスカートを握る。

ここでツェフェルに、甘い言葉でつけ入れられたりしたらきっと最悪だ。

（カイル以外の人に、そんなことされたくない）

カイルとは、喧嘩にはなっていない。

いないのだけれど、それが余計にサラの心を揺らしている。

その時、サラは肩を抱かれた。ハッと見てみると、眉をキュッと寄せたアドリエンナがツェフェルから離すように自分へ引き寄せていた。

「神獣様、発言をお許しいただけます？」

「どうぞ？」

「私の妹をいじめないでください」

ツェフェルが目を丸くする。

「求婚するのなら、異種族だと理解し合うための気遣いは必要なのではないですか？　獣人皇国の皇帝陛下みたいに」

サラも、カイルを出して嫌味っぽく言った姉に驚いた。

神獣というのは扱いが難しい種族だ。アルドバドスの仲間たちが止めに入ろうとしたその時、ツェフェルが不意に声を上げて笑い、緊迫した空気がはじけた。

「まさに正論だ。その気高さに幸あるよう、祈っておきましょう」

（正論？）

サラは、目を瞬《またた》かせる。

まるで彼は、そうだとわかっていてしていると発言したように聞こえた、ような――。

（いえ、それだと彼が求婚している状態と辻褄が合わないわ）

「我々ペガサスは魔力によってとても速く飛べます。魔法で飛行姿を人間族に見られることもないですから、偵察にはもってこいですよ。お詫びに国内と周辺国に聖女の情報がないか探してみましょう。部下も動かしますから、数日はかからないかと」

「それは、……助かります。ですが今回の協力の件は、しっかり皇帝陛下にお話を通しておきます」

「ふふ、それでかまいませんよ」

ツェフェルは、読めない魅惑的な笑みを浮かべただけだった。

「我らペガサスは悪事を働いた者が触れると狂暴化します。穢れた場にも入ることができませんので、調べられる範囲は限られます。そちらはご了承いただければと思います。何か気になる場所が発見できた時には、吉報をお持ちしましょう」

つかみどころがない笑顔で彼は舞い上がると、その姿は揺らぎ、完全な白馬となった。

そうして彼はサラたちが見上げていく中、光の筋となってあっという間に天井へ吸い込まれるようにして消えた。

「ち、魔法ってのは面倒だな。申し出た大公の目的は掴めないが……確かに、姿も見えなくできて、そのうえ飛行が俺たち獣人族とは格段に違うことを思うと、頼れる存在ではある」

「そう、ですね……」

他に外国を調べる術などサラたちにはないので、ひとまず任せるしかない。

あとは、知らせを待つばかりだ。

「何か見つかるかはわからないけど、数日は来ないし、サラも安泰じゃない？」

「お姉様ったら」

「何かわかるといいわね」

アドリエンナの普段通りの勝気な笑みに、確かにと思う。

話し合いは思わぬ収穫にもなったし、動きも出た。だが予想もしていなかった結末に、サラたちは複雑な心境になった。

◇◇◇

サラが神父にお茶を出され、休憩もそこそこにアルドバドスたちに連れられて共有領地を出た時、カイルは歩きながら数人の軍人と貴族の報告を受けていた。

手に持った書類に目を通している彼を、ブティカがずっと何か言いたげに見ている。

「皇帝陛下、少しお休みになられては」

間もなく数人がそばを離れた時、ブティカはさっとカイルの隣へ寄った。

「大公の動きについても俺がじきじきに話を聞く。そんな暇はない」

「しかし、これでは伴侶を見つける前のあなた様のようです」

カイルは一瞬、言葉に詰まった。

自覚していたからこそ、ブティカの言葉が胸に刺さる。

獣人族は、何より伴侶を大切にしたい種族なのだと、カイルもサラを愛してから知った。

許される限りそばにいたい、この腕に閉じ込めて何者からも守りたい――。

「体調面には気をつける」

話をはぐらかすようにカイルはブティカから視線をそらした。

「陛下……」

追いかけてくる視線に胸がざわついて、申し訳なさと情けなさに、ブティカから逃げるようにカイルは歩みを速めた。

ツェフェルが、もし本当にサラを見初めてしまっていたら。

そんな議題と共に、嫌な憶測ばかりが頭の中を飛び交う。

考えたくもない先の先のことだ。しかし元王弟として、そして今は皇帝として政治を行っているため、カイルの頭の中で考えがやむことはない。

ツェフェルは国王の遠い血筋にあたる。

もし、神獣国の王から、大公の花嫁として差し出せと外交交渉がきたら？

『ごめんな、カイル。国のことを頼む』

兄は、カイルが手を握っている時、そう最期の言葉を微笑みと共に残して息を引き取った。

――皇帝として、国を守らなければ。

最後の家族である兄の死が、カイルの中に確固たる信念を刻んだ。

それを、自分とサラとの間に天秤にかけることはできるのか。

冷酷だと言われようが揺るぎない姿勢で政治を行えたのは、兄の出来事があったからだ。死に際であったのに聡明に託してきた彼の思いに、弟として応えたい。

その気持ちが初めて、カイルに多大なる負荷をかけていた。

サラと会えるたび、カイルは、自分の手で最大の幸せを与えたいと獣人族の本能を覚えた。

彼女を心から愛している。もう、彼女なしではいられない。

母が父のあとを追うように衰弱して亡くなった時の気持ちを、兄が、運命のつがいだったのだと会うことも叶わなかった女性の死を知って、同じく弱り果て、大切な国と弟を残してこの世を去った気持ちが、今となってはカイルも理解できていた。

サラの姿を見るたび、彼は同時に『失ってしまったら』と考え、胸が激しくさいなまれた。

そんなの無理だ、嫌だ、最愛の人を奪わないでくれ。

王ではなく一人の男《オス》として主張してしまいたかった。この身が皇帝でなかったとしたら、妻を奪おうとする他国の大公であろうと牙をむいたはず。

国を思えば、そうしてはいけない。

けれど、伴侶を失うことになってしまったら？

（――俺は、耐えられない）

ツェフェルの目的は定かではないとブティカは進言した。

当のバルベラッド神獣王国は黙ったままだ。

彼があれだけ派手に動いているのなら、何かしらペガサスの使者が王の言葉を持ってくるかと思ったが、それもない。

ツェフェルは今回『神獣国において』という、王の代弁者としてのいつもの言葉は口にしていない。

けれど目的なんて、関係ない。

彼が、カイルの目の前で、嫁ぎ先を変更して自分の妻にならないかとサラに提案したのだと、そう告げてきたのが問題なのだ。

ツェフェルは、サラを狙っている。

突きつけられたその一点が、カイルを苦しめている。

ツェフェルには神獣国という最大権力がある。だからカイルの前で、積極的にアピールしようと堂々と告げることができた。

皇国が始まって以来の異例な、神獣国の関与。

相手はたった一人の男だという態度を装っているが――カイルは不安でたまらない。

（だがこんな情けない姿、サラには見せられない）

愛しているのだと、だから不安でたまらないのだと泣きついてしまいたい。

それと同時に、愛しい人の心の安泰を自分が奪ってしまってはいけないという気持ちに駆られ、だからカイルはサラと距離を置いた。

ツェフェルの目撃情報は、毎日いくつか入っていた。

飛んでいる姿を見たという目撃情報からすると、彼は宣言した通り皇国内を視察しているようだ。

しかし、どれも彼が何を考えているのか掴めない情報ばかりだった。

翼の生えた白馬が悠々国内を飛んでいるのに、動向さえ掴めない目撃情報の少なさというのも、異常だった。

宣言したのに音沙汰がないからこそ、カイルは不安が増していた。

(どう、サラにアピールしてくるつもりなのか)

ツェフェルが彼女を悩ませたことを、カイルは許していない。

それを彼女が侍女たちに相談して黙っているよう指示したのは、カイルと皇国のことを考えたのはわかっている。

どれだけ愛しているのか知っているからこそ、彼女はカイルに黙っていた。

言えば、彼が自分を優先し、もしかしたら初めて政治判断を誤るかもしれない、と――。

それがカイルは無性にうれしかった。

サラが一人で悩んでいたことを思えば喜んでしまってはいけないと思うのに、自分を、彼女が正しく理解してくれたことがうれしい。

日々伝えている『愛』が、伴侶に受け入れられていることに獣人族の本能として、恍惚《こうこつ》とした喜びを覚える。

(大公が皇国を見て回っているのは、サラへのアプローチのためか)

そう考えると納得の滞在理由ではあった。

バルベラッド神獣王国は、神獣国以外にはまったく興味がない。

どんな場所があるだとか、どんな暮らしがあるだとか、どんな花が咲いているか——なんて彼らは眼中にもなかった。

(皇国をサラが愛しているとわかったから、何か、彼女の気を引く場所か、花でも探して……？)

カイルが真っ先に頭に思い浮かべた可能性はそれだった。

彼も、同じ気持ちで先日、サラを連れていったことがあるから。

(花を、持ってきたらどうすればいいのか)

カイルは歩きながら考える。

相手はバルベラッド神獣王国の大公。もし目の前でサラにと花束を出されたら、払い捨てたい気持ちがあるのだが、そんな態度を取って許される相手ではない。

アプローチされている本人であれば、ほぼ同等に意見できる。

サラは、優しいからきっとそんな突っぱねることはできないだろう。

(彼女が困りながらも、愛した皇国の花だからと受け取る姿を……俺は、見守ることができるのか？)

考えれば考えるほど、自分に余裕がないのがわかって、カイルは悔しくなる。

こんな自分をサラに知られてはいけない。

皇帝として、年上の一人の男として、彼女を幻滅させるような情けない姿なんて、見せられないとカイルは思った。

◇◇◇

（なんだか妙なことになったものね……）

アルドバドスたちと王城に戻ったサラは、出迎えた護衛部隊へと預けられた。

（大公様が聖女を求める目的を探ろうと思ったら、本人が出てきて『自分も知りたいから協力する』と言うなんて……）

とにかく、カイルに伝えなければならない。

今日も彼は就寝時間が遅い予定だ。

サラは少しでも早く伝えるべく、カイルの時間が空くのを待つために休憩もそこそこに王城へと戻ってきたのだ。

（今度こそ、きちんと伝える）

何もせず近くの控室で待つだけなのは心苦しいが、忙しいカイルとすれ違ってはいけない。

一つの移動が起こるたび、護衛部隊を連れ回すことになるのも申し訳なかった。

控室でじっと待っていると、謁見の予定を終えてカイルがやって来た。

「どうした？」

「できるだけ早く共有したくて」

サラは彼をひとまずソファに座らせ、紅茶が入るのを待ってから、姉に人間族の国で聖女について語られていることがないか相談を送った件を伝えた。

聖女と彼らの関わりがあったのか調べられれば、彼の目的が別のところにあるのかどうかの目途も立つ。

「姉が聖女のヒントがどこかにあるはずだと、そこで……想定外なことに大公様が調べると提案してくださったんです」

「――え」

カイルが目を見開いて固まった。

彼にとっても予想していなかったことだろう。

「私も、まさか話し合いを聞かれるとは思ってもいなかったんです。ごめんなさい。ペガサスは姿を隠せる魔法を持っていたみたいで、屋根もすり抜けられて、しばらく上空かどこかで話を聞かれていたようで」

「物質をすり抜ける魔法……」

「そうしたら彼も、聖女のことはよく知らないからと」

必死に話していたサラは、ふとカイルが黙り込んだのに気づく。

彼は、どこか思いつめた顔で考えていた。そんなふうに深刻に考える様子を見るのは初めてで、サラは心配になった。

「カイル？」

「いや、なんでもないんだ」

頭を振った彼が、はぐらかすみたいに話を続ける。

「神獣がまさかそんな魔法まで持っていたとはな。彼らの生態は不明な部分が多い、言い伝えられている通り確かに彼らは我々とは違う生き物なのだなと実感した。このことは臣下にも共有しておく。

貴重な情報をありがとう」

珍しいくらい言葉多く続けられてそれらしい回答がきたが、サラははぐらかされたのを感じた。視線が合わないままの早口だ。彼の横顔を見ていると、尋ねていいか言いためらう。

「……いえ、お役に立てたのならよかったです」

「君の姉は大丈夫だったのか。共有領地の他の人間族は？」

ようやく彼の視線が戻ってきて、サラはほっとする。

「神父様には姉と二人にしてもらえていましたので、人間族で大公様と対面したのは私と姉だけです」

教会での出来事を思い返していたサラは、つい笑みがこぼれる。

「実は、大公様に言葉が出なくなってしまった時、姉が助けてくれたんです」

「大公から？」

「はい。私をかばって『妹をいじめないでください』、と大公様に面と向かって告げていました」

「強いな」

ふっとカイルの口元にようやく笑みらしきものが浮かぶ。

「やはり姉妹は……血のつながった家族、か」

「え？」

「気になったのなら調べた方がいい、知らないままの方が気分が悪いというのは、彼女が、サラ自身を思って感じた言葉だったのだろう。初対面でも〝ペガサス〟を恐れたのに、自分には関係ないと無視することができず、と大急ぎで調べてくれた――それは、サラのためだ」

サラは、じわりと胸が温かくなった。

姉との間に〝姉妹〟という絆が、徐々に結ばれていっているのではないかと感じる。

「よかったな、サラ」

思ったよりも近くから声がして、はっと顔を上げた時、サラは彼の腕の中に抱きすくめられていた。

「人間族も、少し、希望が残されているのだと感じた」

わざわざ腰を上げ、歩み寄ってきて抱きしめたカイルの腕に『よかったな』という言葉を見て、サラは感動で涙が滲《にじ》みかけた。

実の親だから、理解し合えるというわけではない。

長女だから、愛してくれるわけでもない。

けれど、和解して解けていくわだかまりといった人の心は、確かに存在しているのだと——そこはサラにとっても救いだった。

「はい……私も、うれしいです」

サラは答えながら、カイルを抱きしめ返した。

姉に、妹を心配する気持ちで一生懸命調べてもらったことが、うれしい。

「今日話してくれた調査のこと、家に残る役を受けてくれた姉も含めてお礼を書きます」

「ああ、俺の方からもジョンに手紙を預けておこう」

優しく告げた彼の唇が、お疲れさまというようにサラの額に落ちた。

そんなことがあって、彼の異変への話はし損ねた。

それを思い出したのは、手紙を書き終わったあと、移動中向かいの回廊越しに彼と目が合った時に微笑み返された際だ。

（あ、また……）

どこか、申し分程度の笑顔だった。

それを見てサラは、心配する気持ちで胸がもやもやとした。

話をした翌日から、カイルとはなかなか休憩時間が一緒に取れなくなった。

準備が進行中の挙式の段取り確認に時間も割いているので、忙しいのだと皇帝付き侍女たちは言った。

当日は、正午からの挙式が終了したのち、王城の広間と宿泊用の部屋を会場として開放し、深夜まで大宴会となる。

その間、皇帝夫婦は住居区で過ごすのだ。

挙式は予定よりも遅れていた。

それはツェフェルの求婚宣言のせいだとは、サラも風の便りで聞いた。

皇妃は大丈夫なのかと国民たちからは不安がる声がいくつも届き、カイルはそれを収める意味も兼ねて現在皇国が取れる対応としてツェフェルの目撃情報の協力を要請――ブティカも疲労困憊《こんぱい》気味だったと補佐官たちが教えてくれた。

（周りの人たちにそうたくさん言われたら、カイルの方だって不安になるでしょうね……）

別邸でゆっくりとした日、彼が甘えてきた理由の最後のピースが、ようやくカチリとはまったような気がした。

でも挙式のことは、二人でできるのではないかとサラは思う。

妃教育もあるので負担をかけたくないだとか、任せてくれだとか、今晩も先に寝ていていいからと手紙で伝えられる方が、胸が痛い。

（また大公様に関わってしまったこと……彼の気に障ってしまったのかしら……）

話してから三日目、今日は一緒の公務さえなくて顔を見ていなかった。

サラは、ドロレオ舎を出て間もなく、騎士の一人が持ってきた手紙を読んだあと、それを切なく胸に抱いてそう思う。

やはり提案もまた、ツェフェルの作戦だったのだろうか。

出会った当初から彼は、何かとカイルを煽るのが上手だった。

聖女のことを知らないのだというのは、ツェフェルの交渉手段の一つで、サラはまんまとハメられてしまったのだろうか。

信じやすいところが心配になるとは、アルドバドスだけでなく、アドリエンナにも言われた。

サラはカイルのことも、大公のこともわからなくなった。

待つ時間が延びることに、不安で思考がぐちゃぐちゃになったが、その翌日に動きがあった。

ツェフェルが、今回は王城の門扉から登場したのだ。

その知らせを受けて、サラも謁見の間へと向かった。謁見を急きょ中断し、サラが隣の玉座に座るなり、カイルはツェフェルを入場させよと指示した。

謁見待ちの貴族たちも、大変気になった様子で注目している。

ツェフェルは優美な笑みを浮かべて入場してきた。謁見の番がくると、恭しく片膝をついて挨拶する。

「皇妃より、お力を貸して欲しいとお言葉をいただき、人間族に語られている〝聖女〟について情報がある場所はないか、調べてまいりました」

いったいどういうことだと、事情を知らない貴族たちがひそひそと話す。

ツェフェルは神獣だから聖女を迎えに来たのではないか、と思っていた者たちも多くいた。

そのペガサスがどうして聖女について調べたのかと、サラは彼らが自分と同じ疑問を抱いたのもわかった。

ツェフェルは、自身の持つ部隊の部下にも調べさせたそうだ。

「隊員が、国内でとある〝塔〟を発見しましてね」

「国内？」

サラは驚いた。

「はい。国境に近い土地にある小さな古い町です。かすかに癒やしの魔力の痕跡を部下が発見いたしました」

ツェフェルが言うには、何か魔法がかけられたものが聖遺物として隠れているのだろうと推測を語った。祀《まつ》る際に、人間族はよく隠す、と。

その塔は町の中心部にあり、鍵を魔法で無効化するのはたやすそうではあるという。

ただ、ペガサスたちは〝死〟の気配といった穢れを感じて近づくことはできなかったとか。

「地上の歴史的建物には多い話です。昔は、何か大きな建物の一つだったのでしょう」

顔色を青くしたサラに気づいたのか、ツェフェルはなんでもないふうに付け足した。

エルバラン王国内で、魔女の話が出る以前の〝聖女〟とおぼしき癒やしの魔力を持った女性の情報が、その塔に隠されている可能性が高い。

「我々ペガサスの癒やしの力は、人々を眠らせる魔法も持っています。そこで明日の夜、人間族が眠りに落ちても不自然ではない時間帯に、皇妃に直接塔の中へ入ってもらい〝中身〟を確かめていただくのはいかがでしょうか？」

「明日？」

「はい、明日です」

訝《いぶか》ったカイルに対し、ツェフェルはにこにことして言う。

「皇妃が自身の存在について気にしておられましたので、待たせるのもかわいそうかと」

「……彼女を連れ出すと？」

「彼女だけではなく、彼女が同行を望む者、そして同行したいと希望する者たちすべてを私の部隊が運びましょう。我々の翼であれば、目的地まではほんのわずかで到達できます」

数秒を置いて、謁見の間にカイルの声が重々しく響く。

「どうしてそこまで力を貸す？」

「ふふ、ただ知りたいだけですよ。皇妃にも申し上げました通り、私の世代の者たちは、聖女のことはあまり知らないのです」

「そちらの王だけでなく、ペガサス種自体が〝聖女〟にかなり興味があると受け取っていたが、違うのか」

「王が興味を示すのなら、国民の意見も同じでしょうね」

「貴殿は違うと？　貴殿自身も、我が妻に特別な興味をお持ちのようだが」

皆が、気にしたように双方を見比べる。

じっと見つめ合ったツェフェルが、威嚇するように見下ろすカイルに、唐突に明るい笑みを返した。

「ええ、私自身が皇妃に興味があるのです」

場がざわついた。

サラも、謁見の間でのあっけらかんとした爆弾発言に、目をむく。

「つまり貴殿は聖女など関係なく、我が妻自身に魅力を感じている、と」

「はい。まさにそうです」

カイルの眼差しが冷え込む。

表情は〝王〟として冷静そのものだが、見下ろすさまは圧があった。

なぜ、カイルのその質問にそう答えるのか。

にっこりと笑いながら答えたツェフェルに、見ているサラの胃がきりきりした。

たぶん、誰が見ても思うだろう。喧嘩を売っている、と。

ツェフェルは他国の王城のド真ん中にいるというのに、貴族たちだけでなく軍人から向けられる敵意と警戒交じりの視線さえ気にしない。

「私は一目見た時から皇妃に魅力を感じています。私たちと同じ癒やしの力を持つ者も大変貴重ですので、他種族嫌いの我らも、彼女を迎え入れるのはとても歓迎しているところです」

もうそれ以上、余計なことは言わないで欲しいとサラは思った。

彼の言い方だと、サラとの婚姻は神獣国の総意だとも取れる。

「それで皇妃、明日の夜はいかがですか？　我々世代のペガサスも、聖女がどういう存在なのか興味があります」

「わかった。貴殿の申し出を受け入れる」

ビクッとしたサラをかばうように、カイルが腕でツェフェルの視線を遮り、そう答えた。

「それでは鍵の件を含め、塔に入る手はずについて部下たちと共に再度確認してきます。夕暮れ前、また一度伺いますので、その際に人数をお伝えください。では、時間がもったいないので、今すぐ飛び立つことをお許しいただきたい」

ツェフェルは口を挟む隙がないほどサクサクと告げると、背中から大きな白い翼を広げ、あっという間に白馬の姿へと変わり舞い上がった。

謁見の間に眩い存在感を放って現れたペガサスは、宙を駆けるように身を翻すと、その入り口から外へと飛び立っていった。

清々しい退場にサラは呆気にとられた。

（てっきり居座ると思っていたのに……）

アピールしたいのか、なんなのか、よくわからない人だ。

カイルの方で人数を確認することになった。必要な者たちが早急に呼び出されてここで話し合われることになり、本日の謁見は完全中止となる。

サラも、謁見がなくなった者たちと同じく退場した。

その際カイルは皇帝として臣下たちの方を見ていてサラに目もくれなかった。謁見の間を退出したあとも、サラは彼と目が合わなかったことを気にしていた。

（大丈夫かしら）

硬い雰囲気が彼の感情を読めなくしていて、サラは彼の心が心配だった。

それから少し経った頃、明日の夜、ペガサスで出立することが王城に報じられた。

いったいどういうことだと城内では疑問の声が飛び交い、夕刻に近づくと、ペガサスの来訪を見ようと貴族たちも慌ただしく王城に向かう姿が見受けられた。

サラは、住居区から出ないようにと指示を受けて護衛たちと共にいた。

書類処理をこなしたあとは、ジョンと姉へ報告の手紙を書く。

ペガサスが来たぞという城の慌ただしい空気は感じていたから、今どうなっているのかと、詳細の知らせがくるまでそわそわした。

「俺らも同行する。夜に間に合わせてここに来る予定だ」

決定した同行者などの詳細報告を持ってきたのは、アルドバドスだ。

彼も呼び出され大会議に出席したそうだ。その後も、色々とあって王城にいたらしい。

「かなりくたくたのようですね……お疲れさまです」

「まぁ、皇妃の専属護衛だから仕方ねぇさ。ルベアーサ将軍に、ドルーパ将軍と一緒につかまって軍人が集まる場にも放り込まれたのが、一番きつかった」

ガート・ルベアーサ、ガート将軍だ。

恐らく彼は、明日同行する軍人への指導か、誰を配置するかといった護衛班を厳選する命をカイルから受けたのだろう。

それを気にしつつも、サラは早々に気になっていたことを尋ねる。

「アルドバドスさんが来てくださってよかったです」

「あ？　なんだよ、何か聞きたいことでもあるのか？」

「はい。大公様がいらしたのは見ましたか？　カイルが、どんな様子だったか知っているのなら教えて欲しいなと思って……」

彼が同情するような目をした。

「昼間のことは聞いてる。大公も、なんだってトドメを刺すような精神的な打撃をしたのか」

「えっ？　カイルは大丈夫なんですか？」

思わず詰め寄ると、アルドバドスや周りの護衛騎士たちの目が鋭くなって、慌てて両手を上げて後退する。

「俺の言い方が悪かったっ、皇帝陛下はしっかり公務をこなされていた。俺がちょうど居合わせた時に大公は来ていて、――やり取りも、驚くほど簡潔で、静かなものだったよ」

周りが心配になるような様子にはならなかったそうだ。

また明日と告げて、アルドバドスは早々に退出していった。

サラは彼の背にくしゃりと目を細めてしまった。

(感情を押し殺すほどに、カイルは)

やはり、ツェフェルの言葉がカイルを傷つけたのだ。

アルドバドスの言葉は、彼女にわかるようにカイルの状態を教えてくれた。

カイルの心を思うとつらかった。泣きそうになって、扉が護衛騎士によって閉められたのを見た時、それはツェフェルに対する怒りに変わった。

見初めたと強調するようなことや、どうして神獣国まで出してカイルを追い込むのか。

カイルはこの国の皇帝だ。考えることだって一番多い。

(私も、あまりカイルと過ごせていないのに――)

サラは大公に対してむかむかした直後、もう一つの本音が心から吐き出されて、胸が締めつけられた。

喜び溢れる挙式を控えているはずなのに、ツェフェルのせいで、ここ最近は苦しさが続いている。

サラは、昼に会って以来、カイルと話もしていないことに悲しくなる。

「皇妃様」

閉められた扉を向いたまま動かないサラを、使用人通路からやって来た侍女たちが心配する。

「……アルドバドスさんが直前まで忙しかったとすると、カイルはもっとですよね……今夜も、夕食は一人ですね」

推測したサラに、席へと戻そうとしていた侍女たちがためらった表情を浮かべた。

入籍して夫婦となってから、サラは侍女仲間たちとは食事できなくなった。

それが、今、とても寂しく思われる。

「皇妃、お好きなものをご用意いたしますわ」

「しっかり食べてくださいませ。皇帝陛下もご安心なさいますから」

侍女たちは『夕食を共にできない』と伝言を引き受けたらしい。

カイルにこれ以上心配をさせてはいけない。サラはそう思い、今の自分がどうにか食べられそうなメニューを侍女に伝えた。

日が暮れ、豪華な席で一人の夕食が始まる。

ふと、室内についていた護衛騎士たちが外へと移動した。

(何かしら?)

気づいて視線を上げたサラは、彼らが出ていく扉の向こうにギルクの姿を見つけた。

「えっ、ギルクさん?」

彼がいるということは、と思って立ち上がった時、マントを揺らしてカイルが現れた。

「共に食事できなくてすまない」

カイルは入室すると、サラの肩を抱くようにして引き寄せ、額にキスをする。

「いいえ、私は大丈夫です。カイルはちゃんと食べていますか?」

見つめ返してきた彼が、小さく微笑む。

「まぁ、仕事を進めながら」

気のせいか、その笑みは見慣れないほど弱々しく感じた。サラは、離れていた間に彼が一気にやつれてしまったように見えて、心配した。

だが直後、その目に力強さが戻る。

「サラ」

彼が両手を取り、正面から見下ろしてきた。

「今夜は、共に過ごしてくれないか?」

「えっ?」

「……もちろん同じベッドで、という意味だ」

そんなのサラだってわかってる。

夜を共に、それは令嬢教育で習う言葉だった。

嫁いだ先の夫から、夜伽を所望される際に聞かさる『合図』みたいなものである、と。

ただ、サラはカイルの口からそんな要望が出てくるとは思っていなかったのだ。

「来週には挙式が――あっ」

引き寄せられ、彼の胸の中に収まった。

サラは触れた彼の胸板から、とても速い鼓動が伝わってくるのを感じた。

「夫婦として、お前とつがい合いたい」

彼の温もりの直後、耳元にかかった秘めやかな囁きに彼女の胸もどっとはねる。

本気なのだ。

サラは、自分の速くなった鼓動を聞きながら、そっと顔を上げる。

「俺はサラが、欲しい」

そこには、サラの中まで見透かすような、強く見据える凛々しい男の目があった。

「カイル……」

「もう、我慢しない。サラ、お前のすべてが欲しい」

カイルの唇が寄せられ、ちゅっと目のそばにキスが落ちる。

「ペガサスは清らかな人間族には近づけると聞く。明日、もしペガサスたちにサラがそのまま連れ去られたらと想像するだけで――お前が天空へとのぼっていってしまったら、俺の胸は張り裂けてしまうだろう」

彼の声を聞いていて、サラは苦しい気持ちになった。

彼は、安心したいのだ。

（大公様が現れた時からずっと、苦しい気持ちをため込んでいたんだわ）

本来の婚姻だったら、すでに身も伴侶になっているはずだった。

二人は、まだ契約魔法でつながっているのみだ。

それなら挙式まで自分にチャンスがあるとツェフェルは思ったのか。だから、彼はアプローチの期間を限定した？

——そんなの、ひどい。

サラはまた腹が立ってきた。

誰がなんと言おうと、二人は夫婦だ。愛すべき夫と、そして彼が大切にしてくれている妻。

それを、今夜証明しよう。

カイルが安心してくれるのなら、何もためらいはない。

「はい。……寝室で、お待ちしております」

恥じらいながらもサラは、愛おしい人の手をきゅっと握り返し、カイルの胸に寄り添った。

夕食を終えたのち、サラは侍女たちによって湯浴みで丹念に磨き上げられた。

肌はすべすべに仕上げられ、殿方に見られてもいい綺麗で色っぽい下着を彼女たちと選び、脱がしやすい夜着に袖を通す。

露骨に誘惑しすぎではないか心配したが、これが通常だという。

子を残すための教育は受けたが、初夜に関して母親からの細かな教えを省かれていたサラは、そう言われてしまったら、そうなのかとうなずく他ない。

二人の寝室、そのカイル側のベッドへと侍女たちに手を取られて導かれた。

そのベッドのサイドテーブルには、水と潤滑剤といった入り用になるかもしれない品が並んでいる。

それを見たらサラも急速に緊張してきた。

「大丈夫でございますからね」

こわばったのを手から感じたのか、侍女たちはそう言いながら彼女をベッドへと上げる。

サラは、大きなベッドの中央で腰を下ろした。

「すべて皇帝陛下にお任せになってください」

「は、はい、ありがとうございます」

急なことで時間がなかったが、浴室で痛みのことや心構えなど色々と教えてくれた侍女たちに、サラは慌ててお礼を告げる。

ベッドで頭を下げたサラに、侍女たちは気持ちの落ち着く紅茶を残して退出していった。

カイルが来るまで、かなり時間はあるだろう。

サラは気長に待つつもりだったので、心を落ち着けながらじっと過ごす。

なかなか胸のどきどきは収まらない。普段彼が眠っているベッドだと思うと、余計に心拍は下がらなかった。

（私、これからここで……）

初めての夫婦の夜を、カイルと過ごすのか。

折り重なった身体を想像した途端、侍女たちから聞いた話を思い返していたサラは顔から火が出そうになった。

自分がいやらしい想像を巡らしかけたことが、猛烈に恥ずかしい。

思わずベッドの枕に顔を押しつけ、言葉にならない悲鳴を上げて足をバタバタさせる。

(緊張すべきなのに、期待してしまっているなんて)

うまくできるか、彼に幻滅されないかと不安や緊張はある。

それ以上に、彼ときちんと夫婦になることにサラの胸はときめきの鼓動を刻んでいた。

ふと、抱きしめている枕が彼のものであることを思い出す。まるで彼の存在を頼っているみたいだと思って頬がぼっと熱を持ったが、誰にも見られていない状況を思い返し、徐々に自分を落ち着ける。

(私が獣人族だったら……彼の匂いを感じられたかしら)

いつも侍女たちが綺麗にしてくれているので、いつだってお日様と、そしてほんのり寝香水の優しいいい匂いがする。

そう、いつも落ち着く匂いだ。

(ううん私は隣のベッドで彼が眠っていると思ったら、いつも安心できて……)

うつらうつらとしてしまった。

人の気配に気づいて次に目を開けると、寝室は薄暗かった。

「んぅ？　甘い、香りが――」

彼のまとっている香水の匂いだ。

サラは、ハッと覚醒して飛び起きた。

ベッドのそばを見ると、ベッドサイドテーブルでお香に火をつけたカイルがいた。

「すまない、待たせてしまったな」

彼の髪はしっとりと濡れていた。羽織ったガウンの大きな襟元から、たくましい胸板と腹筋の一部がちらりと見えている。

侍女たちの話が正しければ——たぶん、中は裸なのだ。

サラは悲鳴を上げてしまいそうになったが、どうにかこらえる。

「わ、私の方こそごめんなさい、少し眠ってしまっていました」

初夜の時に先に寝ている妻というのも、どうなのだろう。

カイルが焚いているのは、営みの緊張を和らげる香だろうと推測したサラは、普通だととんでもない失態ではと思えてベッドの上で座り直し、しゅんとする。

すると、カイルが小さく笑うのが聞こえた。

「かまわない。遅くなってしまった俺が悪いんだ。待ちながら眠れたのも、サラらしくて愛らしい」

「あ、あい……!」

やたら彼を意識しているせいか、普段より威力が倍だった。

カイルがガウンを脱いだ。サラは悲鳴が出そうになったが、彼が夜着のパンツをはいているのに気づいて止めることができた。

「緊張してる？」

ベッドに乗り上がってきた彼が、サラの髪をさらりと撫でる。

なんて色気たっぷりな夫なのだろう。

（冷酷皇帝なんて嘘なのではないかしら。髪を触るなんてロマンチックすぎるし、気遣いと、それから目のやり場に困るわっ）

サラは、目の前にある彼の裸体の上半身に、くらくらした。

「……そ、その」

「ああ、俺の身体に興味がある？」

サラは声も出なくなり、耳まで真っ赤になった。

彼が苦笑をもらす。固まったサラの手を取ると、自分の胸板へと触れさせた。

「あっ……」

湯浴みのせいなのか、それともこの状況のせいなのか。

カイルの身体は、サラの手よりも体温が高かった。

彼の手によってすべらされ、膨らんだ筋肉にも触らされていく。サラは、自分とは違う男性的な肌の感触がよくわかった。

「俺も、初めて寝室が一緒になった日からずっと、サラの身体に興味があったよ。……それなのに入ってきたら君はうつ伏せで、太腿《ふともも》まで裾を上げて眠っていて、今まじまじと見てしまってはだめだよなと、目のやり場に少しだけ困った」

「す、すすすみませんでしたっ」

そういえば、足をバタバタしてそのまま寝落ちた。

（なんて失態を……！）

脱がしやすくて軽い布だから、結構めくれ上がっていたのは太腿《ふともも》の裏に感じていた。

「いや、白状して謝るのはそこではないな」

「え？　きゃっ」

軽く肩を押されたと思ったら、サラはベッドに背中から倒れ込んでいた。

彼が背に手を回してくれたので衝撃はなかった。

「挙式よりも、早まったことだ」

ベッドに広がった金髪の海の中で、カイルが上から覗き込む。

サラは心臓がはねた。

獣人皇国では、挙式前祝いの宴ののち、挙式の日にみんなに見送られて初夜の寝室入りを果たす。

(ああそうか、彼はそれを気にして)

謝る、なんて彼が来るまでサラは想定していなかった。

だって先程、彼と話して了承した。

「あとだとか、前だとか関係ありません」

サラは、すぐそこにあるカイルの顔に手を伸ばし、両手で愛おしげに包み込む。

「あなたと契約魔法で伴侶になった時から、私はカイルの妻です」

真っすぐ見つめる彼のブルー色の目が、見開かれる。

今日は、二人にとって特別な夜だ。

彼に申し訳ない気持ちを抱いて欲しくないとサラは思った。

「私も、告白をお返ししますね。同じ寝室になった時、どきどきしていたのにカイルは言葉を守って、何もしなくて。挙式までしないんだってわかって、ほっとしつつ、残念に思いました」

「俺もだ」

　カイルが顔を寄せ、サラの夜着の胸元の紐を指に絡める。

　見つめ合ったままだったが、胸元に感じる彼の指の動きを紐の先に感じ、彼女は心拍数が上がっていくのを感じた。

「サラが同じことを思っていたのなら、もっと早く奪ってしまえばよかったな」

　彼らしくない台詞を聞いた気がした。

（いえ、もしかしたら私に気遣わない彼はこうなのかも――）

　まるで獣みたいだと失礼なことを思い浮かべた時、サラの唇と彼のそれが重なっていた。

　探るような口づけは、何度か繰り返されるうちに徐々に理性は失われていき激しさを増した。

　その吐息も音も、獣の呼吸みたいだ。

　同時に、求められていることを感じてサラは深く愛情を抱く。

　互いの呼吸がどんどん熱くなっていく。優しく触れてくる全身に彼の愛を感じる。

「あっ」

　じかに肌に触れられた大きな手の感触に身体がびくんっと反応する。

　視線を下ろすと、いつの間にか夜着の胸元の締めつけがなくなって、胸の谷間の下の方まで見せてしまっていた。

　彼が下に引いたら、この夜着は簡単に脱げてしまうだろう。

（すべて見られるのはやはり恥ずかしさが――）

思わずはだけた胸元を隠そうとして両手が伸びたが、彼にベッドへ優しく開かれ、阻まれてしまった。

「ここでは俺しか見ていない。見せてくれ」

見下ろす彼の目は、荒くなった呼吸もあって獣のような美しさだ。

こんな彼の様子を見たのは初めてだった。興奮しているのが見て取れる。

「……それだけ見たいのですか？」

「ああ、見たい」

ざわっと彼のまとう空気が野性を帯びるのを感じた。

すると、サラの見つめる先で、彼の耳が獣化し、尻尾が現れる。

「これで信じてくれるか。俺はサラのすべてが見たい。――差し出されたのなら男として、なお、うれしい」

一緒に寝ていた時、そんな想像でもしたのだろうか。

よく、わからない。どきどきしてうるさい。

ただサラは、彼の欲望なら叶えたいという気持ちに駆られていた。

彼が喜ぶこと、うれしがることを、今ここで、したい、と。

彼女がこくんとうなずくと、カイルが手を解放してくれる。

サラは震える手で、夜着の襟元を左右へゆっくりと開いた。あまりにも脱げやすい衣装は、それだけで袖部分が共に肩まですると落ちてしまう。

「……どうぞ。好きに、してくださいませ」

彼が喉仏を上下した。ぶわっと獣耳と尻尾が逆立つ。

身を委ねると、カイルが夜着を脱がした。その下に唯一つけていた、尻を包み込む下着も彼が紐をほどき、太腿の間からするりと抜き取る。

彼がじっくりと見つめてくる。

恥ずかしさのあまり、サラは胸のふくらみだけでも隠したくなったが、先程のキスと今の恥じらいに色づいた肌をすべて彼の視線の前に晒《さら》した。

「……こ、子供っぽくはないでしょうか？」

あまりにも熱く見つめてくるので、そんな質問を振った。

彼と初めて会い、王城に連れ帰られた時は、みんなから子供と間違えられるくらい貧弱な身体だったのは自覚がある。

思い返すと、これで彼が興奮してくれるのか心配になってきた。

するると、カイルが左右に両手をつき覆いかぶさってきて、ベッドが大きくしなった。

「きゃっ」

「そんなかわいいことを言うな。明日動けるよう、優しく抱いてやる自信がなくなる」

「カイル……？　あっ」

彼が、サラの下腹部にある契約紋を優しく撫でる。

「俺と同じだ」

「あ、そういえばカイルのここにも……」

「ああ、ある。今夜、じっくり見せてやろう」

彼が徐々にのしかかりながら、愛おしげにサラの首筋に口づける。

「とても綺麗だ。女性の裸体を見たのは初めてだが、こんなにも美しい身体は、きっと俺だけしか知らない」

二人の身体がベッドの上で重なる。

手探りで手を握り合うと、緊張も初めての不安も二人の体温に溶けていく。

近くで見つめ合った途端に、生まれたままの姿で彼の目の前にいるだとか、そんな緊張さえも消えていった。

愛情が溢れて自然とキスをし合う。

そうすると、二人の間にあるのはただ互いを思う愛情だけだった。

もう、何も怖さはない――。

# 第六章　聖女と大公とペガサス国王

痛みはあったものの、彼と本当の意味で夫婦になった喜びと初めてでいっぱいいっぱいで、無我夢中に愛を伝え合っているうちに夜を終えた。

気づけばサラは、彼の腕の中で眠っている状態だった。

自分の身体に回された衣服をまとっていないカイルの腕にどきりとしたが、互いの温もりにハタと昨夜を思い出す。

（そうか、私……）

と、視線を下げたサラは、そこにちらされている愛の証に真っ赤になった。

それから、何も着ていない乳房が彼の身体に圧し潰されている光景。思わずサラは大きく息を吸い込み、そして――朝一番、彼女は皇帝と皇妃の寝室に盛大な悲鳴を響かせた。

「いったい何事ですかっ」

珍しいそんな声が聞こえたかと思ったら、ギルクが護衛騎士たちと共に突入してきた。

「きゃあああぁあぁあ！」

サラは無我夢中で、手探りで掴んだ枕をギルクに向かって思いきり投げていた。

ギルクが『なんだ、何も起こっていないじゃないですか』みたいな真顔で、それを難なくキャッチした。彼の後ろで他の護衛たちも同じ表情だ。

（見られているっ、裸に掛け布団をまとっただけの姿を！）

パニックで次の枕を放とうとしたサラの手を、くすくすという笑い声と共に、隣から優しく掴む男の手があった。

「おはよう、俺の愛しいサラ。朝から元気そうで安心した」

覗き込む優美な微笑みを見て、サラはぼっと頬が熱を帯びた。

そこにいたカイルは、昨日までと同一人物かと驚くほど微笑みからしても落ち着きがあった。その表情はやけに色っぽく感じて、とてつもなく美しい。

彼はいたわるように愛おしくサラの手を取り、彼女の身体に掛け布団を巻きつけて身体を起こしてくれる。

「んっ」

やや鈍痛を覚えて顔をしかめる。

「清拭した際に外側の傷は治っているようだったが、痛みが？」

手で侍女たちを入室させていいとギルクへ合図を出したカイルが、心配そうにサラの肩を支えた。

「カ、カイルがしたんですか⁉」

「あたり前だ。初めてのサラの身体に、俺以外触れさせるものか」

とすると――全部、見られたのだ。

サラは猛烈に恥ずかしくなった。

いや、終えるまでに余すところなく見られたのだが、恥ずかしいものは恥ずかしい。

カイルは、今日動けることを考えて抱いてくれた。

それでも初めては痛みがあり、サラは熱と痛みに朦朧とする中、カイルに指示されて言われるがまま自分たちの間に治癒魔法を起こした。

純潔を散らした際の流血の傷も、あっさりと治ってしまったことには驚いたものだ。

サラの癒やしの力が活躍し、そうして彼の魔力で補充してあっという間に回復した。そうして二人は、無事に最後までですることができた。

そして終わると同時に、サラは意識が飛んだのだ。

シーツと肌がこすれる清潔な感触からしても、身体は隅々まで綺麗になっている様子だ。

朝の目覚めは照れくささと恥ずかしさがあったものの、改めてカイルと目を合わせると、サラは幸せな気持ちでいっぱいになる。

「ありがとうございます、カイル。それから……おはようございます」

「ああ、おはよう」

なぜか彼が顔にキスの雨を降らせてきた。

「んっ、カイルくすぐったいです。どうしたんですか?」

「肌を隠して挨拶するサラがかわいすぎる。妄想を超えてる」

「え、妄想?」

「隣同士で『おはよう』と言えるのも、うれしい」

ふさっふさっと何やら風を感じた。

キスをやめない彼を不思議に思って視線を移すと、カイルの尻尾が、彼の方の掛け布団を動かしている。

「カ、カイルっ、腰元が見えちゃいますっ」

「寝所なのだから、見えても普通だろう」

彼の頭の上で、狼の耳が楽しげにぴこぴこと動く。

「まぁ、夫婦の様子を見せつけられてうれしいのでしょうね」

ギルクがつぶやく後ろで、護衛騎士たちが「自分たちは外で待機するぞ」と小さく声をかけ、出ていく。

その同僚感がサラはなんだか新鮮だった。

ギルクは護衛部隊のリーダーなので、どの護衛騎士も目上の確認応答をしている。

カイルの護衛部隊は、彼が王弟時代だった頃の直属の部下たちが加わって構成されているという。

今来ていたのは、元部下の面々なのだろう。

（――て、見せつけられても困るんですっ）

ぎしりとベッドが鳴ると同時に、目の前にずいっとカイルに寄られて、サラはかーっと体温が上がってきた。

「カ、カイル、掛け布団で押さえて……見、見えちゃ……」

「焦る姿もかわいいな。もっと俺の肉体を見慣れてくれるとうれしいんだが」

「カイルっ、獣化を解いた方がいいですっ、なんだか色々とダダ漏れする予感がしてきましたっ」

「今日の予定がなければ、このままもう一度お前を抱いてこの腕でおとなしくさせてやりたいんだが――」

「カイル！」

サラは真っ赤な顔で叫んだ。

どんどん迫ってくる彼の腰元が見えそうだ。そのうえ、昨日初めてを経たばかりの彼女には、彼の台詞だってもう色々と刺激が強すぎた。

「皇帝陛下、ひとまずは何か着て差し上げたらいかがでしょうか」

ギルクがとうとう助言した。皇帝付き侍女たちの入室を確認した彼は、小さくため息をもらして彼のガウンを受け取り共にベッドへと歩み寄る。

「う、後ろっ、後ろを向いていてくださいねっ」

「サラ、俺は昨夜見たんだが――」

「きゃー！　振り返るのはだめです！　そしてっ、私も見ませんから！」

「いや、サラならいくら見てくれてもかまわないんだが。というか、ベッドの左右に分かれるとか離れすぎだろう、こちらにおいで」

「見ないでくださいぃいいい！」

サラは背を向けたまま必死にお願いする。湯浴みの場までと、ガウンを着せた侍女たちが苦笑していた。

「皇帝陛下、いい加減にしてください」

ギルクが低い声を静かに出していた。

ベッドを挟んで賑やかな朝の始まりとなった。あまりにも騒がしかったのか、昨夜のことを聞きつけて心配して近くまで見に来ていたらしいガート将軍が、ブティカと共に覗き込んで目を丸くしていた。

「……まぁ、二人らしい朝を迎えて何より？」

「ガート将軍、時間をたっぷり取っていない初夜だったのだから、これからが大変ですぞ。がんばってください」

「えぇぇ、それ俺じゃなくてギルクにお願いしてくださいよ」

「む、本日は常時同行ではないのか」

「そりゃ、夕刻のペガサス団のことがありますからね」

ブティカが、ギルクへ視線を投げる。

「わかった。ギルク、こちらへ来たまえ」

呼ばれたギルクが、その端正な顔にやや嫌そうな表情を浮かべた。

「触れ合いが足りないオスを止めるのは無理ですよ、あなた様もご自身で経験があると思いますが。〝俺〟は、絶対、嫌です」

「ギルク殿ー!?」

「あっはははは！　無理無理、彼らに命令聞かせられるのは〝皇帝〟だけだって！」

ガート将軍が「久々に見た！」なんて言って、腹を抱えて大笑いした。

入り口の方も賑やかになっていたのだが、そんなこと、ガウンを着たカイルに機嫌を直してくれとまた甘い雰囲気で迫られていたサラは、気を配る余裕がなかった。


夜を共に過ごせば彼の不安は解消される。

そう思い、朝を迎えたわけだが――。

（どういうことかしら、カイルがとても甘いのですけれどっ）

カイルが回復してくれたのはうれしいが、サラは、彼から常にハートマークが自分に飛び出している気がして困惑していた。

身体も結ばれたのに、まだ心配なのか、彼はサラをそばから離さなかった。

「よし、行こうか」

身体がつらいだろうという理由で抱き上げられて移動となったサラが、困惑している間にも彼は謁見の間へと到着した。

そうして、あろうことか玉座でサラを自分の膝の上に座らせ、抱きしめてそのまま謁見を始めてしまったのだ。

そこにはサラも疑問符が頭にいっぱい浮かんだ。

謁見に訪れていた各地の獣人族の長たちも同じ表情だった。彼らは、揃って進行役のブティカたちの方を見た。

「新婚の、アレです」

ギルクがそれに対して、ただ一言でみんなを納得させていた。

（新婚のアレとは……？　獣人族の新婚常識っていったい……）

まだまだ自分には知らないことがあるらしい。結局サラはカイルの謁見に、膝の上、という形で同席したのだった。

それから、夕刻の身支度までサラはカイルと離れることはなかった。

昨日までの寂しさを思えばうれしいことではあるが、やはり、くっつきたがるし、カイルの褒め言葉も愛情の言葉も止まらなくて困った。

（は、早く大公様来て！）

あんなにも会いたくなかったのに、今はツェフェルの来訪が待ち遠しかった。

空が夕焼け色に変わった頃、王城とその周りが騒がしくなった。

「ペガサスたちだ！」

「見ろ！　あんなにいるのは初めてだっ」

ガドルフ獣人皇国にとって、それは初めて見る光景であった。

予定されていた時間、サラは外を歩きやすい衣装に着替えさせられ、同じくドロレオでの巡回に臨む際の軍服仕様に近い正装に身を包んだカイルと、王城の前庭で来訪者たちの到着を待っていた。

そばには同行するガート将軍と、彼が選んだドルーパを含めた班。ギルクたち皇帝の護衛部隊。それから、少し前に到着した皇妃専属護衛のアルドバドスたちもいた。

王城から出る前、私室まで訪ねてくれたアルドバドスは、抱きついて『好き』と態度で示しているカイルと、困り果てているサラの姿を見てあんぐりと口を開け、『……なんかあったのか？』と、皇帝を前に失礼にも素直な疑問を口にしていたけれど。

ペガサスたちは編成を保ち、白い身体と翼で優雅に飛行してきた。

目で追える流れ星のように、王城の上空を旋回して下ってくると、間もなくツェフェルを筆頭に人の姿へと変えて、銀の肩当てと胸当てをつけたペガサスの部隊が王城前庭に舞い降りた。

「ガドルフ獣人皇国の皇帝陛下と皇妃には、ご機嫌麗しゅう」

胸に手をあてててツェフェルが微笑む。

見慣れないペガサス族の軍服を、集まった者たちが周りから警戒しつつも興味津々と眺めていた。

「それから、空を飛ぶ用意はできておりますか？」

「ああ。このたびは我が皇妃のために、ペガサスであるバルベラッド神獣王国大公の力添え、感謝申し上げる」

「こちらこそ、聖女について共に知る機会をいただき光栄です」

微笑みに対し、カイルの眼差しが本日初めて鋭くなる。

圧は感じるが、サラは彼の皇帝らしい姿にほっとしてしまった。

その時、ツェフェルの後ろにいた美しい若者たちの一人が不満を漂わせて口を開く。

「閣下、我らの背に地上族たちを乗せるなど、お考え直した方がよいのでは」

「どうしてかな？」

「我々は気高きペガサス、獣くさい地上の生き物に乗られるなど――」

次の瞬間、ツェフェルの背に翼が現れて大きく広がった。

ずんっと何かが肌にのしかかる感覚がした。

サラは、初めてツェフェルの笑顔が『とても怖い』と感じた。

「口には気をつけなさい。君らは外交がなんであるのかわかっていないね。とにかく、私の顔にドロを塗るのなら容赦はしないよ」

彼らはツェフェルの笑顔の圧にたじろぐ。

「お、お言葉ですが閣下、一つご確認を申し上げたく」

一人が慌てて膝を折り、頭を下げる。

「よい、申してみよ」

「み、見たところ、皇妃は純潔ではなくなっておられます。これでは、あなた様が求婚をされる目的がそもそも果たされない状況です」

周りがざわつく。

サラはどきっとした。どうやら彼らには純潔かどうかが察知できるようだ。

どんな反応をされるのかと彼女は心配したが——一番近くにいるアルドバドスたちも『なんだ、ようやくくっついたのか』というようなやり取りを交わしていた。

「皇帝もかなり我慢したよな」

「俺だったら無理」

「生殺し……」

何やら好き放題言っている。

周りで見守っている獣人族たちも、聴覚がいいから注目していたツェフェルたちのやり取りを聞き取れたらしい。

「これはめでたい」

「とすると我々の心配はなくなったのか」

次第に喜び合う姿が広がっていき、サラは拍子抜けしてしまった。

ペガサスの部隊が、ツェフェルに言う。

「わたくしどもは、ガドルフ獣人皇国の皇妃が我々の花嫁となる資格がなくなったと、そんな話は聞いておりません」

「うん、私も知らなかったからね。だから私に非はない、そうだろう？　でも命令は発動された。王もこの命令は許可されている。君たちが命令を拒否する権利もないということだよ」

ツェフェルがにーっこりと笑いかけて、部隊員たちは戸惑ったように顔を見合わせる。

サラは、これまでで一番『作り笑いではない』笑顔を見たと思った。

カイルが訝った。

「今回の協力の申し出は感謝するが、そういうことであれば、我が妻サラのことは諦めてもらおう」

「あー、そういえばそういうことになっていましたねぇ」

「は?」

「まっ、そんなことはさておき」

ツェフェルが手を合わせる。

(そ、そんなこと?)

見初めた話が『そんなこと』で済まされるはずがない。

「さ、お前たちもとっとと本来の姿に戻りなさい。日暮れと共に、現地で魔法を開始する予定が遅れてしまう。皇妃ご一行を魔力でしっかり包み込んで、丁寧な飛行をするのですよ」

ペガサスたちも戸惑ってツェフェルを見ていた。

まるで、今はまだ話せないようにも感じた。

カイルも同じくそう見て取ったのか、ペースを崩してくれたツェフェルの発言に乗る形で、出立を臣下たちに告げる。

とにもかくにも、ペガサスたちに乗って飛び立つことになった。

「皇帝陛下！　皇妃！　お気をつけて！」

ペガサスたちが翼で浮上すると、ブティカが真下まで駆け寄って声を張り上げる。

「はいっ、終わったら帰ります！　いってきます！」

サラは、大きく手を振った。

王城の建物二階のバルコニーから出ていた使用人たちの中で、侍女仲間たちが無事を祈って力いっぱい手を振り返してくれた。

王城からペガサスたちが白い翼を優美に羽ばたかせて、一斉に飛び立っていく。

その珍しい姿を、大勢の国民たちが地上から歓声を上げて見送った。


間もなく、その姿は獣人皇国の地上からは見えなくなったようだ。

ペガサスの姿になったツェフェルが合図すると、ペガサスたちが一瞬細かな光の粒子を帯びた。

すると、下から見ている獣人族たちの声は消えていった。

「姿を隠せるから気軽に空の散歩だってできるんですよ」

ツェフェルの言葉を聞いて、サラは納得した。

空の散歩、とはいい表現だと思った。日が暮れていく空は、とても美しかった。上空だと、空がとても近い。

翼が生えた馬にまたがっていることもサラは興奮した。

手綱はないが、一人でまたがっているので、初の騎馬経験みたいでわくわくしている。

だが、この中で唯一肉食種ではないドルーパは違ったらしい。

「高い……下が見られない……」

「おいおい後輩、ムキムキの大男なのにそんな情けない声を出すな」

「というか尻尾が邪魔なんですけど。無駄に魔力多めに出しているんですけど」

ドルーパを乗せているペガサスが、不満げに言う。

「こんな状況で引っ込めるなんて余計に無理だ！」

かなり切羽詰まった状況のようで、ドルーパはカッと目を見開いてペガサスに堂々と言い返していた。

「と、喚《わめ》いているお方が一名いらっしゃいますが、最速飛行に入りますねー」

よろしいですかとツェフェルが、白馬の顔をカイルの方へと向ける。

なんとも美しい顔立ちの馬だ。

つぶらな眼差しは、もふもふとはまた違った癒やしが詰まっている。

（ペガサスってかわいいわ……）

人の姿だった時よりも、サラはツェフェルに注目してしまう。

「ああ、かまわない。ゾイ将軍のことは気にするな」

カイルが『がんばるよな？』という感じで、後ろへと目を向ける。

ドルーパが瞬時に口を閉じた。後ろの大きな狸の尻尾をぶるぶるさせながら、間もなく「善処します……」と彼は言った。

それをサラの近くから眺めていたアルドバドスが、うんざりした。

「大男が目をきらきらさせてもかわいくねぇんだよ。サラを見習え」

「いや、皇妃はかなりすごいぞ。うちの部下たちも緊張しているというのに」

ガート将軍は感心していた。

「落としたら国交問題としてあげるから平気だ」

「わーあ、皇帝陛下は冷酷ですねー。そういうわけですから、お前たち、気を引き締めて飛行なさい」

ツェフェルの言葉に、部下のペガサスたちが「はい……」と答えた。

ペガサスが持つ高速移動は、彼らにとって魔法も行使しつつ飛んでいる行為の一つみたいだが、サラは光になって空を走っている印象があった。

風景を見る余裕はない。眼下に広がる地上の景色は、高速でどんどん後ろに流れていく。

（——怖い）

ドロレオとはまた違った〝高速〟だった。

振動はないが、ただひたすらに正面へ向かって砲弾のごとく進む。

「ちょっとっ、上の狸、失神しないでくれないかな⁉」

（あ、ゾイ将軍様が気絶したみたい）

聞こえたペガサスの声に、サラはそれを知った。

おかげで彼女は気を引き締め、どうにか意識は飛ばさずに済んだ。

空が夜の色に変わり、星々のきらめきが夜空を彩りだす。

不意に、ペガサスたちがふわりと飛行を緩め、月光が彼らの白い身体を輝かせた。

「到着しました。あの古い町です」

ツェフェルの声が聞こえた。

下にあったのは、国境の森に囲まれるようにしてある一つの町だった。

「古い、と言われてもそうは見えないのですけれど……」

大きさもあるし、建物もそれなりにある。ここからでも見える広場の時計塔も、立派なものだ。

「ペガサスは俺たちと違い、その嗅覚は主に年月を嗅ぎ取ることに優れていると聞く。彼らは魔力以外でつくられたものに興味がない」

「えっ、そうなのですか？」

感想には、そもそも価値観の違いがあったようだ。

「まぁ、嗅覚の意見についてはほぼほぼあたってはいます。あとは私たちに害をなす〝穢れ〟といったものも嗅ぎ取ります」

ツェフェルが先頭で誘導する。

町に向かって降下し始めたペガサスたちが、揃って甲高い不思議な声を上げた。

それは細く、小さく、それなのに不思議と空気を震わせて広がっていく。

町中を歩いていた人々が、急激な睡魔に襲われたみたいにあくびをし、次々にその場で眠りに入ってしまった。

「すごいわ」

――これが、魔法。

サラだけでなく、カイルたちも興味深そうに町の様子を眺めていた。

ペガサスたちが町の建物の上をすべるように飛んだ。

修繕を重ねて大事に建物を使っているのが見受けられた。サラは、国内の建築仕様の特色や歴史的な背景は、本で見て学んでいる。

こんなにも遠いところへ来たことはないので、本や絵画からの知識を実際に見られたのも新鮮な気持ちだった。

間もなくペガサスたちは、開けたとある場所へと静かに降りる。

そこにあったのは、時計台と対になるようにたたずんだ塔だった。

「これが……？」

「はい、私たちが見つけた、魔力の気配がかすかに残っている〝塔〟です」

ツェフェルが降り立つと同時に、美しい人間の姿へと変わる。

確かに、昔の立派な屋敷の名残みたいだ。

サラは先に降りたカイルの手を借り、地面へと降り立った。

「ああ、皇帝陛下はそこで止まられた方がよろしいですよ」

共に歩きだしたカイルが、ぴたりと足を止めた。サラの手を取ったまま睨むようにツェフェルを振り返る。

「なぜだ？」

「あなた様も、そして他の獣人族たちも国からは出ないからおわかりになられないと思いますが、いくぶんか魔力を持った獣人族も〝穢れ〟には反応します。とくに、魔力量が莫大な皇帝陛下は、我々と同じく魔力反応を起こす可能性が高いので避けた方がよろしいかと思います」

カイルの雰囲気が氷でもまとったみたいに鋭くなる。

「だから、サラに頼んだんだな？」

「はい、その通りです。あの場には外に出ない者たちが大勢いましたし、説明の手間を考えて省かせた。


ていただきました」

ツェフェルがにっこりと笑った。

カイルの目が鋭さを増す。何やら彼は察したらしい。

その後ろで人型になったペガサスの一人が「うぷっ」と口を押さえたドルーパを嫌そうに支えていた。

アルドバドスたちが戸惑いがちに顔を見合わせた。

だとすると、ツェフェルがサラを指名したのも理解できる。

(獣人族に入らせるのを危ぶんでくれた……)

やはり彼は、敵とは言いがたいのではないだろうか。

ちらりとサラが目を向けると、ツェフェルが塔を手で示した。

「部下が鍵を無効化してあります。魔法が効いているうちに、どうぞ」

「ありがとうございます……」

そもそも、彼の目的を探るための手段の一つにと考えたのがきっかけなので、なんだか妙な気がしながらも、カイルと手を離す。

「それでは少し行ってきます」

「ああ、気をつけてな。ついていてやれなくて、すまない」

また歯がゆい気持ちを抱いているのか、カイルが悔しそうな顔をした。

そんなふうに思わなくていいのだ。

サラは咄嗟に彼に抱きついた。カイルがびっくりしたみたいに受け止める。

「いったいどうし――」

「ここまでついてきてくれて、とても心強いです。すぐ、あなたのそばに帰ってきますから」

身を離すと、彼が泣きそうな顔に笑みを浮かべていた。

「気をつけて」

「はい」

名残惜しむように二人の手が離れる。

ペガサスたちが居づらそうに視線を逃がしていた。

「気をつけてなっ」

皇妃ではなく、ついサラ自身としてガート将軍とドルーパも声をかけてくる。

人々は、ぐうすか眠ってしまっている。敵は、いない。

この建物は危険なことなど人間族にはないようなのだが、見守っているギルクや、アルドバドスたちや、護衛たちの心配が、サラはうれしい。

「行ってきます」

一人、塔へ足を進める。

塔には窓がいくつか見受けられた。その一番下には、古い鉄製の扉がある。

近づいてみるとそれは大きな鍵がついていた。かなり大きくて、錆びついた蝶番《ちょうつがい》がガッチリと扉と建物側にはまって施錠もされている。

(本当に開くのかしら……？)

もう開いているというツェフェルの言葉を思い返し、信じて、取っ手を引いてみた。

すると、不思議と扉が開いてしまった。蝶番は微塵《みじん》も動いていないし鍵も施錠されたままなのに。すべてが空気のような感覚だ。

（これもまた、魔法、なのね）

不思議に思いつつ中へ入ると、階段がすぐ目の前に現れた。

螺旋《らせん》階段だ。薄暗いが、窓からの月明かりでどうにか視界は確保できている。

「よしっ」

待っているみんなのためにも、確かめよう。

サラは意気込むと、スカートを持ち上げて階段を上がりだした。

――魔女ではなく、聖女。

ここに、聖女がどんな存在なのかが隠されているのか。

階段を上がるごとに気持ちがはやる。徐々に、サラは駆け足になった。

「はぁっ」

階段をのぼりきった時、現れた平地に乱れた呼気を吐いた。

そこには、小さな祭壇と、以前は外に置かれていたことがうかがえる風化した古い慰霊碑が一つあった。

「……何か、言葉が書かれているわ」

次第に運動後とは違うどくどくとした心臓の鼓動を覚えながら、そこへと歩み寄る。

そこの窓は大きくて、月明かりがたくさん差し込みよく見えた。

【彼女の功績を陥れられないよう、ここに密かに大切に保管する。人々から確かに〝聖女〟と感謝さ

れた少女の魂が、安らかに眠れますように】

陥れ、というのはきっと魔女の話だろう。

（ずっと昔からここにあったお墓、なんだわ）

理解しつつ祭壇へ向くと、それは古い布がかけられた何かだと気づく。

「失礼します……」

誰かのお墓だと思ったら、神妙な気持ちで慎重になって布を上げた。

すると、遺骨かと思いきや、それは簡書などをよくしまうような木箱だった。

かなり古い。そしてそこには見慣れた教会の所有印がある。

（教会も聖女の存在を知っていたの？）

驚きと共に、急かされる思いで木箱を開けた。

そこには少ない古い紙がいくつか入れられていた。手に取ってみると、一番上は手紙で、焼かれてしまわないよう聖女の資料をここに隠すと書かれてあった。

古語が交じって読みづらい筆跡を見る限り、だいぶ古いものだろう。

サラは、その資料とやらの薄い冊子を、緊張に震える手でそっと持ち上げた。

埃と古い紙の独特の匂いをまとったそれをめくると、金色を持った少女に、聖女の力が宿る可能性について書かれてあった。

金髪か、金目を宿し、まれに奇跡のような力を持った少女が生まれる。

【彼女たちはあらゆることを可能にした〝魔法〟が使える存在だ】

その記述にサラは「えっ」と声が出た。

その資料には、彼女たちが聖女と呼ばれるようになった理由も書かれてあった。

【彼女たちはあらゆる病を治し、死の運命すら変えることを許された存在。彼女たちは神の使いではなく、神の子そのものである】

そうして〝聖女〟という言葉が生まれたという。

定められた死の運命を変えることはできない。

国がなんらかの理由において滅びることも、そうだ。しかし、その理由を彼女たちは消せる。

その〝理由〟が消えれば、国も、人の寿命も延びる。

【不可能を可能とする魔法を持った人間、それが聖女である】

サラは、そう締められた聖女の説明に驚いた。

とすると、この国で憎まれている魔女もまた、聖女ということになるのか。

ううん、そもそもと思って、サラは聖女の存在について集中する。

（癒やしの魔力は、重要ではないんだわ）

急ぎ確認してみると、資料の中にここに眠る少女のことが書かれてあった。

彼女は死病が蔓延しそうになった時に、魔法を使って病を、そして感染症すら〝なかったことにした〟と記録が書かれてあった。

なかったことにする、つまりは、不可能を可能にすること。

（聖女は、病さえ魔法で消し去ってしまえるんだわ）

人間なのに〝魔法〟が使える。

それが、聖女と呼ばれる者たち。

起こす奇跡の内容から推測するに、魔力も関係ありそうだが、子供一人分の大怪我《おおけが》を癒やすだけでも魔力を危険なほど消費する。

けれど、これまで確認された聖女たちは、大勢の者たちや土地を救った。

（魔力そのものを使うのではなく、それで魔法を起こす）

同じ癒やしの魔力を持っているペガサスたちも、色々な魔法を使えた。

（じゃあ私も、魔法を使えるようになるの？）

だが、ペガサスたちの存在を思い返すと、無理だろうとサラは自分の考えを否定した。

なんでも叶えるような魔法なんて、ただの人間である自分に使えるはずがない。

（傷を癒やせたから、たぶん、怪我や病気といったこと、とか……）

思い返せばツェフェルは、出会った時に『魔力が同調して〝生き返った〟』と言った。

珍しい光景と口にしていたから、それはペガサスにはできないことなのだ。

生き返った、というのはやはり癒やしか回復だと思っていいのだろうか。

でも――とサラは少し気になって、自分の手を見る。

最近、湖の活動で疲労感が減り始めているのは確かだ。

慣れた、というよりは、もしかしたら知らず知らず魔法を使ってしまっているのだろうか――。

「サラ！　大丈夫か？」

外からアルドバドスの声が聞こえて、ハッと我に返る。

サラは場を元に戻すと、眠る少女に静かに手を合わせたのち、自分が魔法を使えるかもしれない衝撃にくらくらしながら螺旋状の階段を下りる。

（傷を治せる特殊体質、くらいしか思っていなかったのに……）

獣人皇国へ来てから、そのカラクリは魔力だとわかった。

獣人国での言い伝えにある『不思議な力が使える人間』の、その力というのは、神獣たちが使っている魔法と同義だった。

言い方はあながち間違いではない。それがサラを動揺させていた。

ペガサスたちが聖女だけは花嫁に迎えるというのは、魔法が共通しているからなのだろうか。

（いえ、でも、大公様は私とカイルが離れないよう愛し合ったことに対して、とくに困っていなかった――）

違和感が、サラの中でさらに強まった。

階段を下りながらこれまでのことが脳裏を駆け巡り、最後は何か察したらしいカイルの顔で終わる。

カチリ、とパズルの全体像が固まるような感覚がした。

塔から出ると、男たちの目がサラへと向いた。行こうとしたカイルの手をツェフェルが掴んで、ここから先はだめです、というように言っているのが見える。

「何かあったのか？」

「あり、ました……聖女とは、魔法が使える人間族のことでした」

カイルたちが、揃ってぽかんとした顔をする。

ペガサスたちはかなり驚いたようだ。

「それは神の使いである神獣だけの特権だぞ」

「おい、相手は皇妃だぞ」

「いえ大丈夫です。私もよくはわからないのですが、ここに残されていたのは眠っている聖女の記録と、そして他の一部の聖女たちに関する資料でした」

サラは合流すると、塔の中で見たことをカイルたちに話し聞かせた。

「聖女はあらゆる病も魔法で消せたみたいです。不可能を可能にすると書かれていましたが……ペガサスも自分たちで治せるんですよね？」

傷を癒やせる魔法を使えるとは聞いていた。

すると彼らの顔色が、悪くなる。

「すべてではない。我々の魔法にも限りはある……魔法には、逆らうことのできない法則が存在している」

「法則？」

「簡単に言えば、時間を戻すことはできない。削れてなくなってしまった寿命を回復させることはできない。我々とて生き物、不老不死ではなく神のようなことはできない」

ためらいがちにもう一人もそう答えた時、ツェフェルが軽快に手を叩く音が響いた。

「なるほど。これで腑に落ちました」

彼はどこかすっきりした笑顔で言う。

「何がだ」

「我らの王が私に花嫁を奪い去ってこいと結婚命令を出した理由ですよ」

「なんだと？」

「今ご説明申し上げたのが、私のこれまでの行動の目的です。我がバルベラッド神獣王国のバージデリンド国王は、『聖女はペガサスが迎えるべき』と国民向けの建前を私にも告げたうえで、あなたから妻を奪い取れ、と言い渡しました」

「つまり王命だった……？　戦争でも起こす気か」

カイルの顔が次第に赤らむ。

「まずは落ち着きを。あなた方がつがい合ったことで、私が奪ってくるという王命は続行不可となりました。私は命じられれば王に逆らえない身です。ですから皇帝陛下には〝皇妃をきちんと自分の妻に〟していただく必要があったのです。あんなに時間がかかることになろうとは思っていなかったものですから、わざわざ一度翼を酷使して王のもとへ帰り、怒られるという演技までするハメになりました」

は、という形で口を開けていたカイルが、次第にこめかみに青筋を浮かべた。

「なぜ俺が非難されるような形になっているのか、聞こうか」

「そう怒らないでください。丸く収まってよかったではありませんか。清らかな娘を悩ませ、ただ一人残された狼皇族の皇帝陛下を苦しめるのは私も心苦しかったのですが、おかげで我が王の策略からは逃れられましたし、二人の愛も深まったでしょう？」

そういう問題ではない。サラもぷるぷると震える。

（つ、つまり彼、初めから私たちに前倒しで初夜をさせようと……!?）

なんてことを考える男だろう。

「どうしてそちらの王は、戦争が起きるかもしれないのに〝聖女〟を欲した？」

カイルが、サラを抱き寄せてツェフェルへ問う。

確かに、彼が口にした王の命令だったという話は気になる。

「今回の件で私もようやく理解に至りました。数百年にわたって玉座についている国王、バージデリンドの妻が、とうとう死にそうなのです」

「え……？」

「王には子がいないため、王位関係で私に嫁を取らせるのではないかと国民は信じていますが。恐らく聖女がどういう存在なのか知っていて、王は望みを賭けたのではないのかと私は推測しました。冷酷無情と言われてはいますが、ペガサスは生涯に一人だけの伴侶しか持たない種族です。彼は厳しい王でしたが、妻を心から愛していました」

彼の部下たちはその様子を見たことがあるのか、悲痛そうに視線を逃がしていた。

ツェフェルの話によると、それは見たこともない奇病だという。

魔力を体内から食われ、翼がどんどん抜けていく。

ペガサスたちは翼がすべて抜けてしまったら、死を迎えるという。王妃は飛べなくなり、そうして今は意識も戻らない。

「たった一人の伴侶、か……」

カイルがつぶやく。

「ご家族のことを思い出されましたか？」

「それもあるが、貴殿のせいで昨日まで散々苦しめられたのも思い出した」

「おっと、それは失礼をいたしました。我らの王のツンツンっぷりには困ったものですよねぇ」

ツェフェルが軽く肩をすくめてみせる。

「王をツン呼び……」

アルドバドスがつぶやいた。するとギルクも言う。

「一度怒られに行ける神経の図太さも、よく理解できますね」

「あれはよく怒られるんだろうなぁと想像したわ」

「今夜は先輩に同感です」

ガート将軍に対して、ドルーパが信じられんと言わんばかりに遠巻きでツェフェルを眺めている。

すると、ツェフェルが視線を下げた。ふっと皮肉な笑みを口元に浮かべる。

「我々ペガサスは特殊な神獣族です。聖女の力をもってしても、治らない可能性の方が高いのに――妻以外に心を打ち明けることを知らないあの国王には、ほんと、困ったものです。臣下が苦労します」

その様子を見ていたカイルが考える。

サラは、彼の袖を引いた。カイルが『わかってる』というようにその手を一度上から撫で、そうして一歩踏み出しツェフェルと彼の部下たちに声をかけた――。

◇◇◇

その天空には、一つの美しい大地が浮かんでいた。

地上からは見えない魔法をかけられ、清浄な魔力を宿した美しい光に覆われた中の大陸では、常に美しい青空の景色が頭上を覆う。

大気は、まさしく春爛漫《らんまん》の気候のような過ごしやすさだ。

美しい水と、花とクリスタルを持った異界の土地が広がる。

そこは、空に浮かぶバルベラッド神獣王国だ。入国管理を担当しているのは国王側近のとある一族で、外は夜の時間であるからと、その日は側近自身が見晴台に立っていた。

それはバージデリンドに、話したくなったのならと告げて暇を持て余していたのも理由にある。

「おや」

彼は、ふと魔法を越えてきたペガサスたちの群れを見た。

「大公も、面白いことをしでかしてくれますね」

彼はふふっと笑っただけで「どうなるのか見守ろうか」とつぶやき、備えられている魔法の警報装置は押さなかった。

◇◇◇

「大公、異種族の客人を許した覚えはないぞ」

そこは支柱と玉座の台以外は何もない、白く美しい王の間だ。

光のカーテンがそよぐ玉座の台、そこに貫禄ある大きな背を見せているのはバルベラッド神獣王国の国王——バージデリンドだ。

王の間には、歩み寄るツェフェルだけでなく、彼の部下たちをその後ろにつけて歩くサラたちの姿もあった。

（どこもかしこも真っ白だわ……）

サラは、夢でも見ているのではないかと呆けてしまう。

外は夜のはずなのに、不思議な光の内側は昼間だ。ガート将軍たちもきょろきょろとしている。

けれど、美しいが寂しいくらい何もない。綺麗だが何かが足りないとも、彼女は感じた。

「いつもの覇気がありませんね、国王陛下」

謁見の場に立ったツェフェルが、優雅な口調で続ける。

「部下の誰かがあなたに密告しましたか。嫁取りは不可能である、と」

その時、バージデリンドの背から感じる空気が、ずんっと重々しいものに変わった。

「――大公、口が過ぎるぞ。余を誰だと思うておる」

バージデリンドの背から、大きな白い翼がゆっくりと広がった。

それはツェフェルの背で見たものよりも大きく、そして、サラは同時に『怖い』と感じた。

白くて神々《こうごう》しい翼なのに圧があり、皮膚にビリビリとくるような禍々しさを感じる。

「それとも我が蹄に踏み砕かれたいか」

肩越しに振り返ってきたバージデリンドが、睨みつける。

サラは呼吸さえも緊張を覚えた。

ガートたちも動けなくなった様子で止まったが、カイルだけは違った。

「あっ」

カイル、と呼び止める声をサラは引っ込めた。

彼は毅然とした様子でバージデリンドへと進み出る。

「なんだ、狼皇帝よ」

「顔をご存じだったとは意外でした。お初にお目にかかります、バルベラッド神獣王国の国王陛下。それから失礼ながら『なんだ』はこちらの言葉です。今回の件、いささかやりすぎでは？」

バージデリンドは睨みつけただけだった。

ツェフェルが『まったく』と言いたげに肩をすくめる。カイルが言い募る。

「こちらとしては少ない種族同士でいさかいを起こす気はありません。それは神獣国相手とて同じです。――実質的な被害を受けたわけではありませんので、大公の件も不問にすることをお伝えにまいりました」

「はっ、それだけのために我が国の地を踏んだというのか」

「いいえ、王妃のことをお聞きし、参りました。私も失うつらさはよく知っています」

バージデリンドが黙った。開いた口が、ゆっくりと閉じられていく。

彼は凄みをきかせてカイルを睨んでいた。

だが、――彼の目から、不意に力が抜けていった。

「陛下⁉」

彼の背にあったとても大きな翼が、床に落ちる。

ツェフェルの部下たちが驚き、続いて膝までついたバージデリンドに駆け寄りかけた。しかしこれ以上踏み込むのは許されていないのか、ぐっと立ち止まった。

「陛下、どうぞ翼をお上げください」

「翼を床につけるなど……！」

彼らの声は焦り、悲痛な響きがあった。

カイルが顔をしかめる。サラも、彼らが膝を折った方よりも、翼を気にしているのが気になった。

「ペガサスが翼を地につけるのは、完全なる戦意喪失です」

ツェフェルが、顔を部下たちの方へ向けつつサラたちに答えてきた。

「こちらの国王は、完璧なる天空の当事者だと聞いたが」

「ええ、若い頃から他の神獣族たちにも戦神と恐れられましたよ。庇護を求めた獣人族のために、人間族に戦いをしかけて、いくつもの勝利を収めた経歴もお持ちです」

言いながら彼がバージデリンドへ歩み寄る。

目の前まで来られても、バージデリンドはとうとう顔を上げなかった。

「王、我らが偉大なる王よ。あなたがそうでは、側近も驚いてしまいますよ」

「……許可なく入るなと命じて外へ出した。もう、その時が近い」

バージデリンドの深いため息が、室内に低く響くようだった。

「余も、わかっておるのだ。たかが人間族の聖女に、救えるものではない……」

「陛下、しっかりなさってください、あなたらしくもない」

ツェフェルが片膝をつく。

「聖女とは〝不可能を可能にする魔法〟を使い、あらゆる病も消し去れる存在なのでしょう？」

バージデリンドが探るように目を合わせた。

「お前、知ったのか」

「調べて、今ここにいる全員が知ったところですよ」

まったくと言いながら、ツェフェルがこちらへ視線を流し向ける。

その視線が、自分に留まるのをサラは感じた。

ツェフェルのそばにいたカイルが『大丈夫だ』というように手を差し出す。

サラは、それに導かれるように歩み寄り、彼の手を取った。

その様子をじっと見つめていたバージデリンドが、次の瞬間サラに目を向けられてハタと開眼する。

「お初にお目にかかります、バルベラッド神獣王国の、気高きペガサスの国王陛下。ガドルフ獣人皇国、皇帝カイル・フェルナンデ・ガドルフの〝伴侶〟にして、皇妃のサラと申します」

彼は、無言のままだった。

彼がツェフェルへ口にした『その時』とは、静かに迫っている死のことだろう。

立派な翼は力なく床に伏したままだった。

皇帝から花嫁を奪ってこいと命令した覇気も、そうしてこいと冷酷無情に告げた姿も、想像できない。

会ったら、一言だけでも怒ってやろうと思っていた。

もう、サラはバージデリンドに対してそんなことはできない。

(なんて言ったら、また優しすぎるなんて怒られてしまうかしら)

でもサラはカイルを通して、ただ一人の伴侶を思う夫の愛の深さを感じた。

失うかもしれないと考えるだけで、とてつもなくつらいことだと理解できた。

「助けてとおっしゃってくださったのなら、私は来ました」

神獣国の王に、そんなことを言っていいのかわからない。けれどサラは、見ていて痛々しい王にたまらず思いを吐き出していた。

「あなたがたが他種族を受け入れないとはいえ、こうして客人として迎えることは可能だと大公様に伺っています。カイルも私と同じです、冷酷な皇帝というお話が出回っていますがこれまで国交がなかったとしても、相談があれば真摯に向き合って国王陛下に尽力してくださったはず――」

下を向く国王にサラは続けたが、カイルが彼女の肩に手を置いた。

「サラ、もう、いい」

「でも、……あ」

彼が首を横に振った。その時になって初めて、サラは顔の見えないバージデリンドが涙を落としていることに気づいた。

(たぶん、もう容体がかなり厳しいのだわ……)

つらすぎて、サラは表情をくしゃりとする。

ツェフェルが静かにハンカチを取り出して、バージデリンドの涙を拭う。

「……陛下、王妃陛下の容態が急速に変わりでもしましたか」

「ああ。もう、だめであろう。翼はほとんど抜け落ちた。余は……余が最後に彼女に告げたのは、愛の言葉ではなかった。余はそれを悔いておる。後悔してもしきれん……」

バージデリンドがとうとう、無骨な両手に顔を押しつけた。

「たった一度でも目を覚ましてくれたのならと。何年も目覚めないことが、つらいのだ……このまま彼女を失うのが、怖いのだ……」

絶対の王と言われている人が、怖い、と口にした。

サラは、かける言葉も探せなかった。人間族よりも重い情愛に、言葉が出ない。

（カイルは試してみようと言っていたけど、どうなるのかしら……）

ここへ来たのは、やるだけやってみようと思ったからだ。

連れ去ろうとした原因は、王妃の病を治したいのが理由だった。

それなら、こちらから足を運び、できるだけのことはしてみようとカイルは言った。

伴侶のために国交さえも独断で揺るがそうとしたことを、彼は怒ってもいた。だから話をつけたうえで、ということだったが――まさかこんな国王の姿は予想していなかった。

冷酷で無情な、天空に玉座を構えるペガサスの王。

（たぶん、大公様はわかっていたんだわ）

サラは、今になってツェフェルが浮かべていた皮肉な表情と台詞の意味がわかった気がした。

絶対の王だからこそ、誰にも弱さを見せることのできない王を、彼は憐《あわ》れんだのだ。

その時、サラはカイルを呼び止めるギルクたちの声を聞いた。

「お待ちくださいっ」

「ちょ、何する気だよっ」

ずいぶん慌てたガート将軍の声に目を向けてみると、いつの間にかカイルが大股でツェフェルたちのもとに歩み寄っている。

あ、と思った時には、彼がバージデリンドの腕を掴んで引き上げていた。

「諦めるな」

大きなバージデリンドの身体が、カイルの腕力一本で膝が床から離れる。

「怒っておるのか。余がしたことを」

「私自身の言葉で話すことをお許し願いたい──自惚《うぬぼ》れるな」

うつろな目で見つめ返してきたバージデリンドを、カイルは叱るように睨みつけた。

「我が妻が、どんな思いでここに来たと思っている」

「どんな、とは」

「助けてと言ってくれたら、と彼女はあなたに告げたはず。俺も同じ想いでここへ来ることを大公に提案した。助けを求める民の声には駆けつける、それは住む土地が違おうと同種族なら同じことだ。我々は獣人族、獣とヒトの姿両方を持つモノ──ここにいる俺の国民だってそう考える」

バージデリンドは濡れた目にカイルを映し、間もなく瞼を固く閉じた。

「奇跡が、起こらなくともか」

「ほんのわずかな可能性でもあるのなら実行する。やらずに後悔するよりも、いい」

カイルがバージデリンドから手を離した。

「できるだけ早い方がいいと判断し、先触れを出す時間も惜しみここへ来た。案内していただけるか」

「──そうしよう」

バージデリンドが間を置き、翼をしまった。

「娘、いや狼皇帝の皇妃よ、こちらへ」

目が向き、バージデリンドの手が差し出された。

ためらいがちにカイルを見ると、彼が小さくうなずく。

サラは、歩み寄りバージデリンドの手を取った。それは大きくて、戦いだけではなく、年齢を重ねた無骨さもあってカイルとは全然違っていた。

バージデリンドの導きはひどく優しかった。

まるで孫の小さな手を握るみたいにして、サラをカーテンの向こうへと案内する。

「騎士も入ってよい」

バージデリンドの許可を受けて、ギルクたちだけでなくツェフェルの部下たちも続いた。

カーテンをくぐると、そこはまぶしい光が照らし出す無数の花々が足元に広がっていた。宙には所々クリスタルでできた花が浮き、夜とは思えない明るい澄んだ青空が広がっている。

「王妃は、この向こうに眠っています」

ついてくるツェフェルがそう言った。

（こんな美しいところ、見たことがないわ――）

やはり、夢を見ているのではないかとサラは思う。

神獣国の王様に手を引かれて、甘い優雅な香りがする花の美しい大地の上を歩いている。

ペガサスたちが暮らす天空のバルベラッド神獣王国は、確かに、とても特別な空に浮かぶ国なのだとサラは思った。

間もなく花のアーチが見えてきた。

そこには長方形のシルクのような白い石が三つ重ねられ、絹のようななめらかな白いベッドマットが置かれている。

その上に、白い衣装を広げ、腹の前で手を組んで眠っている一人の女性がいた。

年齢がうかがえる目元と口元をしていたが、とても美しい人だった。

真っ白い肌、ペガサス族特有の白色の髪――だが人間族ではないのは一見してわかる。

眠っている彼女の背には、二枚の大きな翼が共に横たわっていた。聞いていた通り羽根がかなり抜け落ち、到底飛べない翼になってしまっているのをサラも感じた。

「眠っている時、翼は出ているのですか？」

「――いいや、ペガサスは死が近くなると、深い眠りと共にこうして翼が出しっぱなしになる。そうして、別れの時までを告げるように、羽根が抜け落ちていくのだ」

女性の姿をその目に映したバージデリンドが、サラに丁寧に教えてくれながら片膝をつき、恭しく妻の手の甲に口づけた。

「我が、ユーティリツィア」

名前を呼ぶ響きにサラは胸が苦しくなった。

『俺の愛しいサラ』

それは昨夜、ベッドの上で結ばれた際、手を握り呼吸を整えながらサラの名を呼んでくれたカイルの声の響き同じだった。

それでいて自分たちより深く、とても長く共にいた時間を感じる。

(――できるかは、わからない)

サラは国王の邪魔をしないよう、その背を見つめたまま、密かにゆっくりと深呼吸をする。

魔法が使える伝説の生き物、ペガサス。

魔力を病に食われ続けるという、ペガサスでさえ知らない奇病なんて治せるのか。

奇病というのは、寿命を迎えて発症するものも多いとはツェフェルに聞いた。共通して魔力と共に羽根が抜け落ちていくのだ、と。

でも、目の前の王様は助けたいのだ。

魔力を注ぐ方法しか知らない自分に、どう救えるかはわからないけど。

最愛の女性のために冷酷になろうとした王。何年も声を聞いていないつがいの眠る姿に、今は弱々しい背をしている。

同行を許されたツェフェルの部下たちも痛々しそうに神妙な空気を漂わせていた。

「陛下、そろそろ」

「う、む」

ツェフェルがしゃがんで手を差し出すと、バージデリンドが手を借りて立ち上がる。

「サラ」

カイルが振り返る。サラは、彼の声に勇気を奮い立たせた。助けられる可能性があるのなら、挑むだけだ。カイルの気持ちと同じだった。

サラはカイルに心配をかけないよう毅然と顔を上げてうなずき、エスコートする彼の手を取る。

カイルに手を引かれ、片手でスカートを持ち上げて進むサラを、バージデリンドがツェフェルと共に目で追う。王妃が眠る美しい白い段差をのぼる様子を、アルドバドスたちも見守っていた。

国王がいた場所に立つと、眠っている女性がよく見えた。

「とても、綺麗な人……」

サラは正面から見ることができたその女性の姿に、まるで女神でも前にしたような神聖な気持ちに包まれるのを感じた。

「ええ、王妃はこの国の愛と美の象徴です。私は、彼女ほど美しい女性を他に知りません」

ツェフェルの声が聞こえた。それは、心からの言葉に聞こえた。

カイルに支えられ、サラはスカートを折って膝をついた。

後ろからガート将軍やドルーパ、ギルクたち護衛部隊とアルドバドスたちが、一心に『がんばれ』と見守ってくれている視線を感じる。

皇妃として、ではなく、彼らがサラを心から思ってくれている。

それがサラはうれしい。それが勇気になる。

そして隣に立つカイルの存在が、サラに皇妃としての誇りを持たせてくれ、彼女の緊張の震えを止めてくれていた。

「王妃陛下、――失礼いたします」

腹の上に組まれた彼女の手に、そっと自分の両手をあてた。

彼女の作り物みたいな白い手は、体温が低くてどきっとした。

（いいえ、集中するのよ。私が動揺してどうするの）

この手の感触を、バージデリンドは毎日触れ続けたのだ。

失うのが怖いのに、刻一刻と体温まで失われていく王妃に彼は寄り添い続けた。

愛している唯一無二の伴侶だから。

サラは集中すべく深呼吸した。

（お願い私の魔力、動いて）

湖の時の感覚へと一心に意識を向ける。

温かい何かが身体を巡り、それが両手へと流れていく感覚。魔力の移動だ。

（でもこれだけでは、きっと私の魔力量では足りない）

奇跡というものを起こすには、ペガサスの魔力をかき集めたって、王妃の命をこの世に引き留めることはできない。

緊張にこくりと唾を飲む。死、と考え、背筋が冷える。

目の前のこの人を、助けたい。

でも、どうすればいいのかわからない。

【あなたは、だあれ？】

頭に響く〝声〟に、サラはハッとした。

【人間だ。天空の生き物ではない、地上の生き物の匂いだ】

「どうした？」

「いえ……」

王妃の手に置いている両手がこわばったのを察したのだろう。尋ねてきたカイルに、サラはなんでもないのだと目線を変えずに答える。

彼には、聞こえていないのもわかったからだ。

（今の声は……覚えがあるわ）

初めて《癒やしの湖》に行った際に聞いた、不思議な声だ。しかし、それとはまた別の何かだった。

あの時はよくわからなかったが、サラはその声は手に集まっている魔力を通して〝自分の身体の中へと響いて聞こえるのだ〟と察した。

【浄化の力、ああ我らの故郷である地上の大地が話していた聖女か】

【そう、ペガサスたちの数がまだ少なかった頃だ】

まさか、この声の主はこの土地そのものなのだろうか。

【空の上にまで来るとは、彼女が言い伝えの聖女になるのかな？】

【水によりまずは浄《きよ》められ、続いて天空にて――というやつか。ああ懐かしい】

言い伝え？　サラは疑問に思う。

【おや、君は知らないのかい？　古い時代、神獣もまだ人間と地上で暮らしていた頃の話だよ】

返事が返ってきて驚く。

頭の中の声は、心の中の会話でもあるみたいだ。思ったことがそのままその声の主たちに伝わっているのは不思議な感覚だった。

【彼女が我々の知る聖女になるのかな？】

【さあな。水と違い、ペガサスは他種族にアレはしないからな】

【ああ、予言を授けることはしないだろう。彼女は、今のままか】

よく、わからない。

今必要なのは、魔法を使うことだ。魔力の癒やしの効果だけでは、到底足りない。

【人間だけど君なら魔法を使えるさ】

【魔力の量が極端に少ないから、本能的に死を恐れて魔法を拒絶しているんだな】

死、という言葉には覚えがあった。

獣人族の子供を救った時、サラは死にかけた。

ドルーパが『魔力を使わせるな』と叫んでいた光景は、今も覚えている。

【あの時、どういう気持ちでそこにいた？　それがコツだ】

【魔力は徐々に増えている。今の君の魔力量なら、君が使いたいとする魔法は起こせるだろう】

【なんなら言葉も使うといい。我々が知る聖女は魔力と精神に暗示をかけていた】

【呪文なんて本来は意味をなさないが、余計な思考が多い人間には、ちょうどいい方法ではある】

そんなこと言われても、今すぐに魔法の使い方を取得するのは無理そうだ。

でも、死を恐れない以前の〝コツ〟なら、わかる。

（ありがとう）

それを彼らの助言と組み合わせよう。サラは胸の中で礼を伝え、目の前に意識を集中した。

王妃の身体に自分の魔力が注がれ、横たわる身体に水のようにたっぷんと揺れているのを感じる。

たぶん、これなら魔法の使い方を知らなくともいける気がした。

（とにかく今は、今の私ができる精いっぱいをする）

魔力を消費する方法を取れば、どうなるかは目に見えている。

でも、今は隣にカイルがいる。

（お願い私の魔力、どうか応えて）

この方法しか知らない。

カッと目を見開いた彼女の顔を見て、アルドバドスがぴくっと反応する。

「おい、お前まさか――」

本当によく見ている人だ。

一度、あの光景を見ただけでアルドバドスはこのことに関して、サラ自身もたまに驚くほど勘がいい。

（でも、ごめんなさいね）

サラは、王妃の手が組まれた腹の上にある両手へ一気に魔力を放出した。

彼女の瞳が金色の輝きを帯びる。不思議な風が彼女から吹いた。カイルがはっとして膝をつき、ドルーパが叫んでいる間にも、彼女の肩を支える。

「皇帝陛下！　彼女は」

「わかってるっ」

バージデリンドとツェフェルが翼を出して、風を遮った。

「〝魔力〟の風、か」

「にしてもこの金色の魔力、我々と色が違いますね」

ツェフェルが興味深そうにつぶやくが、アルドバドスが向こうから「バッカヤロー！」と叫び、ペガサスの騎士たちがギョッとする。

「なっ、ぶ、無礼な――」

「サラは魔力が生命力だ！　お前らと同じなんだよ！　そのうえ量が少ないっ」

「生命線だ。自動的に止まるものだろう」

「その加減がまったくきかないから困ったお人好し人間族なんだよっ。この前死にかけたんだぞ、完全に魔力がゼロになったら今度こそ死ぬ！」

本気でブチ切れている声だった。

アルドバドスの仲間たちの反対の声がする。ドルーパの声、続いてガート将軍と部下たちの声が飛び交って何を話しているのかわからない。けれど――。

「お願い、やめさせないで！」

とにかくやめさせられたら、だめだ。

このまま続けさせて欲しい。それに何か、掴めそうな気がするのだ。

カイルがためらいながらも、肩を抱いてくれている手にぐっと力を入れる。このまま続行させてくれるようだ。サラは、一心に魔力を目の前へ放出した。

目の前のこの女性を、元気だった頃によみがえらせて欲しい。

抜け落ちてしまう前の美しい白い翼、きっと開いたその目は慈愛に溢れて夫を見つめるだろう――。

とにかく鮮明に想像した。元気になった彼女の姿のイメージを強めると、魔力に手応えを感じる。

――もしこれで魔力が空になったら？

一抹の思いが思考の端をよぎるが、そんなの関係ないと、サラは救いたい目の前の女性と、ここにいるペガサスたちを一人ずつ思い浮かべた。

すると、身体の底まであった魔力がすべてせり上がる。同時に、言葉が溢れた。

「〝天寿ではないその病よ、消え去れ〟」

持って生まれた寿命ではないのなら、消えろ。

そんな強い意志が強く自分の中で響くと同時に、サラは両手に何かが起こるのを感じた。

最後の一滴の魔力が、王妃へと吸い込まれる。

すると、どくんっと金色の光が王妃の中から振動し、周りの空気を震わせた。

その金色の輝きは王妃を包み込んだ。翼の先、羽一枚ずつまで金色のラインで形どっていく。すると抜け落ちていびつだった翼に、新しい白い羽が生えてどんどん伸びた。

「お、おぉ……」

「王妃陛下の、生命が！」

サラは触れている両手から、どくん、どくん、と彼女の健康な鼓動を感じた。

冷たいと感じていた身体に温もりを覚える。

（ああ、なんて美しい翼なのかしら……）

魔法のように、金色の輝きと共に大きくなっていく翼に見とれる。

いや、これはまさに〝魔法〟だ。

（不可能を、可能にする力）

病で死ぬはずだった人の運命さえも、変えられる力。

たぶん、自分の口から自然と出た『天寿』が鍵なのだろう。

病がなければ、事故がなければ――生きられた寿命へと運命を修正できる力なのだ。

短命が宿命であったとしても、それさえも変えられる魔法。

「は、ぁ……っ」

金色の輝きがやむと同時に、サラは手を離した。

呼吸が苦しいのに今になって気づく。

王妃の寝顔は安らかなものになっていた。その翼は、他のペガサスたちと同じく、美しい形をした二対の翼だ。

（ああよかった、成功したんだわ）

魔法を、使えた。

けれどそんな安堵は、自分の中が〝空〟になっているのを感じた悪寒へと変わった。

何も、ない。

それを明確に感じた時、呼吸が途切れ、身体が後ろへと傾く。

「サラ！」

カイルが受け留めてくれた。彼女は、愛しい人の腕に抱えられたのを見て微笑みかける。

――彼の、魔力を感じない。

（空にしてしまってはいけなかったんだわ）

悟ったからこそ見られた愛する人の顔に、サラは心からの愛を込めて笑いかけることができた。

契約魔法は、魔力同士のつながりなのだ。

空になってしまっては、彼の助けは、サラに届かない。

それをカイルに知られてしまったらどうしようと、サラが真っ先に心配したのは彼のことだった。

（息もできないのに、私ったら、彼のことばかりね）

助けたいという欲で、愛する人を傷つけてしまっては本末転倒だ。

でも、後悔は何一つ感じない。

これは自分の悪いところだとサラは思った。

誰かを助けられることに、カイルを愛した気持ちと同じくらいの使命のようなものを感じる。生きていてよかったと、役に立ててよかったと、自分の人生に意味を感じる。

カイルを見つめて、微笑みかけてからの一瞬が長く感じた。

どこからかアルドバドスたちの『無事なのか』という声がするが、とてもゆっくりに聞こえる。

（ああ、身体の時間が止まってしまうって、こんな感じなのね……）

きっと、許された時間は、ほんの数秒だ。

だが次の呼吸をしようとして、できないと思った時、サラは落ちかけた瞼を緩やかに見開いた。

ツェフェルと、その部下たちが必死な形相で向かってくるのが見える。

（どうして、そんな顔を——）

これまでに知ったペガサスらしくない。

そんなことを思った時、彼らがカイルとサラがいる場所へ飛び込んできていた。

「マジで空っぽにするとか信じられねぇ！」

「間に合え！」

「俺たちの魔力で代用できればいいんだが……！」

「魔力酔いを起こしても文句は聞きません！　私たちの魔力を〝飲み〟なさい！」

ツェフェルも怒ることがあるなんて、意外だ。

驚いている間にも、彼らの手が一斉にサラの身体へ届いていた。

（——あ）

銀色の光が彼らの手から溢れた。以前ツェフェルが魔力を与えてきたのと同じだと気づく。

外から直接押し込まれた魔力が、中へねじ込まれ、どくんっと身体が熱くなる。

サラは、いつもより多くの魔力が身体に収まるのを感じた。

空になったそこが、ペガサスの清浄な魔力へと置き換えられる。

強い、と感じた。胸やけするみたいに吐息が口からこぼれる。

(彼らは、ヒトではないから)

同じ癒やしの魔力なんて、とんでもない。

彼らは神獣なのだと実感した。

人間の自分には丸ごと受け止めるなんて無理かもしれない、そう思った直後、サラは自分の中に収まったそれが、どくんっと呼応するのを感じた。

(えっ、何?)

ゼロになった身体の中が、その魔力を自分のものへと吸収するような感覚。

生命維持のため、作り変えざるを得なくなって適合させているみたいな急激な変化を内側に感じた。

カイルが何か呼びかけている気がするが、よく聞こえない。

「あっ」

直後、苦しさが吐き出されて、彼女の身体から金色の光が翼の形をして広がっていた。

「これは……」

バージデリンドも、初めての光景を見たように目を見開く。

カイルたちが驚く中、ペガサスとそっくりな形をした金色の粒子でできたその翼は、閉じるようにしてサラの身体へと収まる。

ペガサスたちも呆然としていた。

「まさか圧縮されて、変換されるとは……魔力の変質なんて見たことがない」

珍しくツェフェルの冷静ではないつぶやきが聞こえた。

ギルクが駆け寄る。

「皇帝陛下、皇妃の様子は」

腕に抱えていたカイルがハッとして、サラを揺らす。

「サラ、無事かっ？」

「こほっ。ええ、平気です」

カイルがほっとする。

「一瞬苦しんでいるように見えたが」

「不思議と。身体が前よりも軽くなったような」

戸惑いながらもサラはカイルに助けられ、身を起こした。

すると、目を合わせたカイルが、息をのむのが見えた。

「カイル？　どうされました？」

「……まだ、光ってる」

「え？」

「君が動いたら髪が金色の光をこぼしている……平気なのか？」

そんなことを聞かれても、とくに異変は感じていない。

サラは不思議に思いながら自分の髪を見下ろした。一房持ち上げてみると、触れた箇所から金色の粒子がこぼれていく。

「あら、本当ですね」

その時、カイルが彼女の胸にすばやく手を押しあてた。

「きゃあ！　カ、カイルっ、人前で何をっ――」

「気のせいじゃない、魔力が増えている」

サラはハタと動揺が止まる。

「俺はサラと契約魔法でつながっている。以前よりも魔力が安定して、質自体が高くなっているのを感じる」

安定、つまり今までは不安定だったのか。

サラはよくわからなかった。胸に置かれている彼の手を見る。

「……おいおい、レベルアップしたんじゃね？」

安心とも呆けともわからない息を交ぜながら、アルドバドスがつぶやく。

その時、一人の美しい声が上がった。

「ああ、なんだかとても賑やかね。ずいぶん久しぶりに聞いた気がいたしますわ」

「王妃陛下！」

白色の長い髪を揺らして身を起こし、あくびをする王妃の姿があった。

叫んだペガサスたちの目から安堵の涙がこぼれる。

サラも、カイルの腕の中でほっとして、うれしさに彼の胸へと寄りかかった時だった。

「ユーティリツィアっ」

バージデリンドが目覚めた王妃へと駆け寄った。彼は、サラたちを邪魔しないよう反対側へ回ると、すばやく膝をつき妻の手を両手で包み込む。

「ユーティリツィア、お前、無事なのか」

「まぁ、バージデリンド？　ええ、とてもぐっすりと眠っていたみたいですけれど、そのように慌てて どうされたのです？　ふふ、なんだかとても驚かれているみたい。わたくし、そんなに寝坊をしてしまったかしら」

ツェフェルの目に、微笑みと共に涙が浮かんだ。

「……ああ、ずいぶん長く、お前の声を聞けていなかった」

「そうでしたの。そういえば、わたくし病にかかってしまっていたのでしたわね。なら、これもまた夢なのかしら。あなたに会いたいと、話したいと、ずっと願っておりましたの」

「そうか、夢の中でも余に会いたいと思っていてくれたか——夢ではない、これは、現実だ」

とうとううれし涙をこぼしたバージデリンドが、存在を確かめるように妻を慎重にかき抱く。

王妃は目を見開いたものの、甘やかすように彼の頭と背を抱き寄せた。

「何かあったようでございますわね。ここにペガサス以外のご友人がいらしている姿を見たのは、久しぶりですわ。百年前に来たフェニックスたち以来ではございませんか」

「ああ、すべて話し聞かせよう」

「はい、わたくしの国王陛下。ですが今は、愛しい唯一の伴侶として、しばらく抱きしめていてくださいませんか？　本当に、とても久しぶりな気がしているのです」

とても長い夢を見ていた気がするのだと、王妃は言った。

ペガサスたちが鼻をすすっていた。ツェフェルが邪魔にならないようになさいと注意していたが、優美に微笑んだ彼の目尻も、若干光っているのがサラは見えた。

「お、おぉ……光は落ち着いたな」

いつの間にそばに来ていたのか、顔を上げると、後ろからドルーパが覗き込んでいた。ガート将軍が頭をつんつんと慎重につつく。

ギルクが、その手をスパンッと目に見えない速さで払った。

「おやめなさい」

「相変わらず狂暴だな！　俺、前皇帝の騎士だったんですけど⁉」

「私の主は、カイル皇帝陛下だけです」

「お前たちやめないか、両陛下の再会の前だぞ」

まったくとカイルはぼやいていたが、その口元には笑みが浮かんでいた。

失う怖さを経験しているから、もしかしたら経験した両親と兄の出来事を重ねたのかもしれない。

なんにせよサラは、彼が心底安心したのを感じてうれしくなった。

「ふふ、よかった」

「よくないぞサラ」

思わず声に出たら、なぜかため息と共に拗《す》ねるような顔でカイルに軽く睨まれた。

「また、無茶をしたな」

「それは……カイルがいるから大丈夫かな、って……」

「サラを支えられるのはうれしいが、危険をかえりみない行為はまた別の話だ。俺の心臓がいくつあっても足りない。魔力のつながりが消えたのを感じて、どれほど心配したと思っている」

彼は感じ取っていたのだ。そして、焦ったのだろう。

心配をかけたことにサラは反省する。

「ご、ごめんなさい」

「アルドバドス、お前も叱っていい」

うつむいたサラは、ぇっと思って視線を上げたところで、アルドバドスの怒り顔で見下ろされひぇっと首がすくんだ。

「無茶をするなと俺は何度も言ったと思うが！　お前は学習能力がないのかっ？　危機感なさすぎだろ、お前の命は、もう俺にとって伴侶と仲間たちと同じくらい大事になってるんだぞ！　反省しろ！」

「ひぇ、ひぇぇぇぇ」

彼は自分が猛烈に恥ずかしいことを告白していると、気づいていないのだろうか。

「言いたいのを我慢していたみたいだからな。それにしてもアルドバドス、お前の感知は見事だった、今後も引き続き俺の妻を頼む」

「お任せください、今まで以上に目を離しません。ついでに、休憩中の書類仕事もしばらく禁止にします」

「なんだと？」

「ちょっとアルドバドスさんっ」

こんな時に言わないで欲しい。サラは慌てたが、カイルに支えられていたので逃げる暇もなく、彼に顔をぐんっと近づけられた。

「そうか、休憩の時は休めと俺に言っておきながら、サラは仕事をしていたわけか」

「や、休んではいました。目が、その、ちょうど暇をしていたものですから……」

「それだけ慣れてきたということは、少々サラの体力を奪ってしまっても問題ないよな？」

サラは、何やら不穏な気配を感じた。

「……あの、というと？」

「帰ったら今夜のことは説教をしよう。それを兼ねて、どれだけ俺がサラを大事にしているのか〝ベッドで〟わからせないといけないな」

「え」

「しばらく立てないくらいの方が、明日あさっては無茶をしないで済むだろうしな」

「ま、待ってください、あの」

カイルが髪をすくい取って、不敵に微笑む。

サラは胸がずきゅんっと甘く締めつけられ、反論の声も出なくなった。美しいがツェフェルにはない野性味漂う妖艶さがある。

ツェフェルとの一番の違いは、そこに重いほどの愛があるからだろう。

「一度許してくれた。もう、俺は遠慮しない。今夜はしばらく気絶しないでいられるな？」

それは――どうか保証できない。

サラは想像していた以上の行為を思い返して自信がなくなる。

体力も精神力も底を尽きたみたいに、抗えない眠気に襲われてがっくりと意識が沈んだのだ。

「ま、ずんぶんに説教されるといいさ」

アルドバドスがくくっと笑うと、彼の仲間たちまで同意してはやし立ててくる。

「み、皆さんまで」

「ほら見てみろよ、お前がした結果をさ」

アルドバドスの視線につられて目を向けると、涙しながら声をかけ続けているバージデリンドに、翼をしまった王妃が頭を撫でながら慰めている。

説得しても、バージデリンドはなかなか涙が止まらないようだった。

ふっとカイルがある方向を見て微笑み、それからサラを支えて共に立ち上がる。

「ああ、確かに、今夜はよくやった」

サラは来た道へと彼に身体を向けられ、ハタと気づく。

そこにはツェフェルの部下以外にも、ペガサス族たちが続々と集まっていた。

彼らは国王と王妃の様子を見て感動の涙を流し、喜び合っている。

「この光景をサラがつくってくれたんだ。サラは、すごいな」

カイルに尊敬されるとうれしくてたまらなくなる。

けれど彼と比べれば自分はまだまだだと、派手に喜んではいけない気がしてサラは謙虚にもはにかむにとどめた。

今回の件は、彼と、そしてみんなの助けがあってこそだ。

でもカイルに『すごい』と言われたことは、彼女の中で皇妃としての意識を明確にした。

(彼に、そして国民たちの誇れる皇妃になるわ)

いつか、カイルと対等に隣に並んで立てるような、そんな女性になりたい。

そのために皇妃として、もっと学んでいこうと思う。

目の前でペガサスたちと獣人族たちが交流をくり広げだす。

平和を象徴しているその光景を見ていると、その礎になれるのならと新たな目標がサラの胸に湧いた。

持て余す聖女の力についても価値観が変わった。

聖女の魔法は厄介なものではなく、これもまたサラの身体の一部なのだ。

正しく理解すれば、もし正しく使う機会が訪れたのなら――こうして好きになったカイルや獣人皇国のみんなにとって、幸せをもたらす一つの光にもなりうるだろう。

「とても、綺麗な光景ですね」

空に浮かぶ神獣国。背中に翼を生やした人々が、どんどん駆けつけてドルーパまで対応に追われていた。

ギルクに確認を取って『まだ』と拒否されたペガサス族たちが、気にしてちらちらと何度もこちらを見てくる。

バージデリンドは、まだ説明する余裕はないだろう。

「俺たちも、行こうか。側近を探して挨拶もしなければ」

「ふふ、そうですね。しばらく国王たちは、夫婦水入らずがいいでしょうから」

カイルがエスコートしてくれて、サラは寄り添い歩きだす。

するとツェフェルが一時翼を出して、隣に降り立ち共に歩いてきた。

「それなら側近は私が紹介しますよ。ジーウィストといいます。唯一、国王陛下の相談を受ける重要人物になります」

「馴れ馴れしく隣を歩くな」

「おや、手厳しい。仲よくしましょうよ。バルベラッド神獣王国とガドルフ獣人皇国始まって以来の、狼皇帝とペガサス大公の公認の友人関係です。皇帝陛下にとっても、利点かと」

カイルの横顔にピキリと青筋が立つ。

「貴殿を友人認定するつもりはない」

「人間族でも一人、異例の友人認定をしたではありませんか。ペガサスもいいでしょう？」

サラは、くすくすと笑ってしまった。

その時、一人の男が翼で飛んでやって来た。徒歩へと変えつつ忙《せわ》しなく翼を畳んで進んでくる彼へ、みんなが道を開けた。

「ジーウィスト様」

「やれやれ、入国許可を出したら、とても素敵な奇跡が起こったようですね？」

どうやら彼が側近のジーウィストのようだ。異種族に対して友好姿勢なようで、ツェフェルに気づいた彼が、サラたちを見て優しく笑いかけ手を振ってくる。

サラは、カイルと共に挨拶すべく、彼の方へと歩み寄った。


魔女と聖女は、恐らく同一だ。

でも、カイルが初めに否定してくれたようにサラは〝魔女〟になんてならない。

そんな自信があるから、もう、不安は抱かない。

（愛する人がいて、大切な人たちがいて、間違ったら叱ってくれる。だから、大丈夫）

帰るまで、まさかの急なペガサスたちとの交流になってしまったが、事情説明ののちに開かれた王妃の完治祝いでは、楽しい時間を過ごした。

笑い声と、笑顔と、異種族の交流がそこにはあった。

それをカイルの隣で過ごしながら、サラは、過去に行くことはできないけれど、少しずつ彼を救えていけたらいいなと密かに願いを抱く。

次女と三女と、過去のわだかまりが解けたように、時間が過ぎても癒やせるものはあるはず。

(身に過ぎた願いかしら)

けれど、愛する人の心を守りたいのだと、笑っていて欲しいのだと、サラはペガサス族の側近たちとにこやかに談笑するカイルを見て思ったのだった。

# 終章　遅れた挙式は、予想外の展開に

バルベラッド神獣王国との国交が行われた。

翌朝、夜にそんなことがあったと知らされた獣人族たちは驚き、実際に神獣国へと足を運べた者たちは質問攻めになったとか——。

国交から三日目、サラはドロレオ舎の仕事に加わってきたアルドバドスから聞いた。

「つまり大人気になったんですね」

「お前のその前向きな思考、俺の仲間たちに分けてやりてぇわ」

そんなこと言っていられないほど、くたびれているようだ。

サラは外の様子がわからなかったのだから仕方がない。

彼女は彼女で、この数日さまざまな対応に追われたのだった。皇妃に会いたいという連絡が殺到して、ブティカや側近たちにも会った方が今後の政務にもよい影響があると言われたため、それならがんばらなくてはとこなしきったのだ。

神獣国との平和が約束されたのは、サラのおかげであると獣人貴族たちは褒めたたえていた。

内容は知らないながら、毎日のように訪れていたペガサスの使者たちの優美な訪問の姿に、誰もが皇妃への尊敬と賞賛を示した。

「他の皆さんは——」

「しばらく来られねぇだろうな。俺がここに来られなくなるのは困るからな」

きょろきょろとしたサラに、梯子の隣でドロレオのブラッシングをしながらアルドバドスの口から三回目のため息が出ていた。

彼の仲間たちは、神獣国に行ったと知れ渡って、地元で大変なことになっているのだとか。

「うむ、つまり舎弟たちに押しつけてきたわけだな？」

唐突に、一つの梯子がドロレオの大きな側面をすべってアルドバドスに寄りかかった。それはドルーパで、彼の大きな狸の尻尾がぎゅむっとアルドバドスの頬を押す。

サラはうらやましいと思って注目したが、アルドバドスは即座に青筋を浮かべていた。

「尻尾が邪魔なんだよ、しまえよ」

「嫌だ、面倒臭い」

「というか皇妃にこんなことさせていいのか？　会談も多かったっていうし余計に疲れて――」

「ドロレオの世話はご褒美なんです！　取り上げないでください！」

「……涙目とか必死すぎんだろ」

アルドバドスがサラの方へ視線を戻して、やや引きの姿勢になる。

「というか、これが労働じゃないとかどういう感覚なんだよ。一昨日《おととい》はへバりにへバっていたと見かけた侍女仲間に聞いたぞ」

サラは、持っているブラシと共に表情ごと固まった。

それは神獣国からペガサスたちに王城へ送り届けられたあと、宣言通り、カイルにきっちり翌日いっぱい動けないほど〝愛を教えられた〟からだ。

「まぁ、どうやら魔力量が少し増えて体力もついたらしいぞ？　回復力も早くなったみたいだな」

アルドバドスが、怪訝《けげん》そうにドルーパを見る。

「人間族にしては、だろ？」

「まぁ、人間族にしては、だろうな」

サラ自身、そこはあまり実感がないところだった。

公務を再開してみても、体力は以前とほぼ変わらない。

昨夜もカイルとの夜伽が一度だけあったが、回復が早いのかどうかと言われると、なんとも言いがたい。

身支度の際、疲労感を見た皇室付きの侍女たちに微笑ましい表情はされた。

『よほど愛されたのですね』

無理がないようにと一回だけだったのだが、サラの様子からそうは感じなかったようだ。

獣人族に比べると、自分はよっぽど体力がない部類に入るのだろうとは察した。

ペガサスたちのバルベラッド神獣王国との今後の国交のやり方についても加わって、挙式も、とあることが追加され、ブティカたちはその準備にも追われている。しかしながら跡取りの心配がなくなって、楽しげに走り回っていた。

（皇妃としてその役目がきちんとできるのか、ちょっとだけ不安になっているのよね……）

本格的に始まった時、仕事と両立していけるのか不安だ。

恐らく、みんなは跡取りを残す方が重要だと言うだろうが、サラにとっては《癒やしの湖》の活動や、皇妃として仕事をしみんなに恩を返していくのも、とても大事なことなのだ。

「でも、まぁ、今回は大公の花嫁略奪宣言で死ぬほど心配はしたけどさ。もしかしたらサラは、いずれ神獣王国に関わる運命だったのかもしれないなぁ、なんて俺は思ったよ」

ブラッシングを始めたドルーパを、下にいる騎獣隊の部下たちも見上げる。

「隊長、そんな不謹慎なこと言っていいんですか？」

「結果として、サラは少し健康も増したわけだし、魔力量もわずかながら増えたということは《癒やしの湖》の活動でも危機は減ったというわけだろう？」

ドルーパが、きょとんとして部下たちを見下ろす。

「そんな真っすぐな目で見下ろされたら純真さにぐらつく……」

「何言ってんだ。しっかりしろよ王城のエリート騎士」

アルドバドスが即非難を投げる。

「たまたまいい結果につながっただけだ。下手したら死んでた。聖女については、俺らだって知らないことが多いじゃねぇか」

けれどサラは、ドルーパの話を完全には否定できなかった。

すると、そのドルーパが芯の通った声で言う。

「だからだよ。聖女については不明点も多い。もしかしたら、ペガサスの聖なる魔力を受けることが必要な条件の一つだったんじゃないかって、あの不思議な黄金の光を見て思ったんだ」

「……ペガサス族の魔力だから翼の形を取ったんじゃないかと、皇帝陛下たちは推測を固めていただろう」

「本当にそれだけなのかな。俺は、勘だけどちょっと思うところがあった。まっ、どちらにせよ聖女のことを我々はよくは知らないんだ。どちらが真実かなんて、わからない」

あの金色のきらめきは、あれ以来サラの身体から出ていない。

アルドバドスの言う通りレベルが上がって、一時出たものだったのかもしれないとカイルたちは考えていた。サラだってそう思っている。

ただ、神獣国へ行くのは運命の一つだったのではないか、とも彼女は感じていた。

空っぽになった身体がペガサスの魔力だけで満ちた時、悟りを得るような感覚がした。

あの金色の翼を思うと、聖女に必要なことだったのではないかとも思える。

『言い伝え』

『水によりまずは浄められ、続いて天空にて――』

水、というのは獣人皇国の《癒やしの湖》が浮かぶ。

(あの不思議な声は『天空にて』とだけしか聞こえなかったけど……そこに続いたのは、ペガサスの魔力を受ける、ということだったのではないかしら?)

あのあともう声は聞こえなかったから、確認しようもないことだ。

サラも、うまく説明ができそうになくて黙っている。

(魔力を少なめに使って、魔法で《癒やしの湖》をどうにかできないかも考えているんだけど。試してみるのは、もう少し先になりそうだものね)

その時、サラはドロレオ舎の入り口から呼んできた侍女仲間の声に、ハタと我に返る。

「ペガサスの使者たちが予定より早く来たの！　急いで着替えないとまずいわ！」

「えぇぇ！　もう来たんですか!?　教えてくれてありがとうございますっ」

「マジかよっ。よし、俺がお前を背負って走るわ」

アルドバドスのそばで、ドルーパがギョッとして手を止める。

「やめとけっ、嫉妬で殺されるぞっ」

「いや、いちおう皇帝陛下から許可はもらっている。子供として見ているからいい、とか？ あと、何人とも恋に落ちて結婚する相手はだめだとも、言伝をもらっている」

「ピンポイントで俺じゃないか……」

子供ってどういうこと、と首をひねりつつドルーパが涙をのんでいる。ドロレオの爪を研いでいた女性たちが「自業自得」なんて言っていた。

わからないことをぐるぐると考えている場合ではない。

今、必要なのは、今週末にある挙式のことだ。

バルベラッド神獣王国から、使者を使って正式に参列の外交連絡がきていた。

国王のバージデリンドと、彼の妻の王妃。そして大公ツェフェルと側近ジーウィストといった要人たちが、皇帝と皇妃の挙式祝いに出席することが決まった。

それは実に、両国始まって以来の歴史的な国交の第一の出来事となっている。

(仲よくできるように努めるのも私の役目っ)

サラはすばやく梯子を下りた。

アルドバドスも無駄のない動きですべり降り、下に着地する。

「おんぶで走るが、いいか」

「はいっ、アルドバドスさんお願いします！」

「サラちゃんそれでいいの⁉」

目を合わせた途端にされた二人のやり取りを、そばを通り過ぎる際に聞いていた騎獣隊員がすばやく振り向く。

近くで偶然居合わせた新入りが、またしてもふらっとして倒れた。それを見たアルドバドスが「またかよ」なんて言っていた。

「時間短縮です！　今ここに来てることを知られたら、カイルに怒られますっ」

「待って、無許可で来たの？　俺が睨まれているのはそのせい？」

「おいこら、皇帝陛下にだめって言われたのかよっ」

ドルーパの手前から、アルドバドスが信じられねぇと言う。

「だって、アルドバドスさんが休憩に執務の持ち込みを密告するから……ドロレオに会えないなんて寂しすぎます！　ドロレオだって会いたがるしっ」

「いや、そんなかわいい性格じゃ――」

反論しようとするアルドバドスを見て、サラはドロレオたちを「ん！」と指差す。

彼女が示した先へ、男たちが首を動かした。そこにいたドロレオたちが、揃って首を縦に振る。

「んなワンコみたいな反応……」

「ちょっとー！　傭兵!?　早くサラをおぶんなさい！」

「だーっ、わかってるようるせぇな！」

あと俺は傭兵じゃねぇと言いながら、アルドバドスがサラを背負った。彼女も慣れたように彼の背におんぶされる。

「だからっ、サラちゃんは子供じゃねぇって何度言ったらわかるんだこの肉食獣！」

「似た者同士だな！　お前も人の話聞けよ！」

騎獣隊員たちが揃って何やら言ってきていたが、アルドバドスはすでに走りだしていた。

ドルーパが顔に手をあてていた。


忙しい日々が、充実感と人々の笑顔と共に過ぎ去っていく。

そうして挙式の当日、ガドルフ獣人皇国の上には、羽状の雲がかかる美しい空が広がった。

国内では、前日から二人を祝うため、参列できない国民たちが各地で祭りを開催するなど濃厚なお祝いムードに溢れている。

試着も完璧にしたウエディングドレスだが、その日着るのはサラにとって特別だった。

獣人皇国の皇族は、伝統の白一色の国花が装飾に入ったドレスを着る。

それは、サラの背中に流れる金髪をより美しく輝かせた。ほどよく膨らんだ胸の谷間と華奢《きしゃ》な肩のさりげない露出が上品で、彼女を大人の女性として一段と魅力的に見せるデザインとなっている。

色の代わりに紋様がふんだんに加えられたスカート部分は、日差しにきらきらと輝く上質なヴェール生地がふんわりとしていた。

腰の後ろでリボン状にされた白い絹の布、上品にも長く伸び、ドレスの裾部分と重なってまるで妖精がそこに立っているような錯覚を与えるほどに神々しい花嫁だ。

「とても美しい。独り占めしてしまいたくなるくらいだ」

控室で合流したカイルが、サラの肩を抱き寄せて額にキスをする。

（そう甘い態度を、どこで覚えてくるのかしら……）

出会った頃の彼の印象からすると、今では考えられないほどカイルは良夫ぶりを発揮している。肩を引き寄せる手がいっそう慣れたように優しくなったのは、二人が夫婦生活をすでに始めているせいだろう。そこにはサラも感極まるような幸福感を覚える。

カイルも白い婚礼衣装に身を包み、着飾っていた。

普段は軍人風の色合いが入るため、すべて白一色という衣装もサラには新鮮だった。

皇帝の正装も帯剣用のベルトがついていたりする。けれど本日はそれもなく、聖職者のような神聖さをまとっているところも、素敵すぎた。丈の長いジャケットは、身長が高い彼によく似合っている。

「カイルも、似合っていますよ」

恥ずかしながらもきちんと伝える。

「サラは言ってくれないのか？」

「何をですか？」

「俺を、独り占めしてしまいたい、と」

サラは、化粧を厚めにしているのに、自分の頬が薔薇色に染まるのを感じた。

見ている彼の目が、甘く悪戯っぽく細められる。

「サラに嫉妬されてみたいものだな。その時には、うれしく舞い上がってしまうかもしれない」

「……今でもこんなに愛していますのに？」

「ベッドで伝えられる言葉もうれしいが、思っている強さは俺が一番だ。サラには負けない自信がある」

寝室の二人の時間が思い出され、サラは『意地悪』と思いながらも、彼の作戦にまんまと引っかかって頬が赤くなるのを止められない。

「そ、そんなところを競われましても」

確かに、彼の重すぎる愛には勝てそうにない。

ツェフェルの件があってからというもの、カイルの愛の言葉は日々サラを沸騰させるのが得意なほどだった。

とにかく、やたら甘いのだ。

そういう空気を出すのは、つがい相手と伴侶同士になったばかりの獣人族のオスに多いことではあるらしい。なので、しばらく耐えなければならないとはサラも思っている。

それだけ、彼女もカイルのことを愛しているからだ。

恥ずかしさよりも、愛おしさが勝る瞬間が幾度もあった。

「私だって……嫉妬くらいはします。あなたのお仕事が忙しくて会えなかった時に、寂しくて、勝手にぐるぐると考えてしまいましたし」

伝えるのは恥ずかしくて、下を向き、つんと彼の白い袖をつまむ。

それはツェフェルに翻弄《ほんろう》されていた数日間のことだ。

彼の言う通り、結果として二人の愛は深まったが、サラはあの時、カイルと自分を引き離す出来事のすべてに嫉妬していた気もする。

「ああ、やはりこの腕の中に隠してしまいたいな」

不意に正面からカイルに抱きしめられる。待機していた侍女たちが、化粧と衣装が崩れてしまわないかと慌てていた。

「きゅ、急に何をするんですかっ」

「すまない、化粧は——うん、問題ないな」

彼に顎を持ち上げられ、まじまじと観察されてサラはまた声をのみ込む。

（だから、そういう仕草をどこで覚えてくるんですかっ）

もう何度となくこの距離で見つめられたかわからないが、そのたびに心臓がどうにかなりそうになっている。

サラが、それだけ彼を意識しているからだろう。

閨《ねや》を共にすれば変わるかと思っていたら、そういうわけでもなかったらしい。

カイルがうっとりとした息を吐く。

そっと顔を寄せられ、サラが温もりにどきっとすると、彼は化粧のされた唇を我慢するみたいに、耳をはんだ。

「っ、カイル」

「さて、どうしたものか。サラがあまりにもかわいい反応をするものだから、本気でこのまま独り占めしたくなった」

「そろそろ行きませんと」

彼の迫り具合があやしくなって後ろへ寄るものの、顔を引き取られて、今度は耳を舐められる。

（護衛たちが到着してしまう——）

ふるっと肩を甘く震わせたサラは、扉から聞こえた声にぎくんっとした。

「独り占めって、午後からはまさにそうなるでしょうに」

ギルクがしばし観察していた。

彼の存在に気づいたサラは、顔から火が出そうになった。

直近は国交関係や支度にバタつき、今日のために夜伽はいったん休止されていた。

ただ『当日はぞんぶんに――』とカイルに意味深に囁かれていたサラは、それが頭にこびりついて離れないでいたから、そこにも緊張していたのだ。

何しろ、周りの女性たちから聞くに、獣人族の初夜はかなり長めのようだ。

(最低でも三日とか……いえ、まさか)

サラは、心の中でぶんぶんと首を横に振る。

「それでは、行こうか。緊張はないか?」

「はい、大丈夫です」

これからすべきスケジュールに関しての緊張はない。むしろ、楽しみだった。

ギルクが先頭に立つ護衛部隊に導かれて二人睦まじく手を絡めて歩く。

まず向かったのは挙式の会場ではなく、王城を取り囲むようにいくつか存在する庭園の外側通路だ。

王城の柵沿いには、大勢の国民たちが押し寄せていた。

「皇帝陛下!　ご成婚、誠におめでとうございます!」

「ご結婚おめでとうございます!」

「きゃー!　どちらもとっても素敵です!」

「なんて美しい夫妻なのかしら!」

喜びと祝福、賞賛の声が溢れる。

カイルは絶世の美丈夫だ。そんな彼に並べられるのは恐縮するものの、印象が悪くないところには内心ほっとする。

二人揃って、庭園通路を歩きながら駆けつけてくれた人々に手を振る。

「控えめに微笑むご様子も美しいなぁ」

「皇帝陛下！　花嫁の姿をもっと見たいです！」

するとカイルが、一度立ち止まって人々の方を向いて正面からの姿を見せる。

割れんばかりの歓声が上がった。

人々の熱気が倍になる。美しさを賞賛されたサラは、恥ずかしさが込み上げて、肌が露出している部分まで熱くてたまらない。

挙式前祝いの宴と同じく、獣人皇国では、挙式もまた夫と妻が互いを自慢する。

カイルの行為はまさに『俺の花嫁は美しいだろう』と自慢する行動だった。それは人々に向いた時の、彼の勝気な笑みがすべてを物語っている。

（うれしいのですけれど、やっぱり恥ずかしいですっ）

少し進んでは立ち止まり、会場に入れない人々へ皇帝夫婦の姿をお披露目する。

そのたび、なぜか女性たちもカイルの凛々しい美しさではなく、女神だと、美女だと、妖精のように愛らしいとサラを褒めたたえた。

人々と接する機会が多い式は歓迎だが、主役を褒め殺すようなその獣人皇国文化は少し恥ずかしい。

とはいえカイルを褒める言葉が聞こえると、やはりサラも笑顔が浮かぶ。彼の気持ちを共感できる瞬間でもあった。

王城をほぼ一周して人々に応えたのち、二人は王城へと入っていく。

そこには獣人貴族や使用人たちが左右にずらりと溢れ、祝うための道がつくられていた。

「おめでとうございます！」

「よき夫婦の門出に！」

そこには侍女として関わった者たちも詰めかけていて、サラは心底うれしくて手を振った。

侍女仲間たちや侍女長たちにお手製の花吹雪を贈られた際には、綺麗で、そして祝いたい気持ちの表れに感動して涙が出そうになった。

挙式の会場へたどり着くと、入場の声と共に熱気が入り口から噴き出してきた。

サラは、婚礼用の赤い絨毯《じゅうたん》の上をカイルと歩く。

そこには祝いのために大勢の獣人貴族たちが待ってくれていた。

軍服の正装姿の者たちも多く駆けつけてくれていて、ガート将軍、ドルーパたち。そして前列席からは、アルドバドスたちと同伴出席してくれた妻たちが拍手と共に祝福してくれている。

そして玉座の近くでは、貴賓席が設けられて、神秘的な白髪に紺色の瞳の美男美女たちが集まる壮観な光景があった。

それはバルベラッド神獣王国の国王バージデリンドと、その王妃ユーティリツィアだ。そばには大公ツェフェルや側近といった要人たちも参列し、自国から連れてきた護衛たちが同席している。それはサラたちを背に乗せてくれたペガサスたちだ。

「このたびはご出席を光栄に思います。バージデリンド国王陛下には、心からの感謝を」

赤い絨毯を歩いていたカイルが足を止め、バージデリンドと熱く握手を交わす。

そうすると、会場から両国の友好を祝う歓声が溢れた。

「我が国はここまで熱いことはないので、少々気恥ずかしさはあるな……。先日騒がせてしまったので、余がここに立つのはどうかと、臣下も心配しておった」

「誤解ならばすでに解いております。愛ゆえ、それで十分です。そして今後の友好を誰もが歓迎しております」

「皇妃には借りができた。友人として、末永く力になろうと決めている」

またしても会場が拍手で満たされる。

改めて対面したバージデリンドは、とても大きかった。

驚いたのは妻のユーティリツィアも、女性にしては獣人族の男性に近いくらい背丈があったことだ。

「先日はおいしいお茶をありがとう、皇妃。またぜひしましょうね」

「はい。いつでもご連絡ください」

サラは、ユーティリツィアと優美な握手を交わした。

こちらからの連絡方法は、空に何か合図を送ることを考えている。

確立するまで、しばらくはペガサスたちが使者になる予定だ。

「うふふ、大昔から地上の国々は、わたくしたちに借りがあるというのは王の言葉でしたけれど。わたくしたちの方が大きな借りができました、本当にありがとう」

神獣国の女神と称えられる王妃ユーティリツィアは、微笑みがよく似合う美しい女性だった。

彼女はよく喋り、そして不思議と心を癒やしてくれる。国交と挙式の件で何度か王城を訪れてきたのだが、その際にサラは彼女とすっかり仲よくなり、令嬢たちを交えて二回の茶会も楽しい時間を過ごせた。それでいて、あらゆる美と気品を兼ね備えた彼女の所作はかなり勉強にもなる。

ツェフェルがにこーっと笑っていた。

歩いて彼の前に到着したカイルの笑みが、一瞬ひくっと痙攣《けいれん》する。

（珍しい無理な作り笑いね……）

きっと、カイルをよく知っている者たちは、注目していることだろう。

「皇国と王国をつなぐ外交大臣へ就かせていただき、光栄です。今後とも、どうぞよろしくお願い申し上げます」

あんなことがあったのに、ツェフェルは堂々外交の第一責任者に収まった。

神獣国へ乗り込まれた一件もあって、バージデリンドはすでに友好関係にあったものと思ったらしい。

国民の誤解は解けたので問題はないのだが、どうにもカイルは他国で初となる交友関係のジョンと違い、ツェフェルにはいまだ苦手意識のようなものが抜けないようだ。

「……そうだな、両国の平和に貢献できるとうれしく思う」

「子が生まれたら特別な贈り物をしますね。楽しみにお待ちください」

「なんで貴殿が我が皇妃との間の子に〝特別な〟贈り物をする!?　サラのことは諦めたんだよな？」

「そのことは陛下共々違うことご説明申し上げましたが？」

神父と共に玉座の下で待っているブティカが、顔を手で押さえた。

ツェフェルは、どうやらカイルをからかうのが楽しいらしい。王妃は仲がいいと思っているのか孫を見るような目だし、他のペガサスたちも『仲いいなぁ』と眺めている。

「さ、カイル、行きませんと」

サラは、カイルの腕を抱えて引く。

途端に彼がそこを見て、目元を赤らめた。

「う、む」

その姿へ、臣下たちが感動の涙を浮かべながら強い祝福の拍手を送った。そしてブティカが叫ぶ。

「皇帝陛下！　どうか集まった臣下のお声を代表として述べさせてくださいませっ。皇帝にご即位されてからこれまで国だけに御心を砕いていたあなた様が、本日こうしてご自身の挙式を、幸せそうに迎えているお姿にわたくしども、いたく感動しております！」

側近や臣下たちが総意であると言わんばかりに拍手喝采した。

玉座は婚礼祝いの花で彩られ、その下には挙式用の神聖な祭壇が用意されていた。サラはうれしさいっぱいで、カイルとそこに向かう。

祝福の声に微笑み返しながら、寄り添い進んでいく美しい皇帝と皇妃の姿は、見ている者たちをうっとりとさせ、皆の心を感動で震わせる。

神父が、伴侶同士であるカイルとサラへ祝辞を述べた。

「皇帝カイル・フェルナンデ・ガドルフと、皇妃サラ・フェルナンデ・ガドルフは、夫婦として本日新たな節目を迎えられました。それは伴侶同士としての、二人の新たな人生の始まりでもあります」

サラは、カイルと手を握り合っていた。

これから二人の人生が、皇帝一族に新たな歴史をつくっていく。

その喜びと、そして誇りが二人にはあった。

「今後も国のため、そして妻のためによき皇帝でいることをここに誓う」

威厳を持って臣下たちに伝えたカイルの言葉は、会場にいたすべての者たちの心を熱くさせた。

「伴侶としてカイルと共に、この皇国にいっそうの平和と繁栄をもたらすよう努めます。そうして、よき妻としても彼を支えていきます。皆様、末永くどうぞよろしくお願いいたします」

たとえ何があろうと、ガドルフ獣人皇国の一員としてここを離れない。

サラ自身から言葉を聞いた獣人族たちが、大歓声を上げた。

謙虚にも頭を下げた皇妃に、これからもついていきますと人々が感動と共に声を張り上げていた。

互いの結婚指輪にキスを贈って永遠の愛を誓うところでは、絵になる二人の光景に誰もが言葉を忘れたかのように見入っていた。

その静寂は、神聖な儀式を強め、サラも胸が熱くなる。

続いては大観衆の前でのキスだが、カイルにヴェールをめくられる時が訪れても、サラは緊張とは程遠い心境だった。

「どうした、まるでキスを欲しているような顔だ」

彼が耳打ちする。

甘く、それでいて幸せでたまらないという彼の声の響きに、身体の奥が熱を灯す。

「……祝福されていることに胸が熱くなって」

「早くこの時がこればいいのにと、俺も思っていた。見せつけてやりたい、と。一番幸せな瞬間にサラの唇に触れたくてたまらなかった」

カイルに肩へ手を置かれ、優しく引き寄せられる。

（ああ、きっと私もそんな気持ちなんだわ）

一番幸せな瞬間だからこそ、唇にも思い出の熱を刻みたい。きっと何度だってこの挙式のことを思い出すだろう。

潤んだ目で見つめると、予定ではそっと触れるだけだったのに、彼が一秒だって惜しむかのようにサラの唇を力強く奪った。

二人の誓いの口づけは情熱的で、愛の強さを物語るようだと会場を沸かせた。

ペガサスたちと翼を持った獣人族たちが飛び、皇帝夫妻の上から金と銀のきらめきを宿した皇国の花弁を降らせた。

大喝采は、会場を彩る多くの花弁と共に二人の挙式を祝福した。

そこで挙式は終わり、続いては夜の晩餐会も控える大宴会が開幕することとなった。

その知らせを出したのがカイルだ。

サラは初夜のため、ここで彼と共に退場することとなる。婚礼用の赤い絨毯と花で彩られた道を通って住居区にある寝室へとそのまま進む予定だ。

「この日は俺とサラにとって特別な、新たな門出となる。皆の者は今日という特別な日を、城でめいっぱい祝うといい」

祝いの大歓声と拍手が響き渡る。

と、サラは不意にカイルに持ち上げられた。

「きゃっ、カ、カイル⁉」

このまま退場して会場から続く絨毯を歩く予定のはずだった。サラは動揺する。

しかもこちらを見つめるカイルは、もう威厳に溢れた凛々しい皇帝の表情を解いていた。

「俺はこのあと、一日中サラと過ごすぞ。ぞんぶんに独り占めする」

これから控えているのは初夜だ。大観衆の前でなんとも恥ずかしい宣言だが、彼は幸せでたまらない一人の男の笑みだ。サラは見とれて何も言えなくなる。

「俺の至宝の伴侶にして、最愛のつがい。愛してる、サラ」

「カイル……」

彼女の胸はきゅんっと甘く高鳴った。

「私も、あなたを愛しています。この愛は永遠です」

「ありがとうサラ、俺と出会ってくれて。そして、生まれてきてくれてありがとう。お前に出会えて俺は世界で一番幸せな男になった」

サラは目頭が熱くなってしまった。

これまで、生まれたことを祝福されたことはなかった。

この皇国の人たちに出会えたことがサラを変えた。金髪も金色の目も美しいと言い、そうしてカイルが運命のつがいだと望んでくれた。

愛されるのがどんなことか知り、サラは幸せな妻になった。

責任ある立場だが、彼とならどんなことでも乗り越えていけると確信している。

彼と同じく、サラもこの国をとても愛しているから。

「私の方こそ、……あの時手を引いてくださって、ありがとうございます。あなたに王城へ連れ帰られて、私、世界で一番幸せになれました」

「それはよかった。獣人族は伴侶の幸福こそが己の幸せであると、俺はサラと出会ってから知った。先日くらいでは到底俺の愛は伝えられない。言った通り、朝までぞんぶんに伝えよう」

ハタと思い出し、サラはまたしても赤面した。

「皇帝陛下、万歳！」

「皇帝夫妻に幸あれ！」

「お幸せに！」

誰もが笑顔で声援と祝いの言葉を贈る。

「あの皇帝陛下がっ、あんな笑顔でおられるなんて感動だ！」

司会役だったはずのブティカが、側近たちと抱きしめ合って喜びにむせび泣く。

朝まで、なんて言ったら、人間族の国ではかなり言葉に反応されそうだが、獣人族の正午の挙式後から始まる初夜では常識なのだろう。

サラには、まだまだなじみのない習慣や文化が多い。

けれどこうして、カイルと日々を積み重ねながら獣人皇国民として染まっていきたいと思う。

そうして、とくに子供ができにくいという皇族に、新たな名前が連ねられるよう夫婦のことだってがんばっていくつもりだ。

「ふふっ、――それなら朝までよろしくお願いしますね。愛しい私の狼皇帝様」

サラは彼を抱きしめた。

緊張はあったが、そもそも胸のどきどきは、彼と明日のことも気にせず二人で過ごせる今日を楽しみにしていたからだ。

カイルがその背を愛おしげに支え、抱き上げたまま会場をあとにする。
サラは世界で一番安心できる伴侶の腕の中で、幸せいっぱいに笑みを浮かべている。そんな愛くるしい皇妃を、みんなが祝福の声を上げて見送った。

二巻完結

# あとがき

百門一新です。このたびは【冷酷な狼皇帝の契約花嫁2】をお手に取っていただきまして誠にありがとうございます！

ベリーズファンタジースイート様から刊行させていただいていた書き下ろし、サラとカイルの物語の続編を書かせていただきました！

これも皆様が【狼皇帝】を楽しんでくださったおかげです！　ありがとうございます！

私も担当様から「2巻を書きませんか？」とご提案された時、本当にとってもうれしくって、皆様にサラたちの物語のその先をお届けできること光栄です。

好きを自覚し、妻にはメロメロになる狼獣人を書かせていただけたら……でも1巻だと圧倒的にページ数が足りない、それは第二弾の続編でしか無理……と思っておりましたので、私の脳内にあったカイルからサラへの溺愛を執筆し、こうして一冊の作品として皆様にお届けできたのもとてもうれしいです。

ヒーローとヒロインがくっつくまでも大変好物なのですが「結婚したらこうだろうな」とか、恋人になったあともヒーローがヒロインに困らされたり大変揺らされるのも好きです。作品を書き終わるとその後が書きたくなってたまらなくなって、色々と続編版が書きたくてたまらない作品たちが多い中、こうして書かせていただける機会を得られたことは大変光栄でございます。そうして本作をお手に取ってくださった皆様に、心から感謝を申し上げます！

サラとカイルの始まりの物語を読んでくださって、そうして続編まで二人や、その後のみんなのことを見守り、見届けてくれて本当にありがとうございます！

続編の執筆が決まった時、まずパッと頭に浮かんだのがペガサス国王の翼と後ろ姿の光景でございました。

きっと何か意味がある、物語に入れたい、彼のことを書きたい——そう思ったら、あれよあれよという間に今回の第2巻のお話が生まれました。そうして、ネタバレになるのでこちらでは伏せますが彼女たちのことや、その後の姉妹のことも書けたらと1巻を書き上げてからずっと胸に温めておりました。

他国の獣人、それでいて空の上に領地がある神獣族が登場した本作も、二人の大きな進展と共にお楽しみいただけていたのなら幸いです！


イラストを担当してくださった宵《よい》マチ先生！　1巻に引き続き、このたびは2巻のとってもすばらしすぎるイラストたちを本当にありがとうございました！　また先生の素敵なサラやカイルにカラーでも会える！と、続編が決定した時、担当様ときゃーきゃー盛り上がっていたのを思い出します！

そして、このたびも導いてくださいました編集者様、担当者様には心から感謝申し上げます！　書きたいことを書き切った最高に素晴らしい2巻となりました！

編集部様、作品を素敵な一冊の本にすべくたずさわってくださった多くの皆様、そして共にがんばっていただいたすべての皆様に感謝申し上げます。またご一緒できましたらうれしいです！

百門《ももかど》一新《いっしん》

冷酷な狼皇帝の契約花嫁
~「お前は家族じゃない」と捨てられた令嬢が、獣人国で愛されて幸せになるまで~2

2024年7月5日　初版第1刷発行

著　者　百門一新



発行人　菊地修一

発行所　スターツ出版株式会社

〒104-0031　東京都中央区京橋1-3-1　八重洲口大栄ビル7F
TEL　03-6202-0386（出版マーケティンググループ）
TEL　050-5538-5679（書店様向けご注文専用ダイヤル）
URL　https://starts-pub.jp/

印刷所　大日本印刷株式会社

ISBN　978-4-8137-9345-8　C0093　Printed in Japan



［百門一新先生へのファンレター宛先］
〒104-0031　東京都中央区京橋1-3-1　八重洲口大栄ビル7F
スターツ出版（株）　書籍編集部気付　百門　新先生

強面皇帝の溺愛が
駄々漏れで困ります
引きこもり
令嬢は
皇妃になんて
なりたくない！
Hikikomori reijou ha kouhi ni nante naritakunai !
著・百門一新
イラスト・双葉はづき
強面皇帝の心の声は
溺愛が駄々洩れで…!?

BF

『極上の大逆転シリーズ』好評発売中!!

2024年夏 第二弾決定

## 追放令嬢からの手紙
～かつて愛していた皆さまへ私のことなどお忘れですか?～

著:マチバリ　イラスト:中條由良
本体価格:1250円+税
ISBN:978-4-8137-9250-5

## お飾り王妃は華麗に退場いたします
～クズな夫は捨てて自由になっても構いませんよね?～

著:雨宮れん　イラスト:わいあっと
本体価格:1250円+税
ISBN:978-4-8137-9257-4

## クズ殿下、断罪される覚悟はよろしいですか?
～大切な妹を傷つけたあなたには、倍にしてお返しいたします～

著:ごろごろみかん。　イラスト:藤村ゆかこ
本体価格:1250円+税
ISBN:978-4-8137-9262-8

## 王女はあなたの破滅をご所望です
～私のお嬢様を可愛がってくれたので、しっかり御礼をしなければなりませんね～

著:別所 燈　イラスト:ゆのひと
本体価格:1250円+税
ISBN:978-4-8137-9269-7

極上の大逆転 シリーズ

BF ベリーズファンタジー
大人気シリーズ好評発売中！

# ループ11回目の聖女ですが、隣国でポーション作って幸せになります！

1～2巻

雨宮れん・著　くろでこ・イラスト

聖女として最高峰の力をもつシアには大きな秘密があった。それは、18歳の誕生日に命を落とし、何度も人生を巻き戻っているということ。迎えた11回目の人生も、妹から「偽聖女」と罵られ隣国の呪われた王に嫁げと追放されてしまうが……「やった、やったわ！」──ループを回避し、隣国での自由な暮らしを手に入れたシアは至って前向き。温かい人々に囲まれ、開いたポーション屋は大盛況！さらには王子・エドの呪いも簡単に晴らし、悠々自適な人生を謳歌しているだけなのに、無自覚に最強聖女の力を発揮していき…!?

BF
毎月5日発売
Twitter
@berrysfantasy